Nördliches Niederösterreich

(Südliches Niederösterreich am Ende des Buches)

Franz Jantsch/Kultplätze im Land um Wien

Franz Jantsch

Kultplätze im Land um Wien

Wien, Niederösterreich und Burgenland

Band I

VERLAG FREYA

Zeichnungen von Rosa Jörger

ISBN 3-901279-23-7

Umschlaggestaltung: Helmut Erba
Satz: Fritz Fellner, Freistadt
Druck: Plöchl, Freistadt

Inhalt

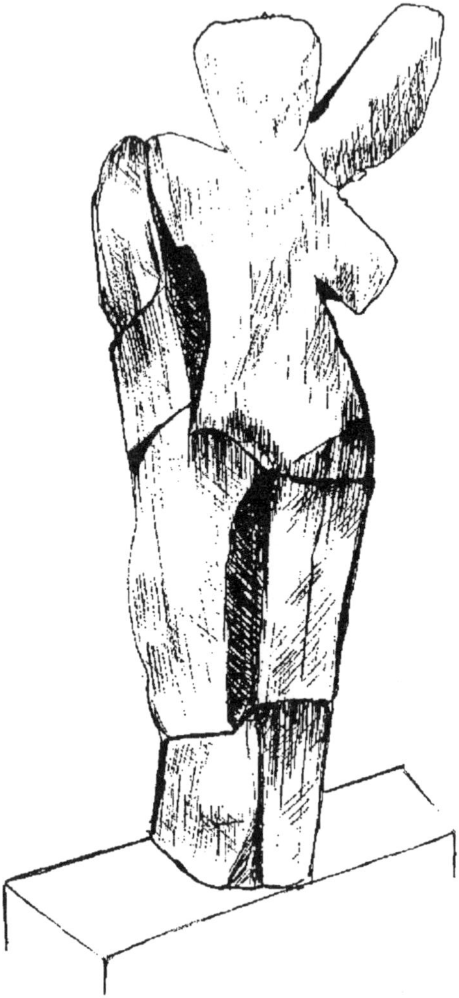

Das älteste Frauenbild in kultischer Haltung.
Die Venus vom Galgenberg in Stratzing, 28.000 v. Chr.

Die Alten hatten ihre starken, heiligen Plätze. Brauchen wir sie auch?

Wenn die Alten zwischen heilig und profan unterschieden, so meinten sie nicht, daß das Profane gottlos und böse sei. Das Fanum ist das Heilige oder das Kraftgeladene, das Profane ist, was außerhalb des Heiligen liegt. Auf Plätze und Orte angewandt, heißt das, daß ein Platz heilig ist oder als heilig empfunden wird, ein anderer hat diese besondere Qualität nicht. Die Bedeutung des sittlichen Wertes hat "heilig" erst später bekommen, indem man sich reinigen, heiligen muß, bevor man sich dem heiligen Platz, dem Fanum nähert und Ehrfurcht ist die entsprechende Haltung des Menschen, der sich in den heiligen Raum begibt.

Der Mensch suchte solche Stätten, an denen er Kraft oder das Heilige erfuhr. Ich gehe später bei der Betrachtung der biblischen Erzählungen darauf ein. Eliade, der Meister der Religionsgeschichte sagt, daß der Mensch nicht ohne einen heiligen Raum leben kann. Er meint, daß es ursprünglich nicht Tempel oder Kirchen waren, wo man besondere Erfahrungen machte, sondern Plätze in der Natur, und daß sich darin die Sehnsucht nach dem Paradies zeige. Der Mensch war so im weitesten Sinn religiös, und versuchte immer, seine Grenzen zu übersteigen, sich dem Geheimnis zu nähern und dessen Kraft aufzunehmen.

Findet man solche Plätze oder kann man sie auch machen?

Zuerst findet man sie. Der Mensch der Vorzeit durchstreifte als Jäger und Sammler die Gegend und beobachtete alles. Er wurde aufmerksam, wenn irgendwo wiederholt der Blitz einschlug, er sah, wie Tiere bestimmte Plätze aufsuchten und andere mieden. Wir finden dieses Motiv häufig in den Ursprungslegenden der Wallfahrtskirchen.

Quellen waren nicht nur nützlich, sie wurden als Symbole des Lebens und der Fruchtbarkeit gesehen, Baum und Quelle erschienen ihm belebt. Er beobachtete die Gestalt der Berge und der Sterne, die Sonne und den Mond, und sah in ihnen Zeichen einer höheren und tieferen Wirklichkeit. Nicht nur das Praktische und Nützliche war ihm wichtig, sondern seine Symbolkraft. Wenn man später dazu überging, heilige, starke Plätze zu bezeichnen, zu überbauen, so wurden strenge Regeln beachtet. Man suchte den

Platz, grenzte ihn ab, erfand Rituale, hielt bestimmte Zeiten ein und kam auf Feste, die mit himmlischen und irdischen Vorgängen zusammenhingen. Sonnwendfeuer werden heute noch am selben Platz gefeiert wie vor dreitausend Jahren und natürlich zur rechten Zeit. Das heilige Mahl wird im Abendmahl, der Messe, mit allen ursprünglichen Elementen gefeiert, ohne daß uns das zu Bewußtsein kommt. Man muß es auch nicht wissen. Beim Vollzug geschieht etwas, das über das bloße Essen hinausgeht. Im Evangelium wird betont, daß Jesus einen bestimmten Ort zum Abendmahl aufsuchte, und er sprach von der Zeit, die er abwarten mußte. Das Rechte soll am richtigen Platz zur richtigen Zeit geschehen.

Am heiligen Platz verhält man sich nach einem Ritual. Man nähert sich ihm ehrfürchtig, aber auch erwartungsvoll, siehe die Geschichte von Moses beim Dornbusch. Von Kopf bis Fuß stellt man sich darauf ein. Einmal wird der Kopf bedeckt, einmal wird er entblößt. Die Moschee betritt man mit bloßen Füßen, nicht nur wegen der physischen Reinheit. Man wäscht sich oder spült den Mund, man besprengt sich mit Weihwasser und meidet Verunreinigung und Blutvergießen. Durch letzteres wird z. B. eine Kirche entweiht und muß neu geweiht werden. Nur wer sich kultisch gereinigt hat, darf näher treten. Dem Allerheiligsten darf man nicht zu nahe kommen, aus Ehrfurcht, aber auch weil seine Kraft schaden könnte und gefährlich ist. Wo sich Kraft und Heil offenbaren, ist ein heiliger Platz. Zuerst waren es Haine, Wälder, Grotten und Höhlen, Steine, Flüsse und Seen, später wurden dort Heiligtümer, Tempel und Kirchen gebaut. Viele alte Kathedralen und Kirchen stehen auf Plätzen, die lange vorher als heilig erkannt und verehrt wurden. Fast alle kirchlichen Feste werden an Terminen gefeiert, die schon früher festgelegt waren: Weihnacht als Fest der winterlichen Sonnenwende, Ostern als Frühlingsfest, Allerheiligen, Erntedank, Kirchweih usw.; dasselbe gilt für die Wallfahrt. Sie wurde nicht von den Christen erfunden. Rom, Jerusalem und Mariazell waren lange vorher bekannt und zogen Menschen an. Dasselbe gilt von Mekka für die Moslim.

Was geht das uns an?

Wenn die Eingeborenen in Australien ihren schönen goldenen Fels gegen die Mächtigen verteidigen, die Uran und ähnliches vermuten, was empfinden wir? Was ist uns wichtiger, die Erhaltung des heiligen Platzes oder die technische Nutzung? Da scheiden sich die Geister. Wer einmal ein Bild von ihm gesehen hat, etwa bei Sonnenauf- oder -untergang, der wird verstehen, daß es einem leid tut, nicht dort gewesen zu sein. An die Klagemauer habe ich mich sehr oft gelehnt und die Kraft des Platzes gespürt. Nicht nur an so berühmten Orten, auch an unzähligen, nähergelegenen in unserer Heimat passiert ähnliches. Davon will ich erzählen.

Viele von uns haben Sehnsucht nach Orten der Stille und des Friedens, wo wir uns wohl fühlen und verweilen können. Die Angst, daß sie verschwinden, weil bald alles verbaut und zubetoniert sein wird, ist nur zum Teil begründet. Es gibt noch viel unberührtes Land und viele gute und starke Plätze, wir brauchen nur aufzubrechen, um sie zu finden.

Ich möchte das Psalmwort zitieren, wo es heißt: "Die Wege nach Jerusalem trauern, weil niemand auf ihnen geht." Das bezieht sich wörtlich und ursprünglich auf jene Zeit, als den Juden der Weg zum Heiligtum in Jerusalem versperrt war. Sie waren gewohnt, dorthin zu pilgern.

Bei uns erlebt die Pilgerschaft eine neue Blüte. Man schätzt, daß nach Mariazell im Jahr eine Million Menschen kommen. Die neueren Wallfahrtsorte haben eine faszinierende Kraft. Sie ziehen an. Man spricht von Kultdynamik. Medjugorje ist von der Kirche noch nicht anerkannt, und doch strömen Pilger aus allen Ländern dorthin. Die offizielle Kirche ist immer mißtrauisch gegen Plätze, wo Wunder geschehen und die Volksfrömmigkeit durchbricht. Sie hat keine Freude mit neuen Wunderstätten. Genügen nicht Lourdes und Fatima, die sich auch gegen den Willen der Kirchenführung durchgesetzt haben?

Die religiöse Pilgerschaft ist nicht jedermanns Sache, aber ein wenig Mystik und Irrationalität steckt in jedem Menschen. Dem Abfall vom Glauben folgt oft der Aberglaube. Die Übergänge von Glauben zu Aberglauben sind fließend. Das große zehnbändige Werk über deutsches Brauchtum heißt noch immer "Handwörterbuch des Deutschen Aberglaubens", obwohl sich die Fachleute über diesen verächtlichen Ausdruck schämen. Wie viel Poesie, Herzlichkeit und Schönheit, aber auch Weisheit, steckt in diesen Bräuchen! Wie arm sind wir nüchternen Menschen der Gegenwart, denen diese Welt verlorenging!

Astrologie, Parapsychologie und Magie ziehen weite Kreise an. Es gibt doch

mehr Dinge zwischen Himmel und Erde, als Rationalisten und Materialisten gelten lassen wollen. Die Moderne ist zu Ende, die Postmoderne hat begonnen. Wir wissen nicht, wie es weitergeht.
Wir erleben eine ungeheure Wendezeit. Das Eis im Osten ist gebrochen. Der reale Sozialismus, was immer damit gemeint war, und der Bolschewismus stürzen ebenso zusammen, wie vor fast fünfzig Jahren der Mythos Hitler. Das kam so überraschend und schnell, daß wir darauf nicht vorbereitet waren und sind. Welcher Mythos kommt jetzt oder welche Mythen stehen uns bevor? Geht der Weg zurück oder über die Sterne hinaus? Werden die alten Religionen die Kraft der Erneuerung haben, da sie doch selber die rationalistische Wende weitgehend mitgemacht haben?
Aus Religionen hat man Ideologien gemacht und umgekehrt. Das Volk und das gläubige Gemüt hat keine Fragen gestellt, es ist seinen eigenen Weg gegangen.
Kommen neue Religionen als Ersatz für die alten? Kommt nach dem Christentum bei uns etwas anderes? Leben wir in einer Spät- oder Endzeit, wo nichts mehr zu hoffen ist?
Wir sind mit den Vorteilen zufrieden, die uns das moderne Leben bringt, schauen aber auch voll Trauer zurück auf eine verlorene Welt, die nicht nur Nutzen und Fortschritt kannte, sondern innere Werte besaß und sie festhielt. Wir waren daran, die Welt zu gewinnen und sind in Gefahr, darüber die Seele zu verlieren.
In diesen Rahmen gehört unsere Suche nach den Orten der Kraft, des Segens und des Friedens. Sie sprechen den Menschen als ganzen an, das Urmenschliche, das Uralte und in Resten noch Gegenwärtige. Dafür braucht man Zeit und Raum. Die Zeit muß man sich nehmen, und die Räume, die Plätze, muß man finden und aufsuchen. Sie sind noch da und warten auf Menschen, die zu ihnen kommen.
Die heiligen Plätze der Urzeit, die unsere Vorfahren fanden und liebten, trauern, weil niemand zu ihnen kommt.
Ich schreibe einige hundert Meter von der Mühle entfernt, wo die Fremdenführer ihren Gästen im Vorbeifahren erzählen, daß hier Schubert das Lied vom Lindenbaum und dem Brunnen vor dem Tore geschrieben hat. Diese Aussage ist nur eine halbe Wahrheit. Schubert war hier. Die Hinter-

brühl war zu seiner Zeit ein beliebter Ausflugsort der Wiener. Den Text des Liedes hat ein Mann geschrieben, der nie hier war. Von Ochsenburg bei St. Pölten sagt man auch, daß dort Schubert das berühmte Lied vom Lindenbaum geschrieben hat. Sehr verräterisch heißt es: "Es zog zu ihm – dem Lindenbaum – mich immer in Leid und Freuden fort." Dort hat er den Frieden gesucht und gefunden.

Zu den heiligen, den anziehenden Orten, gehören fast immer entsprechende Bäume, Berge, Steine, Quellen u. a. Ich möchte eine Parallele bringen. Afrika ist groß, von der Atlantikküste bis Nigeria ist es weit. Neger von der Küste ziehen oft in das ferne nördliche Land, um dort in den Minen oder Fabriken zu arbeiten, denn das Land ist reich an Naturschätzen. Ab und zu bekommt nun, auch das ist bekannt, ein Neger Heimweh. Er ist fast krank und spricht ununterbrochen einen Namen in seiner Muttersprache aus, der einen typischen Baum seiner Heimat bezeichnet. Dann schickt man ihn heim und bei seinem geliebten Baum kommt er wieder zu sich. Genau das hat auch Schubert in seinem Lied sagen wollen. Wo steht dein Baum, zu dem es dich zieht, der dir Ruhe gibt und inneren Frieden?

Wer braucht nicht einen solchen Baum oder Platz?

Die heiligen Bäume stehen noch im Lande, und viele uralte heilige Plätze gibt es auch. Plätze kann man verändern und Bäume sterben, wenn sie fünfhundert oder mehr Jahre alt geworden sind. Vielleicht pflanzt man einen neuen am gleichen Platz, der ihn aufnimmt und groß werden läßt, weil unter ihm eine starke Quelle fließt, die wir nicht sehen.

In Bethel stand tausend Jahre eine Therabinde, dann wieder tausend Jahre eine Eiche, und jetzt wächst dort auf der Halde neben der Kaserne ein Feigenbaum. Jesus hat von einem Feigenbaum gesprochen, an dem wir die Zeichen der Zeit erkennen sollen. "Wenn die Blätter weich werden, dann wißt ihr, daß der Sommer nahe ist. So sollt ihr die Zeichen der Zeit erkennen."

Lassen wir die Zeichen der Zeit und fragen auch nicht, wie spät es ist, ob wir den Apfelbaum noch oder schon pflanzen sollen.

Viele Jahre habe ich Bethel nur von ferne gesehen, dann ist es mir endlich gelungen, den Platz zu besuchen. Heute ist es nicht mehr möglich, weil es militärisches Sperrgebiet ist.

Bethel gehört zu den wichtigsten und ältesten Kultplätzen des Heiligen Landes. Schon vor der Einwanderung der Juden bestand es, wahrscheinlich mit Stein und Baum. Abraham kam von Sichem dorthin, baute einen Altar und rief den Namen des Herrn an. Bald darauf zog er weiter, und der Herr erschien ihm unter den Eichen. Von Jakob heißt es (Gen 28,11): Jakob kam von Süden an einen bestimmten Platz, wo er übernachtete, denn die Sonne war untergegangen. Er nahm einen von den Steinen dieses Ortes, legte ihn unter sein Haupt und schlief ein. Da hatte er einen Traum. Er sah eine Treppe, die auf der Erde stand und bis zum Himmel reichte. Auf ihr stiegen Engel auf und nieder. Und siehe, der Herr stand oben und sprach: Ich bin der Herr, der Gott deiner Väter. Gott schenkte ihm das Land und versprach ihm reiche Nachkommenschaft. Da erwachte Jakob und sprach: "Wahrhaft, der Herr ist an diesem Ort und ich wußte es nicht" Furcht überkam ihn und er sagte: "Wie ehrfurchtgebietend ist doch dieser Ort. Hier ist nichts anderes als das Haus Gottes und die Pforte des Himmels." Jakob stand früh am Morgen auf, nahm den Stein, den er unter seinen Kopf gelegt hatte, stellte ihn als Steinmal auf und goß Öl darüber. Dann gab er dem Ort den Namen Beth-El (Haus Gottes).
Das sind keine historischen Berichte, sondern Legenden, die die Bedeutung und Kraft des Ortes bezeugen sollen. Alle Elemente dieser Geschichte sind wichtig, nicht nur für Bethel, für alle heiligen und starken Plätze. Es heißt, Jakob wußte nicht von der Heiligkeit des Ortes. Das soll besagen: Der Platz hatte seine Kraft, und Jakob hat sie erfahren. Der Stein ist das Zentrum. Sein Schlaf ist ein heiliger Schlaf. Gott spricht aus der Tiefe und aus der Höhe. Die Leiter deutet die Verbindung von Himmel und Erde, von oben und unten an. Im Traum bekommt er Weisung.
Der Tempelschlaf, der Schlaf am heiligen Platz ist uralt und besteht noch heute, etwa in Oberleis im Weinviertel in der Nacht vor Mariä Geburt und in der Kirche in Loretto im Burgenland am dritten Sonntag im Oktober. Alles, was von Jakob gesagt wird, gilt auch von uns. Wenn einer nicht an Gott glaubt, aber den richtigen Platz findet, dort ruht, schläft oder meditiert, kann er Weisung von oben und unten empfangen. Die Alten taten das ganz selbstverständlich nach Brauch und Instinkt. Wir müssen es wieder lernen.

Natürlich kann einer die Geschichte vom Patriarchen leugnen und ihr jeden Sinn absprechen, dann mag er eben anders leben. Gläubigen Menschen mag das fremd sein, nicht jeder geht auf Wallfahrt. Viele, die nicht aus religiösen Gründen nach Mariazell fahren, fühlen sich dort wohl. Sie sagen, sie gehen auf Erholung hin, auch wenn sie nicht daran denken, daß Erholung Leib und Seele betrifft. Daß gewisse Plätze numinos oder heilig sind, ist eine uralte menschliche Erfahrung.

Die Protestanten haben die Wallfahrt abgelehnt, zum Teil mit Recht, weil es Ausartungen gab. Wenn sie aber auf die Wartburg oder an andere Lutherstätten fahren, ist es nicht etwas Ähnliches? Warum besucht man als Protestant das Heilige Land? Nur aus bloßem Interesse? Warum feiert man das Abendmahl und die Taufe? Medjugorje mag ihnen zweifelhaft sein, aber den Vater Abraham in seinem Verhalten zu kritisieren ist schwieriger.

Die Reformation war die erste Aufklärung, die zweite kam bei uns unter Kaiser Josef II. Er hielt nichts von Wallfahrten, verbot sie, und ließ viele Kirchen und Kapellen niederreißen. Vor seinem Tod nahm er vieles zurück, und die Wallfahrt erlebte eine neue Blüte. Auch die katholische Kirche wirkt immer wieder bremsend und zurückhaltend, aber die Strömung ist nicht aufzuhalten. Es steckt etwas Uraltes, Starkes dahinter, das durchbricht. Kritische Hinterfragung ist gut, aber mit Rationalität allein kommt man nicht durch, weder in der Religion noch im Leben.

Eine ähnlich wichtige Geschichte ist die von Moses (Ex 3). Ihm erschien, als er in der Steppe auf der Halbinsel Sinai das Vieh weidete, der Engel des Herrn in einer Flamme, die aus einem Dornbusch schlug. Der Busch brannte, aber verbrannte nicht. Als Moses näher ging, um dem Geheimnis auf die Spur zu kommen, rief ihm Gott (jetzt nicht mehr der Engel) zu: "Komm nicht näher, lege deine Schuhe ab, denn der Ort, wo du stehst, ist heiliger Boden!" Da verhüllte Moses sein Gesicht.

Wieder kein historischer Bericht, sondern eine sehr tiefsinnige Legende. Wer je auf dem Sinai, der Halbinsel oder dem Berg war, versteht, warum die Erzählung dorthin verlegt wurde. Der Boden und die Luft sind dort anders. Du fühlst dich entrückt und erhoben. Es hat nicht viel Sinn, darüber zu reflektieren. Der eine erlebt es stärker als der andere. Wen es nicht hinzieht, der möge daheimbleiben.

Hinter dem Jauerling zwischen Pöggstall und Mühldorf liegt die schöne gotische Wallfahrtskirche Heiligenblut. (Es gibt nicht nur das berühmte Heiligenblut am Glockner). Zwischen Kirche und Straße steht eine kleine Kapelle mit folgender Aufschrift über dem Eingang: "Du stehst auf heiligem Boden!" Es ist ein besonders strahlender Platz und eine Kraftlinie geht von der Kirche genau zur Kapelle. Die Legende vom Hostienwunder, die mit dieser Kirche verbunden ist, will nichts anderes sagen, als daß es sich um einen besonders heiligen Platz handelt. Die Alten haben das gespürt und die Kirche und die Kapelle darübergebaut. Oder, was wahrscheinlicher ist und bei den meisten Kirchen zutrifft: Es war schon in vorchristlicher Zeit ein Platz mit starker Strahlung, die von Menschen, zumal befähigten, wahrgenommen wurde.

Wie kann man den Unterschied eines strahlenden Platzes von einem nichtstrahlenden wahrnehmen?

Die meisten Plätze sind gekennzeichnet und längst bekannt. Wo ein altes Marterl steht, oft ganz verloren in der Gegend, manchmal am Wegrand oder an einer Kreuzung, kannst du sicher sein, daß es ein strahlender Platz ist. Manche Kirchen und Kapellen stehen außerhalb eines Ortes, an einem Hang etwa, wo kein Baumeister ein Gebäude errichten würde. Das ist ein ziemlich sicherer Hinweis, daß es ein besonderer Platz ist, der gleichsam die Kirche hinzieht.

Starke Plätze fallen auch sonst ins Auge, sie sind anziehend und laden zum Bleiben ein. Selbst der eilige Autofahrer nimmt sie irgendwie wahr.

Strahlende Plätze, alte Kultstätten, erkennt man auch an Sagen, Namen oder entsprechendem Brauchtum. Das trifft besonders auf heilige Stätten der Bibel zu, wo sich nach der Überlieferung Gott oder ein Engel als Bote von ihm gezeigt oder geoffenbart hat.

Für unsere Bereiche: "Herrgottssitz" oder "Teufelssitz" sagen dasselbe aus. Es ist ein alter numinoser, geheimnisvoller Platz, der Kraft besitzt und Kraft ausstrahlt. Als die christlichen Missionare ins Land kamen, brachten sie den Einheimischen das Christentum mit, aber die Leute hielten an ihrem Brauchtum weitgehend fest. Da gab es zwei Möglichkeiten: Man weihte oder verteufelte den Platz, der heidnischen Ursprungs war. Bonifazius hieb die Donareiche um. In Göttweig, einem uralten Kultberg, stand ein heiliger

Baum. Bischof Altmann ließ ihn stehen, baute eine Kirche herum und hängte ein Muttergottesbild daran. Die heiligen Bäume, in Blech kunstvoll nachgebildet, stehen noch in Maria Taferl, der Stiftskirche in Zwettl, in Maria-Dreieichen und anderswo.
Die iroschottischen Mönche, welche unser Land christianisierten, waren tolerant und ließen den Leuten ihre geliebten alten Plätze. Auf eine Anfrage hin entschied Papst Gregor der Große um 600, die Missionare sollten die Plätze taufen. Darum haben wir den heiligen Stein noch in der Kirche von Sonntagberg und neben der Kirche in Maria Taferl und in unzähligen anderen Kirchen und Kapellen.
Die Weihe kann die strahlende Kraft ebenso vermehren wie das dauernde Gebet der Gläubigen. Gott bedient sich der Natur, um den Menschen seine Gnade zu schenken. Die andere Methode war, die Plätze zu verteufeln. So wollte man den Leuten, die Christen geworden waren, das Hingehen zu den Steinen, Quellen und Bäumen austreiben. Bonifazius kam von Rom mit einem strengeren Auftrag. Das Heidentum mit allem Brauchtum sollte ausgerottet werden.
Die Protestanten waren aufgeklärter als die Katholiken und lehnten jeden Zusammenhang mit den alten Kulten ab. Für sie war es reines Heidentum. Am Sonntagberg war es Brauch, sich vom heiligen Stein Pulver abzureiben und als Heilmittel mit nach Hause zu nehmen. Die Mönche verkauften sogar das Steinpulver, was ihnen die Protestanten übelnahmen. Die Priester lenkten daraufhin den Schwerpunkt der Wallfahrt vom heiligen Stein auf die Verehrung der Heiligen Dreifaltigkeit, die man besonders in der Pestzeit anrief. Beim Bau der großen neuen Kirche wurde heimlich ein Stück des Steins in den Aufbau des Hochaltares geschmuggelt.

Es ist bekannt, daß die Benediktiner ihre Klöster gerne auf Berge stellten, die Zisterzienser ihre ins Tal. Aber auch bei letzteren ist fast immer ein Berg in der Nähe. Hinter Heiligenkreuz liegt ein geheimnisvoller Berg, der am Gipfel eine Spalte hat, aus der warme Dämpfe steigen. Hinter dem Stift Lilienfeld ragt ein schöner Kegelberg mit einer Schneise im Wald empor, der wie ein Pfeil auf das Stift zeigt, der sogenannte G'spitzte Brand. Dazu gibt es eine Teufelssage. Auch das Zisterzienserstift Säusenstein an der

Donau liegt am Fuß eines Hügels, und die Sage erzählt, daß der Teufel beim Bau des Klosters riesige Steinkugeln herabwarf, die abgelenkt wurden und jetzt noch in der Donau vor dem ehemaligen Kloster liegen. Bei den berühmten Moldauklöstern in Rumänien liegt immer ein Kegelberg hinter dem Kloster. Ein großes Kreuz auf der Spitze weist auf den vergessenen Zusammenhang hin. Der Mensch der Vorzeit achtete auf die Zeichen, die er vorfand und deutete sie religiös, wenn er die Strahlung des Platzes spürte.
Überall finden wir Spursteine, etwa den Antrittsstein über Kirchberg am Wechsel. Dort soll der heilige Wolfgang gestanden und sein Beil den Berg hinuntergeworfen haben, das an jener Stelle im Tal zu liegen kam, wo heute die schöne Wolfgangkirche steht. (Wolfgang ist bei uns wie der Erzengel Michael der Nachfolger Wodans). Sehr reich und eindrucksvoll ist das riesige Kultgebiet von St. Wolfgang am Wolfgangsee. Auch hier warf Wolfgang das Beil. Der Wurf deutet auf den Zusammenhang beider Plätze hin. In St. Wolfgang im Salzkammergut steht in der Kirche der schöne Spurstein des Heiligen.
Spursteine gibt es auf der ganzen Welt. Sie deuten an: Hier war die Gottheit oder ein göttliches Wesen, ein Engel oder Heiliger anwesend, und hat etwas von seiner Kraft hiergelassen, die uns anzieht und stärkt. Seine Kraft ruht noch geheimnisvoll im Stein. Der Platz ist heilig, er strahlt, ist mächtig.
Einige hundert Meter donauaufwärts von Säusenstein lag eine Steinplatte mit einer großen und einer kleinen Fußspur. Als Kinder sagten wir, hier habe der Schutzengel ein Kind geführt, um es vor dem Teufel zu schützen. Eines Tages war der Stein verschwunden, der Straßenmeister hatte ihn bei der Verbreiterung der Straße in die Luft gesprengt.
Auf dem Zenostein bei Hafnerbach sieht man die Spuren des heiligen Zeno, auf dem Wolfgangstein im Mauerbachgraben die Spuren des heiligen Wolfgang. Ähnlich in Rankweil.
Berge haben oft eine merkwürdige Form. Kegelberge sind fast immer heilige Berge. In ihnen sah man das männliche Zeichen der Fruchtbarkeit und verehrte die schöpferische Kraft Gottes im Menschen. Besonders auffallend waren drei Kegelberge nebeneinander. Der Berg Sinai, auf den man die Erscheinung Gottes mit der Verkündigung der Zehn Gebote verlegte, ist

so ein Berg mit drei Spitzen. Wir brauchen nicht so weit zu gehen. Auf jeder Flasche vom Göttweiger Stiftswein sieht man das Wappen: drei Kegelberge, auf dem mittleren das Kreuz.
Warum sind die meisten Heiligtümer der Muttergottes geweiht?
Gott als Vater ist für die biblischen Religionen typisch. Die älteren Religionen sahen die Gottheit als Frau und Mutter. Sie war das Symbol aller Fruchtbarkeit, nicht nur der menschlichen. Denken wir an die Venus von Willendorf in der Wachau. Die Alten wußten nur, daß die Kinder aus der Frau kamen. Die Zeugung durch den Mann kannten sie nicht. Sie glaubten, die Frauen würden fruchtbar, wenn sie unter einem bestimmten Baum durchgingen oder einen Stein berührten. Der Vater als Zeuger war unbekannt. Er war Gatte der Frau, nicht im wörtlichen Sinne Vater der Kinder. Bis in die neueste Zeit hat es Naturvölker gegeben, die den Zusammenhang von Geschlechtsverkehr und Zeugung nicht kannten. Da lag es nahe, die Frau als Geberin des Lebens auch göttlich zu verehren. Die jüdischen Propheten hatten immer gegen die alten Mutterkulte und ihre oft anstößigen Bräuche zu kämpfen. Wie stark das Mütterliche in Glauben und Brauchtum noch heute vorhanden ist, sieht man an der Verehrung der Großen Mutter, die in Maria weiterlebt. In der Urzeit vermehrte sich die Menschheit nur sehr langsam. Man war der Natur und ihren Mächten preisgegeben. Kinder zu haben bedeutete Versorgung im Alter und Arbeitskraft. Aber die Sterblichkeit der Kinder war groß, Kinderlosigkeit galt als Schande, Fruchtbarkeit als Segen. In den biblischen Geschichten lesen wir von den Sorgen der kinderlosen Mütter von Sara bis Elisabeth.
Nach Mariazell zogen Kaiserinnen zu Fuß, um Kinder zu erflehen. Der Judenstein bei Innsbruck ist ein Kindlstein, zu dem die Tirolerinnen pilgerten, wenn sie keine Kinder bekamen. Aus Dankbarkeit hängten sie später Kinderkleider über den Stein, was mißdeutet wurde. Wahrscheinlich wurden Kinder geopfert, aber auch nur, um die Fruchtbarkeit zu sichern und nicht aus Grausamkeit. Darüber später mehr.
Der früh verstorbene Papst Johannes Paul I. hat einmal gesagt, wir könnten Gott ebenso Mutter wie Vater nennen. Von ihm kommt alles Leben, er ist geschlechtslos. Wir Menschen stellen uns auch das Unvorstellbare menschlich und in Symbolen vor.

Vösendorf bei Wien, Grabbeigabe, Kindertrinkgefäß aus dem 5. Jahrtausend vor Christus

Markersdorf bei Neulengbach

Zenostein, Hafnerbach

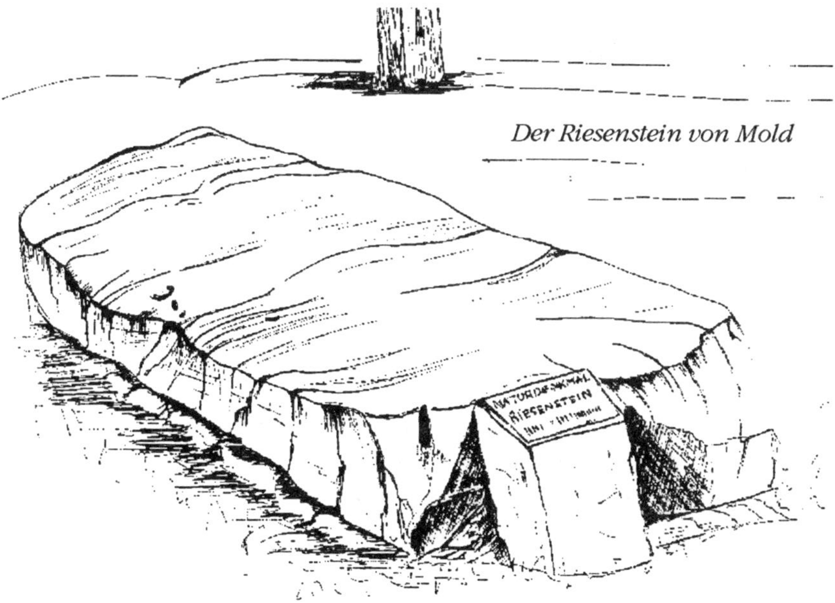

Der Riesenstein von Mold

Die Felsspalte kommt sehr häufig an den Opferstätten vor. Neben dem männlichen Stein, einem Koloß, gab es einen Durchgang oder Durchschlupf, der weiblichen Charakter hatte. Ein schönes Beispiel dafür ist das "Alte Grab" bei Herrnstein oder St. Thomas am Blasenstein. Oft bringt ein Stein das männliche und weibliche Prinzip symbolisch zugleich zum Ausdruck, etwa beim Matterhörndl bei Mödling. Ein großer Kalkfelsen ragt empor, der in der Mitte eine Öffnung hat, durch die man hindurchschlüpfen kann. Der noch bis in die jüngste Zeit erhaltene, jetzt nach mutwilliger Zerstörung schwer feststellbare Steinkreis zeigt die kultische Bedeutung des Platzes.

Das Durchkriechen sollte heilend auf Leib und Seele wirken, die Berührung mit dem Stein ist heilsam. Der Hinweis auf Wiedergeburt ist nicht zu übersehen. Gerne reichte oder zog man Kinder durch eine Spalte aus Stein oder Holz.

Ein uraltes Zeichen einer Kultstätte sind Schalen im Stein. Auch sie sind überall anzutreffen und haben zweifellos mit Opfer zu tun. In die Schale legte man Geschenke, Geschenke an die Gottheit.

Geopfert wurde immer und überall. Wir haben das Meßopfer. Die Frage, warum die Menschen geopfert haben, ist einfach und schwer zugleich. Man sagt: ich gebe dir, damit du mir gibst. Ich suche mir die Gunst der Gottheit durch ein Geschenk, ein Opfer, zu erwerben. Was opfere ich? Das Kostbarste ist der Mensch selber, also brachte man Menschenopfer dar. Das Kostbarste in einer Familie ist der Erstgeborene. Darum opferte oder wollte oder sollte Abraham seinen Erstgeborenen opfern, das heißt, ganz brutal gesagt, schlachten. Beim Opfer muß Blut fließen. Blut ist Leben. Abraham weigerte sich nicht.

Unsere Vorfahren haben es als selbstverständlich hingenommen, daß man Gott das Leben eines Menschen schenkt. Neuere Forschungen haben eindeutig ergeben, daß auch bei uns Kinder geopfert wurden. Die Einzelheiten bis zum Kannibalismus möchte ich nicht aufzählen, sie sind zu schokkierend. Denken wir an das Kinderspiel, das aus dieser Zeit stammt: Mariechen saß auf einem Stein. Mariechen warum weinest du? Ja, weil ich heute sterben muß. Da kam der Bruder Karl daher und stieß Mariechen in das Herz. Das ist das uralte Opferritual.

In der Geschichte vom Opfer des Abraham sieht man bereits den Übergang vom Menschenopfer zum Tieropfer. Wenn wir in der Liturgie vom Lamm Gottes sprechen, ist das Hinweis auf uralte Riten. Die Kommunion steht auch damit in Zusammenhang. So stark wirken alte Opfervorstellungen nach, auch wenn sie später vergeistigt und in Symbole umgewandelt wurden. Zur Sicherung eines bedeutenden Baues oder einer Brücke hat man Menschen, meist Kinder, geopfert, das heißt: zuerst lebend, dann tot eingemauert. In der Bibel ist der Übergang zu reineren Opfern dargestellt. Barmherzigkeit will ich, nicht Opfer, sagt der Prophet. Und an anderer Stelle läßt man Gott sagen: "Mich ekelt vor dem Geruch eurer verbrannten Rinder und Stiere." Uns auch, könnten wir hinzufügen. Aber wir haben nichts gegen Kriegsopfer. Sie werden bedenkenlos dargebracht oder zum Opfer vorbereitet, wenn auch mit der Ausrede der möglichen und notwendigen Verteidigung. Von Verkehrsopfern spricht man, als müßten sie sein.
Bei den Opferstätten der Vorzeit, unter den Schalen, hat man einen erhöhten Wert von Phosphor festgestellt, Zeichen für längst vergossenes Blut. Eine gereinigte religiöse Vorstellung müßte sich vom Blutopfer, auch vom Bild, losmachen. Gott ist kein Moloch, der das Blut seiner Kinder braucht. Nicht Gott will ein blutiges Opfer, sondern der Mensch will es. Kein Vater wird vom Sohn verlangen, daß er zur Sühne, wenn auch für andere, stirbt. Aber gerade das ist bei den Menschenopfern der Vergangenheit geschehen. Um Gott zu versöhnen, der nicht zur rechten Zeit den fruchtbringenden Regen schickt, wurden Kinder getötet. Leben für Leben. Und die Opfernden, die Eltern, die Verwandten, die Sippe, haben das fraglos getan. Mariechen war nur traurig, aber sie hat ebensowenig dagegen aufbegehrt, wie der Bruder gezögert hat, sie zu töten. Abraham dachte in der Geschichte, einer alten Stammeslegende, nicht daran, sich zu wehren und den Sohn zu schützen. Er zückte das Messer. Nicht das Blut hat erlösende Kraft, sondern Hingabe und Liebe.
Es gibt Schalensteine in jeder Größe. In den von Neunagelberg an der böhmischen Grenze kann sich ein Mensch hineinlegen. Die Schalen auf dem Heiligen Stein von Mitterretzbach sind handgroß. In die kleinen Schälchen vom Riesenstein in Mold bei Horn haben nur die Fingerspitzen Platz. Schälchen sind immer Hinweis auf eine Kultstätte. Sie werden meist zahlreich

am heiligen Stein angebracht, nicht nur in der Horizontale, sondern auch an Seiten und Decken.
In den Dolmen findet man sie ebenso wie auf den Rutschsteinen. Sie haben mit Opfer und Fruchtbarkeit zu tun. Man legt heute noch in manche Schalen Blumen und Früchte. Ich sah das auf dem Kindlstein bei Kirchberg am Walde und auf dem schönen Opferstein mit dem Eisenkreuz in Rotenhof über Persenbeug. Wenn der Kultstein aus Konglomerat ist, wie beim Alten Grab in Herrnstein oder auf dem Bettelmannstein bei Perchtoldsdorf, findet man kleine Steine in den natürlichen Schalen.
Schälchen können auch durch Bohrung entstanden sein, um den heilsamen Steinstaub zu bekommen. Alle Symbole haben im Lauf der Zeit und bei verschiedenen Völkern mehrfache Bedeutung. In die Schalen, welche etwa drei oder vier Finger groß waren, hat man auch Fett gegossen, mit einem Docht aus trockenem Darm versehen und so ein Lichtopfer dargebracht.
Nun ist noch von den Langsteinen, Menhiren oder Masseben zu sprechen. Das sind aufrecht stehende Steine von verschiedener Größe, die eine vielfache Bedeutung haben. Sie können als Grenzsteine gedient haben, aber zweifellos liegt ihr Ursprung im Kult. "Richte den Stein auf und du wirst mich finden", lautet ein geheimnisvoller Vers im apokryphen Thomasevangelium. Abraham hat den Stein aufgerichtet, ebenso Isaak. Josua richtete beim Einzug ins Heilige Land Steine auf. Massebe heißt der aufrechte Stein in der Bibel. Wenn die zwölf Steine in Jericho als Erinnerungssteine bezeichnet werden, ist das zu wenig. Es sind Malzeichen – und noch viel mehr. Sie wurden zweifellos nicht an einer beliebigen Stelle errichtet, sondern an einem schon vorher geheiligten Platz.
Wo stand Gilgal, zu dem Saul immer zurückgekehrt ist? Wir wissen es nicht. Die römischen Altäre gleichen den Masseben, nur sind sie, weil späteren Ursprungs, kantiger und haben oben eine gerade Fläche. Sie sind schlank und nicht so groß, wie wir uns heute einen Altartisch vorstellen. Beispiele dafür kann man an der Kirchenmauer in Sarling bei Säusenstein an der Donau sehen. Manchmal steht in der Nähe oder vor der Massebe eine Opferschale in Fels gehauen. Der hohe Stein ist männlich, die Schale weiblich. Man pflegte sie mit Öl oder Blut zu salben. Die vier Ecken (Hörner) der späteren Altäre sind vielleicht Überbleibsel von Eckmasseben.

Masseben, Steinsäulen, hat man in Israel in Hazor und Megiddo in einer Reihe, an ersterem Platz in Nord-Süd-Richtung, gefunden. Sie waren zeichenlos und nicht behauen, später behauen. Sie stammen aus der sogenannten Megalithzeit, wo man Steine verehrte. Sie wurden als Behausung der Gottheit angesehen, aber auch als Wohnung eines Verstorbenen. Der Zusammenhang mit unseren Grabsteinen ist gegeben.

Die Menhire sind die Verwandten der semitischen Masseben. Ihnen vorausgegangen sind wahrscheinlich die heiligen Pfähle, die bestimmte Stellen in der Landschaft als numinos, kraftgeladen, bezeichneten. Menhire sind männlich und haben mit Leben und Tod zu tun. In der Bretagne stehen kilometerlange Reihen von Menhiren, einzelne sind so hoch wie ein Kirchturm.

Am Anfang hat man Steine genommen, wie man sie vorfand, später wurden sie sorgfältig behauen. In Deutschland heißen sie Hinkelsteine. Es gibt davon sehr viele und sehr schöne. Manchmal hat man in der Nähe Grabstätten gefunden und Knochenreste der Opfer. Waren es Grabsteine oder Grenzsteine?. Das Wort Hinkel dürfte auf Hühner zurückgehen, die dort geopfert wurden.

Gibt es bei uns, im Lande um Wien, Menhire? Wir kommen später darauf zurück.

Wir moderne Menschen möchten alles messen und zählen. Wir verlassen uns nicht gerne auf die Intuition, die Eingebung, das Gefühl, die Überlieferung. Uralte Mittel, die wir wieder anwenden, sind Wünschelrute und Pendel.

Viele Menschen haben die Fähigkeit, mit Rute oder Pendel Strahlungen wahrzunehmen. Schon seit Jahrhunderten, wenn nicht Jahrtausenden, hat man mit der Rute Wasser und Erze gesucht und gefunden. Heute nennt man das Radioästhesie, die Fähigkeit, Strahlungen wahrzunehmen. Es gibt Wasser- und Erdstrahlen. Als Rute kann man eine geteilte Rute eines Strauches oder Baumes oder zwei Stäbe aus Metall oder Plastik verwenden, die man gewinkelt in beiden Händen hält. Wenn man damit durch die Gegend geht, wird sich eine unwillkürliche Bewegung der Rute oder der Stäbe feststellen lassen. Die Probe, ob es echt ist, kann man am leichtesten machen, wenn unabhängig voneinander mehrere Versuchspersonen das Gelände abgehen. Beim Vergleich stellt sich heraus, daß beide oder alle dasselbe gefunden haben. Es gibt auch Apparate, mit denen man zum gleichen Ergebnis kommt. Aber allzuviel Technik halte ich nicht für notwendig und gut.

Als moderne Menschen fragen wir natürlich, was steckt dahinter? Die Antwort ist: Wir wissen es nicht. Dabei wollen wir nicht übersehen, daß das meiste, mit dem wir umgehen und das wir zu wissen und zu können glauben, nicht exakt zu erklären ist. Wie wirklich ist die Wirklichkeit? Was ist ein Stein, der vor dir steht? Ist er feste Masse oder ein Wirbel von Atomen und noch kleineren Teilchen? Wie stehen Masse und Energie zueinander? Letztlich geht eins ins andere unaufhörlich über. Wie haben sich unsere Erkenntnisse der natürlichen Dinge und Vorgänge geändert! Auch die Mathematik ist nicht exakt im strengen Sinne, sie beruht auf Axiomen, auf Annahmen, die wir nicht beweisen können. Heute sagt man, daß es sieben oder noch mehr Dimensionen gibt, die Parapsychologie eingeschlossen.

Es gibt in diesem Bereich Übertreibungen und Schwindeleien. Die Systeme der Erdstrahlen sind kompliziert. Gibt es die großen Verbindungslinien der Kraftorte, die über einen Kontinent hinweggehen? Liegt Mariazell auf so einer Leylinie? Stimmt die Berechnung, nach der Plätze im Verhältnis des pythagoreischen Dreieckes verbunden sind? Ich lasse das offen.

Pendel und Rute sind hilfreiche Werkzeuge zur Feststellung der Strahlung eines Platzes. Sie sind nicht subjektiv in dem Sinne, daß man dran glauben muß, damit sie wahrgenommen werden. Ein Beispiel: Südlich von Neulengbach liegt abseits des Dorfes Markersdorf am Waldrand in wunderschöner Lage eine romanische Rundkirche. Mir war sie schon lange aufgefallen, und ich wollte ihre Strahlung feststellen. Ich fand die Kirche offen, weil der Pfarrer gerade da war. Ich ging den Raum ab, und er sah mir zu. "Was ist das?" fragte er. Ich gab ihm die Rute in die Hand und sagte: "Probieren Sie es selbst!" Sie schlug bei ihm auf Anhieb am gleichen Platz wie bei mir aus. Er hatte es noch nie vorher versucht. Noch ein Beispiel: Ein Mann mißbilligte den Gebrauch der Rute. Als wir sie ihm in die Hände gaben, schlug sie heftig aus, obwohl er noch immer protestierte. Dann allerdings gab er auf und geht jetzt gerne damit durch die Gegend.

In Neidling, etwa acht Kilometer westlich von St. Pölten, steht am Ortsrand eine gotische Kirche, in der man den alten Hochaltar vollständig weggeräumt und durch einen dem Volke näheren Tischaltar ersetzt hat. Die Rute schlägt genau an dem Platz aus, wo einmal der Altar stand. Ähnlich ist es in Statzendorf. Über die Problematik der versetzten Altäre und Kanzeln an einer anderen Stelle.

In Diedersdorf an der Donau, einige Kilometer donauabwärts von Ybbs, hat man ein schönes Marterl mit einer Barockmadonna von der Straße weggerückt. Ich kam gerade hin, als der Straßenmeister dort arbeitete. Die Rute zeigte genau den alten Platz an, wie mir der Straßenmeister bestätigte.

Man könnte kritisch sagen, wir gehen schon mit einer bestimmten Erwartung in eine alte Kirche und finden im Grunde immer das gleiche Schema. Eine West-Ost-Linie läuft vom Altar bis zum hinteren Ausgang. Der stärkste Punkt ist der Altar oder der Platz hinter dem alten Hochaltar, der nächste ist unter dem Triumphbogen, wo eine Linie quer läuft, auf der die Kanzel steht. In den Nebenschiffen laufen Parallellinien. Das stimmt meistens, aber nicht immer. Es gibt große alte Kirchen und Dome, wo man vergebens nach starker Strahlung sucht, etwa St. Stephan in Wien oder Mariazell. Im Speyrer Dom mit der großen Krypta, in Notre Dame und der Westminsterabbey tut sich nicht viel.

Ich stelle die begründete Behauptung auf, daß es strahlende Plätze gibt und daß man sie mit Pendel und Rute feststellen kann.

Sensible Menschen können es auch ohne diese Werkzeuge mit der bloßen Hand.

Ich stand mit vielen an der Klagemauer in Jerusalem, und wir legten die Hände auf die ehrwürdigen Steine. Nach einer Weile begann es in den Fingern zu prickeln. Manche halten es gar nicht lange an so einem Platz aus, sie bekommen Kopfweh und andere Beschwerden. Sie müssen weggehen. Die Plätze sind gut zum Verweilen, aber nicht zum Bleiben. Wo eine alte Kirche einmal gestanden ist, dürfte man kein Haus bauen.

Es hat keinen Sinn, ja es ist schädlich, von einem Kultplatz zum andern zu eilen. Du spürst es seelisch und körperlich. Röntgenstrahlen kann man auch nur dosiert aufnehmen. Im Thermalbad oder im Radiumstollen sollst du nicht übernachten.

Soll man die Kraft und die Wirkung eines Platzes überhaupt messen? Bedient man sich da nicht eines ungeeigneten Werkzeuges? Ist es nicht so, als wenn man die Stärke eines Gefühls mit einem Apparat bestimmen wollte? Da ist etwas dran. Aber es kann manchmal nützen und erfreuen, wenn man die äußere Bestätigung erfährt.
Fassen wir zusammen: Es gibt Plätze, die ziehen stärker an als andere, von manchen kommt man fast nicht los. Das geht nicht nur uns so, das ist eine uralte Erfahrung der Menschen und Völker aller Zeiten.
Wenn jemand von Geomantik und Radioästhesie nichts wissen will, kann er trotzdem ein unmittelbares Verhältnis zu den Kultplätzen haben. Jeder hat seine Plätze, die er gerne und wiederholt aufsucht, jeder fühlt sich an einem neuen Platz, zu dem er kommt, mehr oder weniger hingezogen. Das genügt. Einen Teppich kann man von vorne und von hinten ansehen. Vorne sieht man das schöne Muster, die Struktur, hinten das Gewebe und wie alles zusammenhängt. Normalerweise wird man den Teppich von der richtigen Seite ansehen. Bei den Plätzen ist es auch so. Nimm sie, wie sie sind, wie sie sich dir darbieten, wähle aus.
Es gibt eine reiche Tradition der besonderen Plätze. Viele sind, wie wir gesehen haben, durch Zeichen markiert; nach welchen Gesichtspunkten, das kannst du für dich offen lassen. Wir meinen, daß Stonehenge, die Pyramiden, der Dom von Chartres, das nächste Marterl um die Ecke, nicht zufällig dort stehen, daß es nicht nur historische, sondern mystische Gründe für ihre Entstehung und den Besuch gibt.
Warum sollen wir diese Plätze nicht aufsuchen, warum sollen wir die alten Traditionen verkümmern lassen und nicht einen neuen Umgang mit der Landschaft, dem Boden, und dem was auf ihm und unter ihm ist, suchen? Vielleicht ist das nur für uns aufgeklärte Menschen der Spätzeit neu und schwierig.
Es gibt verschiedene Gesichtspunkte, nach denen wir durchs Land ziehen können. Das Aufsuchen der alten heiligen Plätze kann uns bereichern und verinnerlichen.

Wo finden wir diese Plätze in unserem Land?

Eine Anzahl davon kennt jeder. Wer andere, unbekannte aufsuchen will, findet in dieser Schrift eine Menge. Von Vollständigkeit kann keine Rede sein. Es ist so wie in der Archäologie. Es ist schon sehr viel gefunden worden, aber ein Mehrfaches steckt noch im Boden, niemals werden wir alles finden. Wenn du dich umsiehst in der Gegend, wo du lebst oder wohin du kommst, wirst du etwas finden: einen alten heiligen Platz, einen bezeichneten Stein, eine alte Quelle, Kapellen und Marterl. Längst Vergessenes taucht auf, wenn man mit den Einheimischen spricht. Wer suchet, der findet. Wie du mit den Plätzen umgehst, ist deine Sache; aber wie Schmetterlingfangen oder Briefmarkensammeln soll man es nicht betreiben. Du wirst dich in ihnen, oder bei ihnen finden, du wirst dem Geheimnis der Welt und den Mächten näherkommen. Die Alten hatten einen unmittelbaren Zugang, weil Tradition in ihnen lebte und weil sie religiös waren. Dieser Zusammenhang oder Rahmen ist wichtig. Dafür müßte man wenigstens offen sein. Wie stark wir kultfähig sind, ist eine schwere Frage. Aber es genügen die Reste, die in jedem vorhanden sind. Vielleicht ist gerade der neue Zugang eine Möglichkeit, aus einem andern Geleise heraus- und zu den Wurzeln hinzukommen.

Wir beschreiben zuerst eine Reihe von besonders schönen und ehrwürdigen Plätzen, später bringen wir Hinweise auf Plätze in den verschiedenen Gegenden. In den Exkursen werden Zusammenhänge gezeigt, die zum Verständnis beitragen. Wiederholungen sind beabsichtigt.

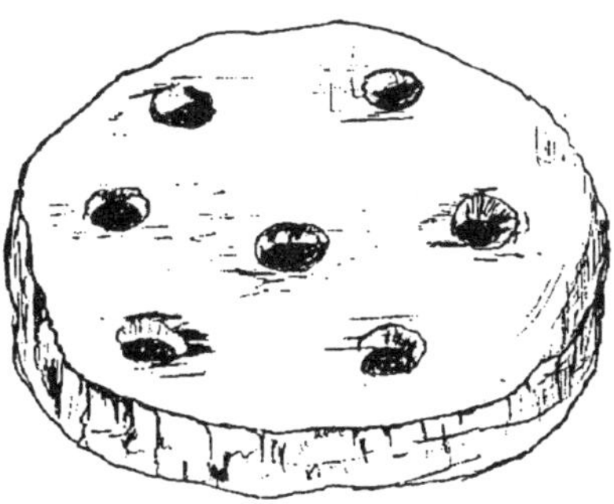

Lichterstein in Innerochsenbach

St. Stephan in Wien, die Mitte des Reiches

Nach Lage, Größe und Geschichte würde man in der Stephanskirche in Wien eine starke Strahlung vermuten. Sie fehlt oder ist so gering, daß sie eher enttäuscht. Ist St. Stephan kein starker Platz? Zweifellos hat man die große und zentrale Kirche am richtigen Platz gebaut. Der Stock im Eisen ist der Rest des alten Kultbaumes, der hier stand. Die Benagelung wurde später umgedeutet. Die vergleichende Religionswissenschaft lehrt, daß Benagelung etwas mit Fruchtbarkeit zu tun hat. Im Orient hat man zu diesem Zweck Steine benagelt. Zwischen dem Platz, wo jetzt der Stock im Eisen steht, und der Stephanskirche, sieht man auf dem neuen Pflaster den Grundriß der Virgilkapelle.

Diese liegt genau unter der angegebenen Stelle und wurde erst 1972 entdeckt, als man die Untergrundbahn baute. Die Virgilkapelle wurde von Schutt befreit und ist heute vom Eingang der U-Bahn aus zu betreten. Den Grundriß bilden zwei Kleeblätter, die mit dem Stiel zusammenstoßen. Das ergibt sechs halbkreisförmige Nischen, Apsiden, von denen eine erst vor kurzem zu einem Ausgang umgestaltet worden ist. Die nach oben hin runden Nischen weisen Kreuze auf, die in der Gründerzeit, etwa um 1200, entstanden sind. Fenster gibt es keine. Der Einstieg geschah wahrscheinlich durch eine Innentreppe.

Es war kein Karner, denn dieser befand sich, wie man weiß, darüber. Prof. Feuchtmüller vermutet, daß Friedrich der Streitbare hier die Gebeine des Landespatrons Koloman aufstellen wollte, durch seinen frühen Tod aber nicht mehr dazukam. Die spätere Verwendung ist für uns nicht wichtig. Wichtig ist, daß dieser Raum eine unerhörte Strahlung hat. Besonders die Nischen, also die Blätter des Kleeblattes, strahlen stark. Empfindliche fühlen das schon, wenn sie den mystischen Raum nur betreten. Das dürfte der alte starke Platz sein, die Mitte der Stadt und des Kultbezirkes. Vielleicht hat die Stephanskirche durch Brand, Umbau und die vielen elektrischen Kabel verloren, wie es ähnlich bei Notre Dame und der Westminster Abbey zutrifft. Der Dom ist und bleibt ehrwürdig und schön, wenn er auch stark verändert wurde. Maria-Pötsch ist eine Gnadenstätte, aber wer den Genius loci, den Geist des Platzes spüren will, der muß nach St. Virgil hinabsteigen.

Virgil-Kapelle St. Stephan

Unterlaa

Das ist ein altes Dorf am Südostrand von Wien, hinter dem Kurzentrum, wo es schon nach Schwechat zu geht. Beim Vorbeifahren fällt einem die alte Kirche auf, die in der Senke einer Parkanlage neben der Straße liegt. Umfangreiche Grabungen haben ergeben, daß hier ein römisches Gebäude stand. Auf diesen Trümmern wurde eine karolingische Holzkirche erbaut, der eine romanische Steinkirche mit einem rechteckigen Grundriß folgte. Nach 1200 wurde die Kirche dem Johanniterorden übergeben, der sie zu einer Hospitalkirche umbaute. Die danebenstehende Burg wurde später zerstört. Bei den Grabungen fand man auch Reste aus der späten Eisenzeit. Es handelt sich um einen uralten Kultplatz, der seine Ausstrahlung bewahrt hat. Dorthin müßte man sich am Abend setzen und meditieren. Wiener werden sich dort nicht wohlfühlen, weil das für sie keine anziehende Gegend ist. Es ist ein mystischer Platz, trotz der trostlosen Umgebung. Ein Rastplatz für Radfahrer, für die ein eigener Radweg vorbeiführt. Ich sah noch nie jemand verweilen.
Die Strahlung ist sehr stark.

Die göttliche Brühl

So nannte Beethoven in seinem Tagebuch die heutige Landschaft um Hinterbrühl, in der er 1818 Sommerurlaub machte. Der Text lautet so: "Ein kleines Haus allda so klein, daß man allein nur ein wenig Raum hat. Nur einige Tage in dieser göttlichen Briel. Sehnsucht oder Verlangen, Befreiung oder Erfüllung."
Die Brühl ist ein ziemlich schmaler Talgrund, von dem man durch den Park zum Anninger aufsteigen kann. Die alte Stiege, welche vom Parkplatz zur Straße hinaufführt, wird Bettlerstiege genannt. Unwillkürlich glaubt man, das habe etwas mit Bettlern zu tun. Das stimmt nicht. Es hat mit beten zu tun und zeigt einen alten Kultweg an, der hier begonnen hat. Wohin sind die Pilger gezogen, fragt man unwillkürlich? Zweifellos zum Matterhörndl, das früher ein Pfennigstein war. Mit Pfennig ist aber nicht das Geldstück

gemeint, darin steckt ein altes deutsches Wort, das eine ähnliche Bedeutung wie Venus hatte. Eine Art Frauenstein. Der Hinweis ist in der Genovevasage zu finden, die auf eine Gräfin auf der Burg Mödling übertragen wurde, welche von ihrem Mann wegen vermeintlicher Untreue verstoßen, beim Stein gelebt hat, dann von ihm gefunden und heimgeholt wurde. Das Matterhörndl – dem die Kletterer diesen Namen gegeben haben – ist nicht nur weiblich zu deuten. Es ist männlich und weiblich. Der große kegelartige Fels auf einer kleinen ebenen Fläche mitten im Wald - wir haben es schon erwähnt - hat ein Durchschlupfloch, dessen Bedeutung wir kennen. Hinzufügen möchte ich, daß man das Durchschlüpfen "ung'schaut und ung'schrien" machen mußte. Das heißt, man durfte nicht sprechen und nicht zurückschauen. Man erlebte kultisch Heilung, Erneuerung und Wiedergeburt für Leib und Seele.

Die Brühl ist das Tal des Mödlingbaches, das in der Au beginnt und in der Ebene von Mödling endet. Zur Zeit der Kelten, vor über 2000 Jahren, waren die Hügel ringsum besiedelt, wovon zahlreiche Funde zeugen, die im Museum von Mödling ausgestellt sind. Die Fundstellen sind auf dem Jennyberg, dem gegenüberliegenden Kalenderberg, auf dem Schwarzkogel und Schweinzerberg. Kalender soll nach einer Deutung den Stamm "Kal" enthalten, was Höhlung, Bauch, Mutter bedeutet, also weiblich ist. Dasselbe gilt vom Kahlenberg und den vielen Kaltenbergen. Daß man bei den Ausgrabungen Mondidole gefunden hat, die zweifellos kultische Bedeutung haben, muß erwähnt werden. Dem Kalenderberg gegenüber ist der Frauenstein, drei übereinander liegende Felsgruppen, von denen die Sage erzählt, daß dort drei Frauen gehaust haben: die Großmutter unten, die Mutter in der Mitte, die Tochter oben. Ein Fremder sei gekommen und habe zuerst bei der Alten, dann bei der zweiten gelebt und sei zuletzt bei der dritten geblieben.

Das sind die drei Nornen, die drei Lebens- und Jahreszeiten. Gegenüber am Abhang des Kalenderberges steht ein mächtiger männlicher Stein. Von der Goldenen Stiege neben dem Jennyberg führt der Dreistundenweg den Hang entlang nach Westen. Wenn ihn auch Fürst Liechtenstein in der romantischen Zeit ausgebaut und die ganze Gegend mit künstlichen Ruinen geschmückt hat, wie Husarentempel, Römerwand u.a., so ist es doch ein

Das Matterhörndl bei Hinterbrühl

alter Kultweg, der genau zum Hexensitz hinführt. Das ist ein alter Meditationsplatz, den vielleicht Frauen besonders gern besucht haben. Die Strahlung ist deutlich wahrzunehmen. Auch der alte Weg ins Kiental und zur darunterliegenden Höhle verlief anders als jetzt, wie die Rute und der Baumwuchs zeigen. Im Kiental, wo sich der Graben teilt, ist ein schöner Platz mit starker Strahlung.

Dort liegen die drei Steine. Folgt man dem alten Bettlerweg nach Süden, kommt man zum Toten Mann und dem Hangenden Stein, uralte Namen für heilige Plätze. Vom Kiental geht es auf den Anninger, aber parallel zum Mödlingbach kommt man zum Schwarzkogel, einem auffallend regelmäßigen Kegelberg. Auf halber Höhe, auf einem ebenen Platz, wurde eine urgeschichtliche Siedlung ausgegraben. Dahinter sind zwei bearbeitete Felsen, die voneinander etwa zehn Meter entfernt sind. Der eine ist ein schöner Durchschlupfstein, also weiblich, der andere ist menhirartig, also männlich. Auf letzterem sieht man grobe kleine Schalen, in einer liegt noch ein Stein, das Steinopfer, wie es beim Bettelmannstein in Perchtoldsdorf zu finden ist. Die Strahlung führt zu zwei weiteren Felsen am Abhang des Schwarzkogels, von denen seinerzeit die Archäologen gesagt haben, hier müßte man nachgraben. Das dürften Opferplätze gewesen sein. Neben der Straße liegt ein umgestürzter Menhir, dessen christliche Entsprechung das gegenüberliegende Marterl ist. Die Straße ist die "Heilige Straße", die nach Mariazell führt.

Dem Schwarzkogel gegenüber Richtung Nordwesten liegt der Schweinzerberg, auf dem ebenfalls eine keltische Siedlung ausgegraben wurde. Vom Hexensitz nach Norden, jenseits der Brühl, vor der Autobahn, steht auf einem beherrschenden Platz das große Weiße Kreuz, darunter eine Höhle. Vor der Höhle ist ein stark strahlender Platz, auf dem wir einen mächtigen Menhir gefunden haben. Die Richtung zum Schwarzkogel ist genau Nord-Süd.

Vom Weißen Kreuz gibt es zwei Sagen. Nach der einen kam der Ritter von Liechtenstein nach der Jagd in der Finsternis in ein Gewitter, das in einen Regen überging. Plötzlich blieb das Pferd stehen und war weder durch Zureden noch durch Schläge zu bewegen, weiterzugehen. Da sah der Ritter, daß sie vor einem Abgrund standen. Aus Dankbarkeit für die Rettung ließ

er das Weiße Kreuz aufstellen. Die zweite Sage erzählt, daß eine Jungfrau vor den Türken, die sie verfolgten, davongelaufen und hier in die Tiefe gesprungen sei. Solche Sagen von Steinen finden sich oft.
Nordöstlich vom Weißen Kreuz liegt das Wassergspreng, von wo aus man in derselben Richtung weiter auf den Höllenstein steigt. Es ist mit einer Tafel bezeichnet. Der untere, größere Felsen hat eine Halbhöhle, von der rechten Seite kann man über den schmalen Kamm den Gipfel auf einer uralten Treppe erreichen. Neben diesem Felsen steht ein kleinerer menhirartiger Stein, den ein Durchschlupfweg, wie er bei solchen Kultstätten oft zu finden ist, vom Hauptfelsen trennt.
Einst hat ein Bauer im Tal des Weißenbaches, der vom Höllenstein herunterkommt, gepflügt. Dabei blieb sein Pflug an einem der vielen Felsen stekken, die unter dem Boden sind. Der erzürnte Mann stieß einen Fluch aus, der Teufel möge die Steine holen. Kaum hatte er das gesagt, stand ein fremder Mann vor ihm und versprach, alle Steine wegzuschaffen, wenn er ihm dafür seine Seele nach dem Tode überlasse. Der Bauer erkannte, mit wem er es zu tun hatte, besann sich und sagte, er sei damit einverstanden, wenn der Fremde ihm die Steine in einer einzigen Nacht wegschaffe. Als der Teufel mit dem letzten großen Felsblock auf der Höhe des Berges war, krähte in Weißenbach der Hahn. Da warf der Teufel den Fels zu Boden, verschwand und hinterließ die Abdrücke seines Rückens und seiner Hände.
Eine andere Sage erzählt, daß der liebe Gott, als er noch auf der Erde herumging, zu den Föhrenbergen kam und auf einer hohen Felsenkanzel rastete, wo man eine schöne Fernsicht nach allen Seiten hatte und im Süden den Gipfel des Schneebergs sah. Dem lieben Gott gefiel dieser Platz, und man nannte ihn fortan Herrgottsstuhl. Als der liebe Gott weitergegangen war, faßte der Teufel einen großen Felsen und schleuderte ihn auf den Berg, sodaß man den Schneeberg nicht mehr sehen konnte. Dieser Fels wurde fortan Höllenstein genannt und zeigt die Abdrücke von den Händen des Teufels. Mit einem gewaltigen Streich zerschlug der Teufel die Felskanzel des Herrgottsstuhles in zwei Teile, die seither den Namen Teufelsstein tragen. Zwischen diesen Felsen und dem Julienturm ist ein großer ebener Platz, jetzt mit hohen Bäumen bedeckt, mit einer wunderbaren Aussicht. Dieser Platz diente wahrscheinlich als Versammlungsplatz für die Menschen der

Der Höllenstein bei Hinterbrühl

Vorzeit, wenn sie zusammenkamen, um ihre Feiern abzuhalten. Der Wechsel von Herrgottssitz auf Höllen- oder Teufelsstein zeigt, wie man in christlicher Zeit das alte Brauchtum mit seinen Kultplätzen für gefährlich hielt und das Volk davon abhalten wollte.
Inge Koller hat nach Messungen festgestellt, daß der stärkste Platz zwischen Autobahn und Weißenbach auf der fast ebenen Fläche gegen Hinterbrühl liegen müßte. Der Platz ist noch unverbaut, beeinträchtigt durch die angrenzende Autobahn. In diesem Bereich ist ein Fels gestanden, an den sich die Weißenbacher noch erinnern. Er wurde zerstört. Gegen Südosten schließt die Fläche mit dem Kogelberg, ein Kegelberg, ab. Rechts davor steht eine krumme alte Eiche, bei der eine besonders starke Strahlung ist. Auf der großen Luftaufnahme des Kartographischen Instituts sind auf dem Platz vier lichtere Stellen, die ein Rechteck von 120 zu 80 Meter anzeigen. Eine fünfte hellere Stelle liegt innerhalb des Rechteckes. Bodenerhebung sieht man keine, es sind bebaute Äcker. Da das Rechteck in der West-Ost Richtung liegt, könnte es sich um eine Viereckschanze handeln.
Diese trifft man in Bayern und anderswo häufig an; besonders bekannt ist jene von Holzhausen, bei der man nach langem Streit feststellte, daß es keine Verteidigungsanlage, sondern eine Kultstätte war. Der heilige Bezirk war abgegrenzt, nur Priester durften sich dort aufhalten. Es gab ein kleines Heiligtum und bis zu 38 Meter tiefe Schächte, in die man die Opfer, Knochen von Menschen und Tieren und Geräte warf. Am Grunde des Schachtes stand ein langer Baumpfahl, der herausragte. Wenn die Grube voll war, wurde daneben eine aufgegraben. Hier auf unserem Platz wurde starke Strahlung festgestellt. Man fühlt sich besonders wohl.
Über der Autobahn ist eine Waldwiese, auf der im Rasen zwei nebeneinander liegende Kreise zu bemerken sind, die sich durch schwächeren Wuchs von der Umgebung unterscheiden. Wahrscheinlich zwei urgeschichtliche Grabplätze.
Die ganze Brühl, vom Jennyberg angefangen bis nach Weißenbach, war einmal ein riesiges Kultgebiet mit starker Strahlung und Faszination. Darum sprach Beethoven, der das nicht wußte, aber intuitiv erfaßte, von der göttlichen Brühl. Deshalb kam Schubert her, und zieht es noch immer viele Besucher an, auch wenn sie nur spazierengehen.

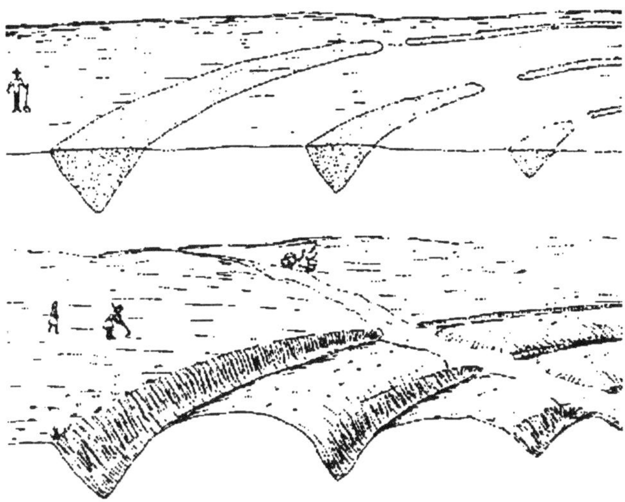

Der Kultkreis in Perchtoldsdorf im 6. Jahrtausend vor Christus (nach Dr. D. Talaa)

Als Anhang zu den Kultstätten von Hinterbrühl möchten wir aus einem doppelten Grund einen Abstecher in das angrenzende Perchtoldsdorf machen und zwei Plätze erwähnen: den Weißen Stein und die Kreisanlage in der Aspettenstraße.

Der Weiße Stein liegt westlich von Perchtoldsdorf am Waldrand, wo die Weinberge aufhören. Es ist ein großer Fels, der weithin sichtbar und mit Kalkfarbe bestrichen ist. Daß es sich um einen geheimnisvollen Ort, wahrscheinlich eine Kultstätte handelt, zeigt die Sage. Dort soll am Gaisberg der Galgen gestanden sein, wo noch um 1800 jemand hingerichtet wurde. Ein Mädchen wurde zum Tode verurteilt, weil es ihr Kind getötet hatte. Als sie schon vor dem Scharfrichter stand, riefen ihr die Umstehenden zu: "Bitte für uns, wenn du vor Gott stehst." Das Mädchen nickte und wurde hingerichtet. Gleich darauf begann es nach einer langen Dürreperiode zu regnen. An anderer Stelle haben wir schon darauf hingewiesen, daß das Wort Gais im keltischen soviel wie heilig bedeutet.

Die zweite Sage vom Weißen Stein lautet so: Ein Hüter, der zur Zeit der Ernte im Saugraben aufpaßte, daß niemand Trauben stahl, wurde von

Brauhausburschen überfallen und niedergeschlagen. Als er zu sich kam, griff er nach einer Traube und aß sie. Das stärkte ihn so, daß er am Leben blieb. Schließlich fand man ihn und trug ihn nach Hause.
Der in Perchtoldsdorf übliche "Hütereinzug" soll nicht nur eine Danksagung für die gute Ernte sein, sondern auch ein Freudenfest für die Errettung des Hüters.
Nach einer andern Version ist der Hüter erschlagen worden. Man fand seine Leiche nicht, nur das vergossene Blut auf dem Platz kündete von seinem Tod. Zum Zeichen der Trauer und zur Erinnerung wird noch heute der Weiße Stein jedes Jahr von den Weinhütern mit Kalk gestrichen.
Im Jahre 1992 hat das Bundesdenkmalamt durch Frau Dr. Talaa Grabungen in Perchtoldsdorf durchführen lassen, weil man bei Bauarbeiten auf prähistorische Spuren gestoßen war. Wo die Straße von Perchtoldsdorf in der Richtung nach Siebenhirten auf einer Brücke die Bahn übersetzt, hat sie das Segment einer Kreisgrabenanlage mit drei Wällen gefunden, die aus dem Neolithikum, einer Zeit, wo es noch keine Verteidigungswälle gab, stammt. Man nimmt an, daß der Platz eine Kultstätte war.
Wir verlassen den Raum um Wien und besuchen zuerst die größten und schönsten Kultstätten des Landes, wobei uns die ältesten am meisten interessieren.

Rekonstruktion der dazugehörigen Siedlung (nach Dr. Talaa)

Die Marienhöhe in Ybbs

Wenn man von der Autobahn-Raststätte Ybbs auf die Donau schaut, sieht man die Staumauer bei Persenbeug. Wo die Mauer links endet, steigt Hügelland auf. Etwa 1000 Meter nach Westen liegt die Marienhöhe. Als ich vor einiger Zeit nach Ybbs kam, traf ich einen Freund, der mich schon lange zu sich in sein Landhaus eingeladen hatte. "Heute kommst du mir nicht aus, heute mußt du mit", sagte er. Sein Haus liegt außerhalb von Ybbs auf der Marienhöhe, oder genauer gesagt ein Stück darunter. Vor dem schönen Haus mit dem herrlichen Blick auf das Donauland, die Berge und das dahinterliegende Gebirge mit dem mächtigen Ötscher liegt ein geformter riesiger Granitblock, der ein Gewicht von vier Tonnen haben mag. Von oben gesehen ist er spitz und läuft dann wie ein schmales Dreieck auseinander. Von der Seite hat er zur Spitze hin eine ziemlich glatte eindeutige Spalte. Daneben lag ein wunderschöner, fast polierter, schlanker Menhir. Auf meine Frage, ob der Stein immer hier gelegen habe, erfuhr ich folgende Geschichte: Der Freund hatte ein kleines altes Bauernhaus, das hier stand, gekauft und den Platz erweitert. Beim Aushub für die Garage, die in den Hang geht, kamen sie mit dem Krangerät auf eine Menge Steine, darunter drei große. Sie wurden über eine abfallende Wiese in den Graben gerollt, wo sie liegen blieben. Der größte blieb nur deshalb oben liegen, weil er zu schwer war und nicht rollen konnte. Dem Freund ist der Menhir aufgefallen, und weil es der dreizehnte Stein war, den sie ausgruben, malte er die Zahl 13 darauf. Weiters erzählte er, daß unter dem Bauernhaus ein gewölbter Raum war, der an eine Kirche erinnerte. Er wurde zugeschüttet. Eine der großen Steinkugeln hat eine Schale von etwa zehn Zentimeter Durchmesser. Diese ist aus so festem Granit, daß es keine Verwitterung sein kann, sondern das typische Zeichen für einen Opferstein. Die zweite Kugel hat oben eine viereckige Schale, über deren Ursprung ich mir nicht im klaren bin. Hat man sie gemacht oder vorgefunden? Mehrfache voneinander unabhängige Messungen ergaben, daß die Steine alle eine starke Strahlung haben. Die stärkste Strahlung ist aber hinter dem Haus über einer Abfallgrube. Ostwestwärts läuft eine Verwerfung, die deutlich im Abfall des Geländes zu sehen ist; quer dazu zieht eine Wasserader den Berg hinunter.

Ybbs

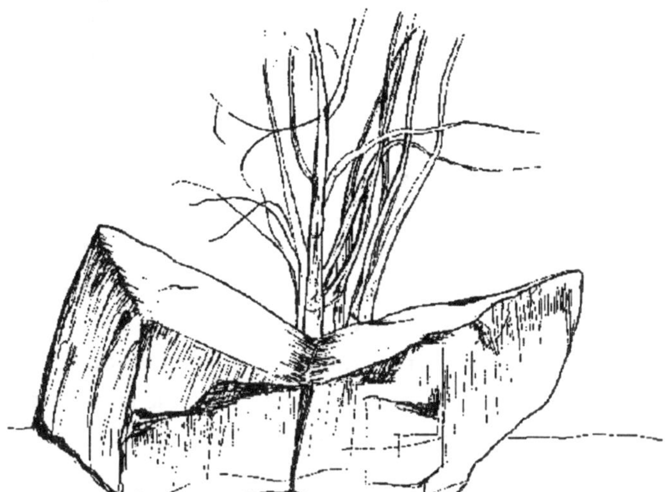

Fotzenstein, Ybbs

Kultplätze und Kirchen stehen meist auf solchen Kreuzungen. Wir hatten einen der stärksten Plätze weit und breit gefunden. Zur Sicherung mag noch folgendes dienen: Ich fragte den benachbarten Bauer nach Namen und Sagen. Er erzählte, daß die heutige Marienhöhe, die einige hundert Meter über dem Platz liegt, "Fotzenstein" genannt wird. Wobei er, etwas verlegen, sagte, daß nach der Sage zwei Brüder dort gestritten hätten und daß einer dem andern eine Ohrfeige (umgangssprachlich Fotze) gegeben habe. Ein Blick in das Grimmsche Wörterbuch zeigt dasselbe sehr ausführlich, was kurz zusammengefaßt auch im Duden steht: Fotze, die, derb für: weibl. Scham; bayr. u. österr. umgs. für Ohrfeige, Maul.

Es handelt sich also um einen weiblichen Kultstein, und die christliche Umbenennung in Marienhöhe ist sinnvoll.

Die urgeschichtliche Kultstelle muß sehr früh zerstört worden sein, weil man die Steine gesammelt und vergraben hat. Wahrscheinlich hat das Volk den Platz trotzdem nicht vergessen und hat eine christliche Kapelle hingestellt, die später verkommen ist. Es sind weitere kleinere geformte Steine mit Schale und Loch vorhanden. Vom Fotzenstein nach Süden sieht man den Ötscher von der Breitseite her mächtig daliegen. Er ist von dieser Seite ein riesiger Kegelberg. Ötscher kommt vom slawischen otec, das ist Vater. Hinter dem Vaterberg liegt die Kultstelle der Großen Mutter: Mariazell. Die beiden Plätze Ybbs und Mariazell korrespondieren sozusagen miteinander. Für jene, welche die lokalen Zusammenhänge noch mehr beachten, will ich hinzufügen, daß links von der Marienhöhe Maria Taferl und rechts der Sonntagberg liegt. Vom Sonntagberg genau in der Richtung nach Norden liegt St. Thomas am Blasenstein. Durch die Spalte des Blasensteins fällt nur zur Sonnenwende der Strahl der aufgehenden Sonne. Alles Steinkultstätten. Den Zauber des Platzes in Ybbs habe ich am stärksten gefühlt, als ich einmal im Frühling dort war und eine Schulklasse auf dem Hang daneben Rast machte. Sie saßen und aßen, waren merkwürdig ruhig und liefen nicht herum, bis die Lehrerin zum Aufbruch rief. Da kam Bewegung in die bunte Schar, sie brachen auf wie Schwalben, die zuerst auf den Drähten still sitzen und dann weiterziehen. Kindlstein möchte ich heute sagen.

Wie viele von diesen guten, starken, alten Plätzen mag es noch geben, und wir wissen es nicht!

Maria Taferl

Was ist in Maria Taferl das Wichtigste? Das Gnadenbild, der steinerne Tisch oder der Baum? Ich weiß es nicht. Wo der Taferltisch und der Baum stand, wissen wir nicht. Zum Stein zogen die Leute schon früher, wahrscheinlich zu einem Sippenmahl. Die Steinplatte lag auf vier Holzfüßen. Zu Ostern zog eine Prozession von Kleinpöchlarn durch das Weingebirge (damals wurde dort noch Wein gebaut) auf den Auberg zum Täferl, auf dem man zwei warme Speisen und eine Maß alten Weines verzehrte.

Das war schon Jahrhunderte vor Beginn der großen Wallfahrten so. Am 16. Jänner 1633, zur Zeit der Gegenreformation, wollte Thomas Pachmann die Eiche umhacken. Nach einer andern Legende wollte er nur einige Äste abhacken. Dabei verwundete er sich. Als er aufblickte, sah er am Baum ein Kreuzbild. Nachdem er bereut und gebetet hatte, hörte die Wunde zu bluten auf. 1642 ließ der Richter Alexander Schinnagl das schadhafte Kreuz durch eine Pietà ersetzen.

Der Stein stammt aus der heidnischen Zeit, und man muß den Priestern dankbar sein, daß sie ihn nicht verworfen haben. Eine Zeitlang stand er sogar in der Kirche vor dem Altar. Im 17. Jahrhundert wurde er entfernt und heute steht er, vom Volk kaum beachtet, auf dem Platz neben der Kirche. In manchen Büchern steht, er stamme aus der Keltenzeit. Die Kelten waren in den vier letzten vorchristlichen Jahrhunderten bei uns. Zweifellos ist er um tausend oder mehr Jahre älter. Auf dem Sonntagberg sieht man auf dem Steintisch ein weißes Brot liegen. Das deutet auf ein Sippenmahl hin, bei dem der Toten gedacht wurde. Man feierte die Auferstehung der Natur und betete um Fruchtbarkeit.

Der geheilte Baumfäller ließ eine kleine Holzstatue der Muttergottes machen und brachte sie am Baum an. 1712 ging die alte Eiche beinahe ein, erholte sich aber. Als sie 1718 nicht mehr zu retten war, pflanzte man eine neue Eiche aus einer Eichel des alten Baumes. Holz und Laub des heiligen Baumes nahm man nach Hause mit, legte das Holz in Wasser, wusch sich damit oder trank es. Es wurde auch in Pulverform genommen. Um die Osterzeit 1658 nahm man merkwürdige Erscheinungen auf dem Taferlberg wahr. Man sah in den Lüften eine Prozession von Engeln den Pilgerweg

Opferstein in Maria Taferl

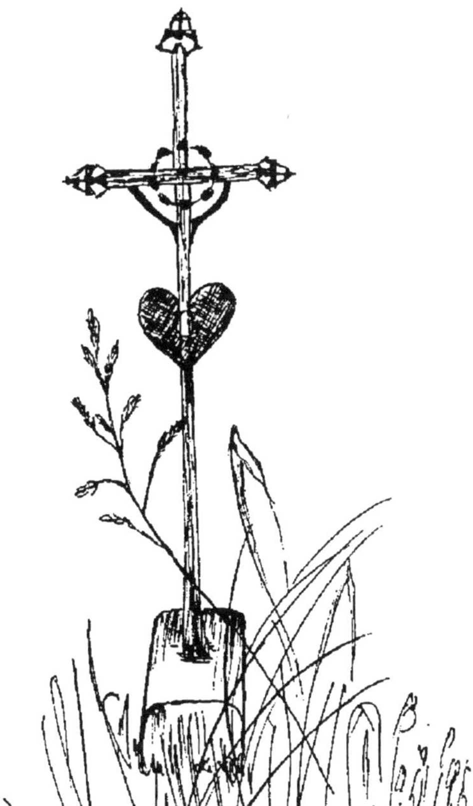

Bettlelmann-Kreuz in Maria Taferl

Marterl am Wallfahrerweg – Maria Taferl

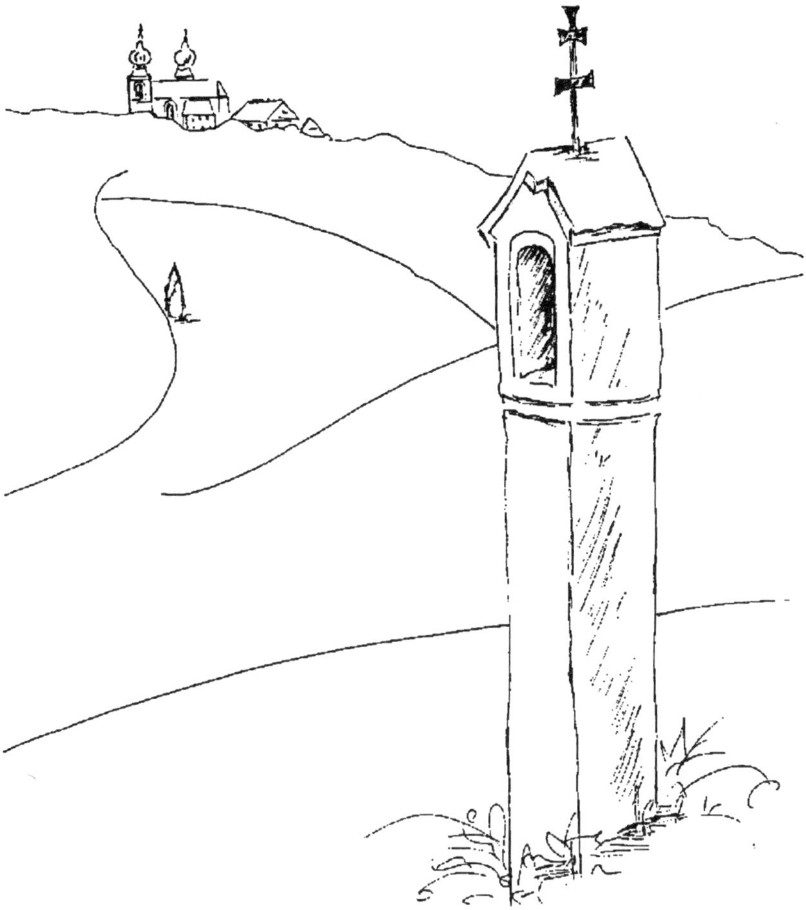

Wallfahrerweg nach Maria Taferl

hinaufziehen. Die erste Erscheinung war am 17. Juni 1658, die letzte am 19. Juli 1661. Es wurde eine kaiserliche Kommission eingesetzt, die die Zeugen einvernahm und Protokolle schrieb, welche noch erhalten sind. Auch gläubige Menschen haben Schwierigkeiten, diese Geschichte zu glauben. Aber was geschieht heute in Medjugorje, was ist in Fatima und Lourdes geschehen? Auf keinen Fall kann man sagen, es sei nichts geschehen. Es ist durchaus möglich, daß sensible Menschen die besondere Strahlung des Platzes wahrgenommen haben. Auch eine Art Sonnenwunder geschah, als Sonnenstrahlen den Platz anzeigten, wo die Kirche errichtet werden sollte. Wir können es nicht von der Hand weisen, daß zu bestimmten Zeiten an bestimmten heiligen Plätzen von dazu fähigen Menschen besondere Erscheinungen wahrgenommen werden.

Als die alte Statue der Muttergottes verbrannte, ließ man eine Nachbildung machen, die mit der Asche der alten Figur bestrichen wurde. Sie steht auf dem Hochaltar auf dem vergoldeten Baum.

Was zeigt die Rute in der prächtig erbauten Kirche an? Erstaunlich, um nicht zu sagen, enttäuschend wenig. Strahlend ist der alte Pilgerweg und die Steinsäule mit der Muttergottes, die am Ortsende östlich von der Kirche, neben der Straße nach Kleinpöchlarn steht. Das haben mehrere Rutengänger festgestellt. Ist an oder in der Kirche etwas verändert worden? Wir wissen es nicht. Unbemerkt steht heute noch ein heiliger Stein, ein Godastein oder Menhir, 500 Meter nördlich der Kirche neben der Straße, die ins Waldviertel führt. Er zeigte den Pilgern die Nähe des heiligen Platzes an.

Hinter der Kirche ist eine heilige Quelle, aus der immer Wasser rinnt. Jährlich kommen eine Viertelmillion Menschen nach Maria Taferl.

Den Gläubigen wird es in die Kirche ziehen zum Verweilen, die andern mögen von Marbach den alten Engelweg hinaufgehen und an einem stillen Platz rasten.

St. Wolfgang

Bildlegenden S 49 - S 56

S 49 Nussendorf - Am Wallfahrtsweg zu Maria Taferl
S 50 Maria Taferl - Menhir
S 51 Maria Taferl - Marterl
S 52 oben: Dunkelsteinerwald - Totes Weib
unten: Dunkelsteinerwald - Totes Weib - Wallanlage
S 53 Ardagger - Marterl
S 54 oben: Schönbühel - Kuh und Kaibl Stein
unten: Säusenstein - Klosterkugeln
S 55 Wolfsberg - Spurstein mit Marterl
S 56 Mitterretzbach - Schalenstein

Der Sonntagberg

Seinen Namen trägt er vom sogenannten großen Sonntag, dem ersten nach Pfingsten, dem Dreifaltigkeitsfest. Die Wallfahrt zur Heiligen Dreifaltigkeit ist erst spät aufgekommen. Vorher hat man den heiligen Stein verehrt, der eine starke Strahlung hat. Der Zusammenhang mit Maria Taferl ist auffällig. Es handelt sich um einen Zeichenstein, auf dem ein Sippenmahl gehalten wurde, wobei das weiße Brot, das noch jetzt auf dem Stein abgebildet ist, verteilt wurde. Wie schon erwähnt, hat man unter dem Druck der Protestanten, die sich gegen die heidnische Verehrung des Steines wandten, den Platz umgetauft und der Dreifaltigkeit gewidmet. Der Stein war ursprünglich viel größer, ist aber im Laufe der Zeit abgetragen worden, weil man Stücke von ihm als Heilmittel nach Hause nahm. Steinstaub wurde auch von den Priestern verteilt. Daheim gab man den Stein oder das Pulver ins Wasser und trank es, oder legte es den Kranken auf. Der Stein ist von einem schönen Gitter umgeben, damit die Leute nicht näher an ihn herankommen. Neben dem Stein steht die Figur eines Hirten. Die spätere Legende erzählt, dieser habe seine Herde verloren, rief auf dem Sonntagberg beim Stein die Dreifaltigkeit an und schlief ein. Als er erwachte, lag auf dem Stein das weiße Brot, und er fand seine Herde wieder. Man wollte von dem Brotopfer ablenken und dem Ganzen einen christlichen Sinn geben.

Eine Quelle, ein Bründl, ist immer gut für eine Wallfahrtskirche. Ein kleines Stück hinter der Kirche ist das Türkenbründl. Die heranstürmenden Türken kamen nur bis zum Bründl, dort sanken die Pferde in die Knie und konnten nicht weiter. Das Heiligtum war gerettet. Daß Pferde ins Spiel gebracht wurden, könnte auf einen germanischen Brauch zurückgehen. Dem Wodan waren die Pferde geweiht, sie wurden ihm geopfert.

Als nach dem Zweiten Weltkrieg Bundeskanzler Figl zu zahlreichen Heimkehrern am Sonntagberg sprach, sagte er: "Wir wollen unserer Lieben Frau vom Sonntagberg für die glückliche Heimkehr vom Krieg danken." Der danebenstehende Pfarrer flüsterte ihm zu: "Wir sind kein Marienheiligtum", da sagte Figl ruhig: "Ist eh alles dasselbe." Im weiteren Sinn hatte er recht. Im Bild der heiligen Maria erfuhren sie göttlichen Beistand und Trost.

Von der Kirche am Sonntagberg muß man sagen, daß sie von unseren großen Wallfahrtskirchen die schönste ist. Es ist ein einheitlicher luftiger Bau mit wunderbarer, aber nicht überladener Ausstattung, in der man sich wohl fühlt.

Mariazell

Viele Wiener und Niederösterreicher wissen nicht, daß Mariazell bereits in der Steiermark liegt. Tatsächlich ist es nur eine schwache Wegstunde von der niederösterreichischen Grenze entfernt. Die Kultdynamik, das ist die geheimnisvolle Anziehungskraft des Heiligtums von Mariazell, reicht weit über die Landesgrenzen hinaus. Zumindest die Länder der Habsburger Krone empfanden das Heiligtum in den steirischen Alpen als das marianische Zentrum des ganzen Reiches. Das sieht man jetzt deutlich nach der Öffnung der Grenzen. Die Steirer haben recht, die Zeller Mutter als ihnen besonders anvertraut zu betrachten. Aber im spirituellen Bereich verschwinden die territorialen Grenzen und es gelten andere Gesetze und Regeln. Daß Mariazell bedeutsam für Niederösterreich ist, liegt nicht nur an der geographischen Lage. Beim Besuch der Marienhöhe in Ybbs haben wir gesehen, wie der Ötscher mit seiner ganzen Breite und Schönheit hinter sich das marianische Heiligtum verbirgt. Die nachbarliche, verwandtschaftliche Beziehung der niederösterreichischen Großheiligtümer von Maria Taferl und Sonntagberg zu Mariazell kommt am besten in dem uralten Brauch zum Ausdruck, in einer Wallfahrt diese drei Heiligtümer nacheinander zu besuchen. Wir wollen in diesem Buch Mariazell nur nebenbei und soweit es in Beziehung zum Raum um Wien steht, erwähnen. Eine sorgfältige Betrachtung des Kultes und Kultplatzes wird in einem eigenen Buch über die starken Plätze und die alten Kultstätten der Steiermark enthalten sein. Wir nennen nur die wichtigsten Elemente der Mariazeller Wallfahrt. Das ist der Ursprungsfelsen unterhalb der Kirche, ein vorchristlicher Durchgangsstein, und ihm entspricht oberhalb der Kirche das heilige Bründl, die Brunnenkirche, ebenfalls eine vorchristliche Kultstätte. Dazwischen steht die große Kirche mit dem Heiligtum und der kleinen Statue der Muttergottes

mit dem Kind. Die Strahlung führt durch die drei Plätze hindurch und verbindet sie.
Das Kultbild der heiligen Maria ist aus Lindenholz und hat eine braune Farbe. Die Gestalt von Mutter und Kind ist durch prächtige Kleider verhüllt. Man sieht nur die beiden winzigen Gesichter.
Die Kultbilder von Altötting und Tschenstochau sind schwarz. Schwarz ist die Farbe der Erde. Die großen alten Muttergottheiten Asiens wurden als Erdmutter verehrt: Demeter, Kybele, Isis. Diese archaischen Vorstellungen sind uns heute wieder merkwürdig nahe gekommen.

Gaia, die Erdmutter

Die Verehrung der Großen Mutter ist uralt und vorchristlich. Die Große Mutter wurde auch in Ephesus verehrt, und ausgerechnet dort hat das Konzil im 4. Jahrhundert das Dogma von der Gottesmutterschaft Mariens verkündet.
Neuerdings spricht man in esoterischen Kreisen von der Gaia, das ist der griechische Name für Erde und Erdmutter. Die Gaiabewegung, die aus dem New Age kommt, glaubt, daß die Erde eine Einheit bildet, daß sie wie ein organisches Wesen ist, das lebt und sich selber organisiert. Leben, sagen sie, ist nur möglich, wenn die Luft 21 Prozent Sauerstoff enthält. Das geschieht nur, weil es zentral gesteuert wird. Der Gaia spricht man Bewußtsein und Intelligenz zu. Sie wäre demnach wirklich oder annähernd etwas, das man früher Hypostase oder Person genannt hat. Es ist merkwürdig, wenn Naturwissenschaftler den Gaiakult fördern. Von Gott selber sprechen sie nicht. Alle großen Muttergottheiten wie Astarte, Ischtar, Nerthus (weiblich) bedeuten Erde und Fruchtbarkeit. Man spricht nicht von Weltseele wie im vorigen Jahrhundert. Nach alter christlicher Vorstellung hatte jeder Stern seinen eigenen Engel. Aber über diesen Engeln stand Gott.
Die Gaia wäre demnach der große Schutzgeist unseres Planeten. Nach östlicher Auffassung ist Maria die Repräsentantin der Menschen, sie steht auf dem Erdball. Aber sie wird auch Himmelskönigin genannt.
In der feministischen Bewegung kommt die Mütterlichkeit, die neue Be-

ziehung zur Erde, stark zum Ausdruck. Die Männer wehren sich nicht dagegen. Immer wurde die Frau von den Männern als geheimnisvolles Wesen erkannt und verehrt.
Mit Maria aber wissen die Feministinnen nicht viel anzufangen. Hier hört die Rationalität auf, hier geht es um Mythen, die man nicht definieren kann.
Die Theologie hat sich mit der Marialogie schwer getan. Der Druck aus der Volksfrömmigkleit war so stark, daß man nicht widerstehen konnte. Hat man zu Zeiten des heiligen Paulus in Ephesus geschrien: "Groß ist die Diana von Ephesos!", so hieß es keine vierhundert Jahre später: "Maria ist die Gottesgebärerin!" Und das wieder in Ephesos auf dem uralten heiligen Boden der Erdmutter.
Die theologischen Schwierigkeiten liegen vor allem darin, daß man zwischen historischer und himmlischer Maria unterscheidet. Die Frömmigkeit tut das nicht. Sie legt beide Bilder übereinander: Ein unaussprechliches Mysterium.
Warum gibt es keine oder fast keine Wallfahrtskirchen, wo Jesus oder der Heilige Geist verehrt wird? In unserem Gebiet haben wir nur zwei Kultstätten der Heiligen Dreifaltigkeit, aber unendlich viele von Maria. "Ich sehe dich in tausend Bildern", fällt einem ein, wenn man unsere Kirchen besucht.
Man sagt, die Menschen gehen lieber zur Mutter, wenn sie etwas brauchen, als zum Vater. Darum wenden sich die Gläubigen lieber an die Muttergottes als an den Himmelvater.
Man könnte auch so sagen: In Maria suchen sie das weibliche Antlitz Gottes, weil das männliche Gottesbild in der Bibel zu stark betont wird.
Das ist alles Gerede um die Wirklichkeit herum. Maria, als Große Mutter: kein Mensch wurde in der Kunst so oft dargestellt wie sie. Die Gaia wird vergessen, Maria wird bleiben.
Maria hat in der Frömmigkeit des Ostens eine größere Rolle gespielt als bei uns. Im vierten Jahrhundert brach das ganz stark im Konzil von Ephesus auf, ausgerechnet an dem Ort, wo die große Erdmutter immer verehrt worden ist. Die Marienverehrung besitzt damit eine kirchliche Grundlage, die nur von den Reformatoren nicht angenommen wurde. Die großen Kirchen des Ostens und Westens waren sich einig: Über Maria kann niemals

zuviel ausgesagt werden. In der Ostkirche kam eine eigene Lehre und Frömmigkeit auf, die sich auf die Hagia Sophia, die Heilige Weisheit, bezog, die mit Maria geradezu gleichgesetzt wurde. Auch in der römischen Kirche geschah ähnliches. An Marienfesten wird der Text aus Sirach 24, 14 ff verlesen, wo es von der Weisheit heißt: Im Anfang, vor aller Zeit, ward ich geschaffen und werde nicht aufhören bis in alle Ewigkeit. Ich faßte Wurzeln in einem hochgeehrten Volke, im Land meines Gottes. In der Gemeinde der Heiligen ist mein Aufenthalt.

In der Mariologie wird Maria als Mutter der Kirche, als Braut des heiligen Geistes gefeiert. Es gibt eine eigene Sophiologie, eine Lehre von der Weisheit, die bei den Kirchenvätern beginnt und in Rußland weiterlebt. Die Heilige Sophia oder Sophia-Maria finden wir nicht nur in den Ikonen, sondern auch in der christlichen Kunst des Mittelalters und der Neuzeit. Von ihr sprechen Jakob Böhme und evangelische Mystiker, sie taucht in den Visionen der Anna Katharina Emmerich auf, Teilhard de Chardin kennt sie, Andeutungen finden sich in der jüdischen Kabbala, im Hinduismus, im Buddhismus und in anderen Religionen. Sophia ist das universale Bewußtsein des New-Age, die mütterliche Seite Gottes. Kirchenväter haben im Heiligen Geist das mütterliche Prinzip der Dreifaltigkeit gesehen. Der Geist Gottes brütete über den Wassern, die Taube ist sein Symbol.

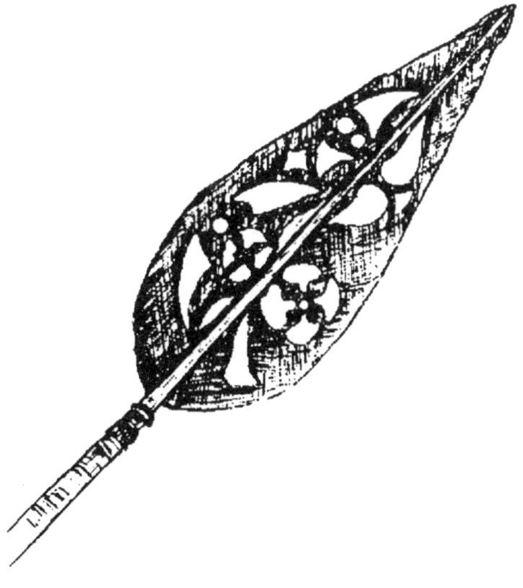

Keltischer Sper

Maria-Dreieichen

Die Gründungslegende erzählt, daß der Kürschnermeister Mathias Weinberger erkrankte und im Traum den Auftrag erhielt, ein Vesperbild aus Wachs auf den Molder Berg zu einer Eiche zu tragen, die von der Wurzel her dreifach gespalten war. Er schob es hinaus, und als er einmal mit seinen Waren auf den Molder Berg kam, wurde er müde, legte sich unter einen Birnbaum, schlief ein und träumte. Als er erwachte, sah er die dreifach gespaltene Eiche vor sich und erfüllte sein Versprechen. Der dreifach gespaltene Baum deutet auf eine unterirdische Wasserader hin, das heilige Bründl. Bei einem Brand schmolz das Bild und wurde durch ein neues ersetzt. Der vergoldete Baum steht noch in der Kirche am Hochaltar wie in Zwettl und Maria Taferl. Hinter dem Hochaltar sind in einer Nische drei Stücke von der Eiche. Gleich hinter der Kirche ist das Bründl, wo aus einem Rohr das Wasser rinnt. Die Graslhöhle ist eine besondere Bereicherung des Platzes. Ob Grasl wirklich drin war, ist nicht wichtig, es handelt sich um eine alte Kulthöhle. Schön wäre es, wenn zu Baum, Quelle und Höhle noch ein Stein dazukäme. Der ist da, wenn auch nicht mehr auf dem Molder Berg, sondern in Mold selbst. Er liegt neben dem heiligen Florian an der Bundesstraße und ist ein besonders großer, regelmäßiger Stein, der einer großen Tuchent gleicht. Die Fläche oben und unten ist ziemlich glatt, also bearbeitet. Die schönen Schälchen bestätigen die kultische Herkunft. Sie können auch astronomische Bedeutung haben. Vom Riesenstein, wie er jetzt heißt, wird berichtet, daß die Bauern ihn vom Feld hereingerollt hätten. Wahrscheinlich lag er auf dem Molder Berg und gehörte zum Kultplatz. Vielleicht hatten die Mönche kein Verständnis für den Stein und ließen ihn verschwinden. Beim Baum wäre es schwieriger gewesen. Als die mährischen Wallfahrer kamen, haben sie auf dem Dorfplatz gelagert. Sie spürten die Kraft des Platzes und suchten ihn auf.

Auffallend bei der Kirche ist, daß der Altar nicht nach Osten, sondern nach Norden gerichtet ist. Das dürfte mit der Quelle zusammenhängen, die hinter oder vielleicht früher auch unter dem Altar vorbeifloß. Das fließende, ziehende Wasser war wichtig für den Platz, wo man Kirchen hinstellte. In Chartres vereinigen sich unter dem Altar zweimal sieben Quellen. Nach

Dreieichen

dem gleichen Schema ist die Kirche von Santiago di Compostela gebaut, nur hat man hier vor einiger Zeit die Wasserläufe verschüttet und zubetoniert. Seitdem ist die Strahlung verringert. Die Leute sagen, ohne den Zusammenhang zu wissen, daß dort seit einiger Zeit keine Wunder mehr geschehen. Die Wege von Frankreich nach Santiago beginnen in Chartres, Vezeley und Arles.

Das Quellheiligtum in Dreieichen hat noch immer sehr viel Atmosphäre. Es entspringt unter hohen Bäumen vor einer Schlucht, die etwa 50 m abfällt, dazwischen verläuft der Pilgerweg. Die Quelle kommt aus einem Eisenrohr, ziemlich dünn, weil das meiste Wasser in die Wasserleitung abgezweigt wird. Immer kommen Pilger hin, trinken und waschen sich die Augen. Daß jemand Wasser mitgenommen hat, habe ich nicht bemerkt. Die Strahlung verläuft von der Höhle zur Quelle hin und umgekehrt.

Wir wissen, daß die Höhlen im alten Kult eine große Rolle gespielt haben, über die Riten wissen wir so gut wie nichts. Nach Dreieichen gibt es besondere Wege aus Mähren und Böhmen.

Heilige Plätze finden

Daß die Christen ihre Kirchen auf die alten Plätze gestellt haben, hat auch sein Gutes: sie sind markiert und festgelegt, sie können nicht anders verbaut werden. Ich habe schon gesagt, daß sich erstaunlich viele Kultplätze unverändert erhalten haben. Es sind in dem Umkreis, den wir beschreiben, wahrscheinlich Hunderte. Viele davon kennen wir nicht, viele sind entdeckt worden oder haben sich durch Tradition, Sage und Namen zu erkennen gegeben. Vieles wäre noch zu entdecken. Als Beispiel möchte ich den Namen Haruk anführen. Das altdeutsche Wort bedeutet Heiligtum. Im Wort Hausruck ist es enthalten. Auch sonst stoßt man auf diesen Namen, wenn man Spezialkarten aufmerksam liest.

Jeder Hinweis auf einen Stein ist bedeutsam, gleichgültig, ob es sich um einen hohen, langen oder hängenden Stein handelt. Wenn in einem Namen "Stein" enthalten ist, etwa Haunoldstein, so kann man annehmen, daß es dort einen heiligen Stein gibt oder gab, dessen Gedächtnis im Namen enthalten ist. Wenn man durch die Dörfer fährt, sieht man häufig Hinweistafeln für Besucher, auf denen die Sehenswürdigkeiten der Umgebung eingezeichnet sind. Es lohnt sich, diese Tafeln aufmerksam zu betrachten und nach Hinweisen zu suchen. So kann man Entdeckungen machen, und die Freude ist groß, einen Platz mit Hinweis auf kultische Bedeutung zu finden. Gespräche mit den Bauern können fruchtbar sein. Wer sich irgendwo länger aufhält, sollte die 50.000er Karte studieren.

Hier möchte ich einige grundsätzliche Bemerkungen über Christliches und Heidnisches machen und beide ansprechen. Die Christen haben ihre Vorbehalte und Ängste gegen das Alte, Heidnische. Donnernd hat der alte Theologe Barth verkündet, daß jede natürliche Religion widerchristlich sei. Die Protestanten sind immer in dieser Abwehr gestanden, haben es aber nicht durchgehalten. Das Wort ist gut, aber das Zeichen, das Symbol braucht der Mensch auch. Konsequent müßten sie Taufe und Abendmahl ablehnen, aber sie tun es nicht. Die Katholiken waren weitherziger, das heißt, das Volk hat sich, mit seiner Art zu glauben und gläubig zu leben, durchgesetzt. Die katholische und orthodoxe Frömmigkeit kommt ohne Maria nicht aus. Sie bringt Leben und Wärme. Theorie hin, Theorie her. Gottesgebärerin: in der Lauretanischen Litanei wird sie Mutter des Schöpfers genannt. Es ist ein schwer zu verdauender theologischer Ausdruck, aber die Frömmigkeit läßt ihn sich nicht nehmen. Die katholischen Theologen haben eine approbierte Mariologie daraus gemacht und wollen sie noch gerne um den von den Evangelischen so verpönten Begriff der Miterlöserin erweitern. Die katholische Kirche hat im letzten Konzil den Ausdruck Heidentum und heidnisch vermieden, ja getilgt. Man ist offen geworden für die andern, besonders die alten Religionen der Völker. Spuren der Offenbarung hat man schon im Altertum in ihnen gesehen. Eine afrikanische Messe ist der Form nach etwas ganz anderes als eine Messe bei uns. Es wird gesungen und getanzt, der ganze Mensch kommt ins Spiel, das heißt, in die Liturgie. Viele alte Bräuche werden hereingenommen.

Man kann im Evangelium Hinweise auf eine vergeistigte Religion sehen, etwa wenn Jesus sagt, daß die Zeit gekommen sei, den Vater im Geist und in der Wahrheit überall anzubeten, nicht nur in Jerusalem und auf dem Berge Garizim, im Land der Samariter. Der Berg Garizim ist ein uralter heiliger Platz, an dem noch heute zu Ostern die Lämmer so geschlachtet und gegessen werden wie vor 2000 und mehr Jahren. Auch die alten Steine sind noch da.

Jesus selbst ist nach Jerusalem gezogen und hat im Tempel gebetet. Charismatische Gruppen, ganz gleich ob evangelisch oder katholisch, sind auf alles Heidnische und Magische allergisch. Da gilt nur die totale Übergabe des Lebens an Jesus, was immer das bedeutet, und alles andere ist bös und gefährlich, ja satanisch. Daß ihr Glaube an den mächtigen Dämon magische Vorstellungen weckt, merken sie nicht, und daß in jedem Sakrament und in jedem Kult magische Elemente, wenn auch geläutert, enthalten sind, müssen wir zur Kenntnis nehmen. Charismatiker lehnen auch die Marienverehrung ab. Gegenseitige Toleranz wäre ratsam. Pendel und Rute sind für manche Zauberwerk. Auch viele Sekten halten es so.

Tolerant aber sollten auch die Nichtchristen sein. Ich nenne sie nicht Heiden, denn das klingt abwertend und ist nicht mehr üblich. Das Wort Heiden kommt tatsächlich von Heide. Das Christentum war ursprünglich eine Stadtreligion und setzte sich nur langsam bei der Landbevölkerung durch. Die Landbewohner, im Unterschied zu den Stadtbewohnern, den urbani, nannte man pagani, d.h. Heiden. Die alten Religionen sind für uns wieder interessant geworden, weil sie ursprüngliche Elemente der Religion enthalten und im Aussterben begriffen sind. Die neuen Missionare übernehmen von den alten Kulten möglichst viel, ohne das Wesentliche des Christentums aufzugeben.

Man spricht heute von Neuheiden, das sind ehemalige Christen oder ihre Nachkommen, die sich nicht mehr zu einer christlichen Kirche bekennen. Jeder hat das Recht, in seiner Weltanschauung anerkannt zu werden. Wenn ein Getaufter sich später loslöst und nicht mehr als Christ empfindet, muß man ihn gewähren lassen und tolerant sein. Umgekehrt gilt auch, daß der Freigesinnte sich nicht als der Aufgeklärtere und Gescheitere halten darf, der zynisch auf den Glauben und Aberglauben der andern herabschaut. Es gibt eine böse Intoleranz der Gläubigen, aber eine nicht minder böse Intoleranz der Ungläubigen. Es müßte für alle eine menschliche Basis geben. Der Gläubige soll nicht heidnische Opferstätten verdammen, der Ungläubige, oder besser gesagt, der nicht Kirchengläubige, sollte Verständnis für die andern haben. Die Achtung und Liebe zu den heiligen Plätzen könnte alle verbinden.

Muß überall ein Kreuz hängen oder eine Madonna stehen, seufzt mancher. Ihm kann man entgegenhalten: Früher gab es die Tafeln für Naturdenkmale und Kunstdenkmale nicht. Wenn man aber an einen schönen Baum ein heiliges Bild oder Kreuz hängte, dann war er für Jahrhunderte gerettet. Ein Bildbaum wurde immer mit Respekt betrachtet und geschont.

Nun spreche ich zu den sogenannten Heiden. Wer einen alten Kultplatz nur als Merkwürdigkeit registriert und den schönen Platz fotografiert, ist fehl. Als Alexander mit seinem Heer nach Indien zog, berichtet Xenophon, kam er zu einem ehrwürdigen, mächtigen Baum. Er ließ das Heer um den Baum aufstellen und ihn verehren. Der Baum war von ihm als numinos, geheimnisvoll, göttlich erkannt worden, und er tat das Richtige, er verehrte ihn. Wie macht das ein Nichtchrist? Ohne Gefühl für das Numinose geht es nicht, Ästhetik allein ist zuwenig. Ich möchte eine Brücke bauen und raten: Meditieren ist nichts spezifisch Christliches, ist nicht einmal etwas unbedingt Religiöses. Das staunende, ehrfürchtig dankbare, stille Verweilen ist genug. Da ist schon alles drinnen. Nur anschauen und fotografieren ist zuwenig.

Wenn einer allein kommt, ist es leichter. Wenn es aber eine Gesellschaft mit Kindern ist, wird es schwieriger. Was macht man dann, ohne sich daneben zu benehmen? Es müßte ein Wissender, Ehrfürchtiger dabei sein, der behutsam versucht, die ganze Gesellschaft einzuführen.

Ein Beispiel: Man könnte den weiter unten beschriebenen schönen Platz von Merkenstein nehmen. Die ganze Schar verläßt auf der Straße das Auto und geht durch die Allee zum Wald. Beim Eintritt in den Wald, auf dem großen Holzlagerplatz, würde ich die Leute aufstellen und einige einführende Sätze sagen. Etwa so: Die Menschen der Vergangenheit, vor drei- oder viertausend Jahren, hatten keine Kirchen und Festsäle. Sie hielten ihre Feiern im Freien ab, bei uns in den Wäldern an passenden Plätzen, die durch die Überlieferung geheiligt waren.

Ein Lehrer aus unserer Gegend war nach dem Ersten Weltkrieg in russische Gefangenschaft gekommen und einem Bauern hinter dem Ural als Helfer zugeteilt worden. Er erzählte mir, wie sie, die ganze Familie mit Alten und Jungen, in den Wald gezogen sind, um am Holz zu arbeiten. Zuerst haben sie durcheinandergeschnattert, besonders laut die Jungen. Da sagte die alte Mutter: "Im Wald ist man still, sonst stört man die Geister des Waldes." Da verstummten alle und schweigend gingen sie tiefer hinein. Das müßten wir auch zusammenbringen. Wir schwätzen zu viel.

Ich würde den Rat geben: Ihr braucht an nichts Besonderes zu denken, lauscht nur auf die Vögel und das Rauschen des Windes in den Blättern, denkt euch etwas oder denkt an nichts, schaut euch um. Bleibt stehen und betrachtet alles, wie es sich darbietet. Der Platz war unseren Vorfahren durch Jahrtausende heilig. Das wollen wir respektieren. Vielleicht öffnet sich dann auch für uns sein Geheimnis. Wenn alle schweigend und betrachtend herumgehen würden, wäre es noch besser. Beachtet die Besonderheiten, etwa den riesigen Baum, wie er auf dem Felsen steht und die Wurzeln nach unten schickt, oder die Opferschale am Stein. Wenn man eine Blume oder ein Bockerl hineinlegt, nähert man sich bereits dem Brauch der Vorfahren. Dann könnten Fragen beantwortet werden. Viel länger können die Kinder nicht still gehalten werden. Sie wollen laufen und schreien. Die Alten werden sich auf den Boden oder auf die Bank setzen und rasten und essen. Den ärgsten Lärm der Kinder sollte man einstellen. Wir sind keine Wilden und wollen weder die Tiere noch die Geister des Waldes stören. Wenn größere Kinder dabei sind, kann man sie in der näheren Gegend herumschicken und nach Merkwürdigkeiten suchen lassen. Etwa einen besonders geformten Stein oder Schalen und Schälchen. Sie sind erstaunlich gut im Entdecken, und die Freude darüber ist groß. Stilles Verweilen, selbst ein Schläfchen wäre ratsam. Achte auf den Traum! Es kann nicht genug davor gewarnt werden, nach diesem Platz sofort den nächsten aufzusuchen. Eine Exkursion könnte nur als Vorbereitung für einen längeren und intensiveren Besuch ratsam sein. Abfälle sammeln und mitnehmen, das Radio zuhause lassen.

Die Föhre auf dem Stein bei Merkenstein

Die Anleitung zum Besuch eines Kultplatzes, die wir eben gegeben haben, bezieht sich auf die Föhre auf dem Stein und die Opferschale daneben in der Nähe der Ruine Merkenstein.
Die Wortableitung, die ich gebrauche, mag unrichtig sein, aber sie kann als Hinweis dienen. Merke den Stein! Paß auf, wo du stehst! Das spürt man bei der Föhre auf dem Stein besonders stark. Von Bad Vöslau nach Schwarzensee kommt man gleich nach dem Haidhof zur Abzweigung rechts mit der Hinweistafel zum Opferstein. Dort geht man eine schwache halbe Stunde dem angezeigten Weg nach und steht wieder vor der Tafel: Zur Opferstätte. Es ist nicht zu übersehen. Ein sanfter Graben, locker bewaldet, einige Felsbrocken, eine Rastbank. Man steht und staunt. So etwas Gewaltiges, Schönes in dieser Einsamkeit und Stille! Da liegt ein halbrunder Fels von etwa sechs Meter Durchmesser und drei Meter Höhe und oben steht eine mächtige Föhre (nicht Buche, wie es manchmal heißt). Ihre riesigen Wurzeln wachsen aus der Erde über den blanken Felsen hinauf zum Stamm. Wie ist das möglich, fragt man sich. Es erscheint wie ein Wunder. Daneben steht in einer kleinen Entfernung ein anderer Felsen von gleicher Höhe, der oben eine wunderbare Schale hat. Zweifellos wurde sie in vorgeschichtlicher Zeit von Menschen geschaffen. Schalen im Kalk sind sehr selten. Ein dritter Fels dürfte dazugehören, weist aber kein besonderes Merkmal auf. Bei

anderen Plätzen spricht man von Waldandacht. Hier wird sie nicht beim Namen genannt, aber wer da nichts spürt, ist fehl am Platz. Die Rute zeigt alles sehr deutlich an.
Auch die Waldandacht in Vöslau hat einen vorchristlichen Ursprung. Sie hat einen heiligen Stein und einen Umgang.

Der Raum um Hafnerberg

Dazu gehört das Gebiet von Mayerling, Schwarzensee, der Peilstein, Hafnerberg, Klein-Mariazell und die Pankraziburg. Diese voralpine Landschaft hat einen eigenen Reiz. Durch die vielen Hügel war es nicht möglich, die wenigen Felder zusammenzulegen. So sind Wälder, Wiesen, Buschwerk und Felder bunt verteilt erhalten geblieben. Der jetzige Pfarrer von Hafnerberg und Klein-Mariazell, ein Pole aus Krakau, sagte, hier könne man sich richtig wohl fühlen.
Die Menschen der Vorzeit spürten den Genius loci (den Geist des Platzes), wie wir ihn heute noch spüren, wenn wir offenen Herzens dorthin kommen. Vom Kultstein der Pankraziburg wird anderswo gesprochen, ebenso von der Arnsteinnadel auf dem Peilstein.
Die Heilige Straße nach Mariazell führt mitten durch dieses Gebiet von Alland über Hafnerberg und Klein-Mariazell nach Lilienfeld. Die Straße ist gesäumt mit Marterln, alten kultischen Rastplätzen der Pilger und wird zum Teil noch heute von ihnen begangen, soweit sie nicht auf umständlichen Wanderwegen gehen, um dem Verkehr auszuweichen. Von Heiligenkreuz führt ein beliebter Zellerweg über Mayerling, Raisenmarkt, unter der Arnsteinnadel vorbei querfeldein nach Hafnerberg und Klein-Mariazell. Im letzten Weltkrieg lag dieses Gebiet fast einen Monat lang in der sogenannten Hauptkampflinie. Die letzten SS-Leute, die die Kämpfe überlebt hatten, verabschiedeten sich von dem damaligen Pfarrer von Hafnerberg und begaben sich auf den Festenberg, dem typischen Kegelberg südlich der Kirche, als sie bereits von den Russen umzingelt waren. "Wir werden uns bis zur letzten Kugel verteidigen und dann sterben", sagten sie. So geschah es auch.

Der Festenberg ist ein markanter Berg. In der Gestalt und kultischen Bedeutung entspricht er dem Hügel der Pankraziburg.
Ein noch früherer Pfarrer von Hafnerberg war ein richtiger Wallfahrtspfarrer, der selbst weite Pilgerfahrten machte und viele Kunstwerke religiöser Art sammelte. Er kannte die alten barocken Wallfahrtslieder und sang sie mit dem Volk. Er dichtete ein eigenes Lied für den Hafnerberg, das so begann: "Zwischen hohen Bergesspitzen sitzt Maria auf ihrem Thron." Gefühlsmäßig erfaßte er den Zusammenhang von Boden, Strahlung Kultberg und Heiligtum.
Von der Kirche an der alten Schule vorbei nach Süden, kommt man nach den letzten Häusern zu einem guten und starken Platz: ein Marterl steht zwischen zwei riesigen Linden, im Hintergrund der Festenberg. Ich kenne den Platz schon seit langem, aber auf seine Strahlung wurde ich durch andere aufmerksam gemacht. Konzentrische Kreise verlaufen hier, die stärkste Strahlung ist hinter dem Marterl. Vom Festenberg herunter scheint auch eine starke Linie zu kommen. Die mächtigen Kronen beider Bäume vereinigen sich zu einer Masse von Ästen und Laubwerk. Der Blick schweift durch die bunte Gegend mit dem Kranz der Berge und Hügel. Die Pankraziburg ist gut zu sehen, die Arnsteinnadel stößt über dem Wald in den Himmel.
Eine Sitzbank steht daneben, und viele Menschen kommen, um dort zu verweilen. Störend ist die häßliche Kabelleitung, die man brutal daran vorbeigeführt hat. Die Bäume stehen unter Naturschutz. Ein idealer Platz nicht nur für Pilger und Kinder! Die schöne, einheitlich barocke Kirche von Hafnerberg mit der alten Madonna hat ihre eigene Strahlung. Auch die Linde, die dem Gasthaus den Namen gibt, steht am passenden Ort.
Die Pankraziburg wird vom Besitzer in vorbildlicher Weise renoviert und gesichert, ein Raum ist als Kapelle ausgebaut. Es ist schade, daß man nicht die ganze Kirche erneuern kann. Sie steht auf einem alten Kultplatz.
Der männliche Stein ist zum Teil in die Kirche eingemauert, der Durchschlupfstein liegt unterhalb.
Der heilige Pankrazius wurde gern als Patron für Burgkapellen genommen, so gibt es eine Pankraziburg und -kirche in Gossam bei Emmersdorf in der Wachau.

Der große Kultplatz von Grafenberg-Stoitzendorf

Einer der großartigsten unveränderten Kultplätze ist der von Stoitzendorf, einige Kilometer östlich von Eggenburg. Der ganze Platz ist unter Naturschutz gestellt. Er liegt in einem hügeligen Flachland inmitten von Weinbergen. Man hat die Steine gelassen und nicht verchristlicht. Nur ein Marterl in der Nähe weist auf das alte Heiligtum hin. Dort fällt zuerst die große Steinsäule ins Auge, die aus mehreren Blöcken aufgetürmt erscheint. Sie hat oben eine Schale, und eine andere, besonders schöne, tiefe, befindet sich daneben auf einem niedrigeren Stein. Der männliche Charakter des Steinmales ist nicht zu übersehen, auch wenn man sie Feenhaube nennt und manche in diesem Stein eine weibliche Figur sehen. Dahinter, genau im Norden, steht ein Steinblock mit einer tiefen Spalte, zu dem kleine Stufen hinaufführen. Das ist der weibliche Partner. Wenn man vor dem Stein steht, ist neben der Spalte ein großer Tritt im Stein. Das ist die kultische Markierung und heißt: Achtung, hier ist die Gottheit gestanden, hier ist das Numen gegenwärtig. In der Nähe gibt es einen Wackelstein, im Umland sind noch andere geformte Steine und Schalen.

Die Flora weist Besonderheiten auf, wie z.B. die Zwergkirsche und die blaue Zwerglilie. Man kann dort einen ganzen Tag verbringen, es kommt kaum jemand vorbei. Man muß es erlebt haben, wie genau zu Mittag der Schatten der Säule auf den Spaltstein zeigt. Man kann auf der Wiese liegen und in den Himmel schauen, und der Genius loci wird sich einem mächtig offenbaren. Deutlich zu sehen sind auch die Reste des alten Steinkreises, der das Heiligtum umschloß. Hier wurden zu bestimmten Zeiten eindrucksvolle Feste gefeiert, wahrscheinlich auch in der Nacht. Die Rute erkennt den Platz. Gerhard Anderle hat festgestellt, daß dieser Platz Ortungszentrum von zahllosen anderen heiligen Plätzen in der näheren und weiteren Umgebung ist.

Den Weg von diesem Kultplatz weiter in die Berge, ist im Nordosten ein kleiner bewaldeter Hügel. Auf der kleinen Anhöhe zwischen den Büschen ist ein besonders schöner Phallusstein und eine Menge Steine, auch mit Schale.

Krahuletz hat durch seine Ausgrabungen bewiesen, daß diese Gegend bereits in der Steinzeit besiedelt war. Unwillkürlich fragt man sich: Was haben die Leute damals getan, als sie sich zum Kult versammelten? Wir sind auf spärliche Hinweise angewiesen. Man kann davon ausgehen, daß in den ländlichen Kirtagen (also Kirchweihtagen, regelmäßig wiederkehrenden Dorffesten) eine Spur davon erhalten ist. Zuerst geht man in die Kirche zum Hochamt, dann feiert man weiter mit Essen, Trinken und Tanz. Marktgetriebe gehört dazu.

Die Messen als große Märkte haben ihren Namen von der Messe, der kirchlichen Feier, wenn auch die Messe mit keiner heiligen Messe mehr beginnt, sondern mit der Ansprache und Eröffnung durch den Bürgermeister oder Bundespräsidenten.

Das weltliche Getriebe erschlägt heute auch in den Dörfern das alte religiöse Brauchtum.

Die Bindung an die Jahreszeit und Kirchenzeit ist wichtig. Das Richtige soll zur richtigen Zeit geschehen, das heißt, gefeiert werden. Die Sonnwendfeiern sind an bestimmte Tage gebunden. Es kommt auch auf die Tageszeit an. Ostern sollte kirchlich in der Nacht oder in der Morgendämmerung gefeiert werden. Die Versuche von Künstlern, künstliche und künstlerische Feiern mit kultischem Anstrich zu halten, kann man nicht ohne weiteres ablehnen. Es sind meist dürftige Versuche, Uraltes zu beleben. Im Grunde wollen sie Transformation und Magie. Es ist verständlich, daß sie wieder auf das Blut zurückkommen, obwohl das die Völker seit ein- oder zweitausend Jahren überwunden haben. Die Erinnerung daran lebt noch in der kirchlichen Messe weiter, wo Brot und Wein Fleisch und Blut bedeuten. Daß mit sogenannten Schwarzen Messen Unfug - bis zum Ritualmord - getrieben wird, ist eine Entartung.

Stellen wir noch einmal die Frage: Was haben die Alten bei der Feenhaube oder im Walde von Merkenstein getan? Wahrscheinlich an beiden Orten nicht dasselbe, denn der Platz läßt es nicht zu. Im Wald konnten sich nur verhältnismäßig wenig Menschen versammeln, um die Feenhaube herum war viel Platz.

Der Platz war nach innen hin abgegrenzt. Das Allerheiligste war nicht für alle, zumindest nicht zu jeder Zeit zugänglich. Die Strahlung war so stark, daß man sich nicht lange aufhalten konnte. Wenn man zwei Stunden in einer

Arnsteinnadel, Peilstein

Grafenberg, Koglberg

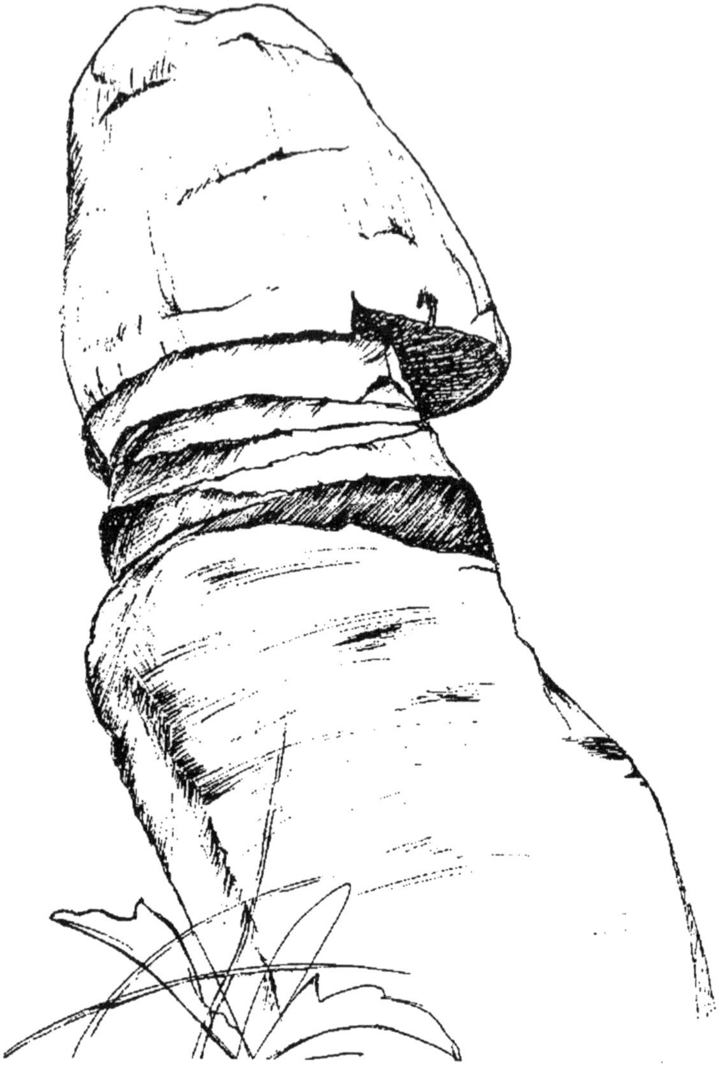

Grafenberg, Feenhaube

Viereckschanze verweilt, spürt man es körperlich. Auch die Priester von damals blieben nicht immer dort. Bei den Feiern schützten sie sich durch besondere Gewänder. Das weiße Unterkleid der katholischen Priester, die Alba, ist eine Erinnerung daran. Der Manipel, ein altmodisches Ärmeltuch, das neuerdings abgeschafft wurde, weil man seinen Sinn nicht mehr versteht, dürfte ursprünglich eine kraftablenkende Bedeutung gehabt haben. Die Druiden trugen weiße Kleider. Die wichtigsten Elemente der Feier waren Prozession und Opfer. Man näherte sich dem heiligen Platz und umkreiste ihn unter Gesang und dem Spiel von einfachen Musikinstrumenten wie Pfeifen und Trommeln. Trommel und Pauke wirken stärker auf das Gemüt als die späteren Instrumente. Der Gesang wird eher ein Murmeln und Summen gewesen sein. Vom Opfer selbst will ich hier nicht reden, das ist eine ferne, geheimnisvolle Welt. Die Einzelheiten von damals - wie das Opfern von Kindern und Kannibalismus -, sind für uns so unvorstellbar, ja grauenhaft, daß wir nicht mitkönnen. Ähnlichkeiten mögen auch mit den Opferriten und Feiern in Afrika oder Südamerika bestehen.

Völkerkundler behaupten, daß es in der Zeit der Jäger und Sammler keine Opfer gegeben habe, erst die Bauern hätten mit dem Opfer begonnen, was mir unwahrscheinlich erscheint.

Was können Gruppen von uns tun, wenn sie das Bedürfnis haben, die Feiern der Alten wieder aufleben zu lassen? Die neuen Druiden in Stonehenge tun das. In weißen fremdartigen Kleidern erscheinen sie zur Sonnenwende.(Man läßt sie nicht mehr auf den alten heiligen Platz, der gesperrt ist, weil er durch die Massen der Besucher ruiniert wird.) Ist das echt? Wenn sie es irgendwo unaufällig tun, ohne jemandem oder dem Platze zu schaden, soll man sie lassen.

Eine Vermischung von alten und neuen Formen ist sehr schwer. Das kommt auf ein Experiment hinaus. Es kann etwas Uraltes, Urmenschliches durchbrechen und gesund und heilsam, ja erweckend sein, es kann auch Unsinn sein. Ich habe annehmbare Formen erlebt. Wenn selbst in den Kirchen der Kult verändert und in Frage gestellt wird, was soll bei den andern, den Kultungewohnten, den nicht Kultfähigen herauskommen, wenn es keine Traditionen und Erinnerungen gibt? Holl sagt, der Verlust der Rituale sei schlimmer als eine Revolution.

Konstruieren und rekonstruieren kann man das Alte kaum. Zwei- oder dreitausend Jahre haben den Menschen verändert, besonders die letzten hundert Jahre mit dem Anbruch des technischen, elektronischen Zeitalters. Wie Kult finden und machen in einer so dürftigen Zeit?
Ich will von alten, heiligen Plätzen sprechen, aber ich kann es nicht vorbehaltlos tun, wenn ich nicht auch davon rede, was man dort machen soll. Nur anschauen wie eine Kuriosität ist zu wenig. Da ist es mir leid um die Plätze, und ich fürchte den Mißbrauch. Nur Exkursionen oder Ausflüge zu machen, paßt nicht. "Sancta sanctis" (das Heilige den Heiligen), schrie man in den alten Kirchen, wenn die Mysterienfeier begann und die Nichteingeweihten den Raum verlassen mußten. Das war nicht schlecht. Kunstführungen in Kirchen sind fragwürdig. Wer nicht musikalisch ist, geht nicht in die Oper, und wer nicht irgendwie vom Geheimnis, von den Mächten, von Gott und den Geistern berührt ist, sollte zu diesen Plätzen nicht gehen. Wenn er es mit Ehrfurcht tut, soll er hingehen und vielleicht empfindet er dann ein wenig Sehnsucht nach etwas Urmenschlichem, das wir alle weitgehend verloren haben.
Und die Gläubigen? Wie sollen sie sich stellen? Ich habe schon mehrfach davon gesprochen. Sie müßten sich auch umstellen. Sie sind ihrem eigenen Kult vielfach entfremdet, sie sind säkularisiert. Sie müßten wieder heiliger werden, nicht so sehr im moralischen Sinne, als in ihrer menschlichen und religiösen Haltung. Wie kalt und teilnahmslos, wie fremd sie ihre Religion ausüben, zeigt doch, daß ihnen etwas fehlt.

Der Kalenderstein im Aul in Leodagger

Leodagger ist eine kleine Ortschaft, etwa 3 km nördlich von Pulkau. Aul bedeutet soviel wie Topf. Vielleicht meinte man damit die Senke, in der dieser kolossale und eindrucksvolle Kultfelsen steht. Nach den Funden aus der Frühbronzezeit kann man auf das hohe Alter des Steines schließen. Auf dem nahen, nordwestlich gelegenen Sonnberg war eine bronzezeitliche Siedlung in einer Entfernung von etwas mehr als einem Kilometer. Wahrscheinlich war der Fels "Im Aul" der zugehörige Kult- und Opferplatz.

Auf der Straße von Pulkau sieht man am Beginn des Dorfes eine Hinweistafel mit der Bezeichnung Kalenderstein. Diesen Namen hat man ihm erst in letzter Zeit gegeben. Die Einheimischen selbst hatten keine Bezeichnung für ihn. Er liegt in einigem Abstand von den Häusern, umgeben von einem Acker und Weingärten, aus denen man, wie ein Bauer erzählte, eine Reihe von Steinblöcken herausgeschleppt und in den Graben beim Bach geworfen hat. Neben der Brücke, die über diesen führt, liegt eine auffallend große Steinplatte, die vielleicht einmal als Brücke diente, aber aufgestellt einen Menhir darstellt, der als Hinweis auf den heiligen Platz gedient haben könnte.

Der ganze Felsblock ragt etwa vier Meter aus dem Boden. Eine Seitenfläche ist nach Norden, die andere nach Osten gerichtet. Von der Westseite her sieht man im Fels eine stufenförmig angeordnete Opferanlage. Aus der verschiedenartigen Verfärbung des Steines schließt man, daß er künstlich bearbeitet worden ist. Darüber ist ein rechteckiges, ebenes Plateau, das eine seichte Wanne besitzt. Im Südwesten liegt ein wenig tiefer ein sargähnlicher Stein, der zwei Meter lang ist und 16 Näpfchen besitzt, die einen Durchmesser von drei bis sieben Zentimeter haben. Sie sind genau in der Nord-Süd Richtung angeordnet und weisen auf die im Horizont sichtbare Kirche von Pulkau hin. Die Südseite des Felsens ist glatt und genau nach Osten gerichtet. In einigem Abstand von dieser Fläche steht ein Menhir, der mit der Platte einen Spalt bildet, der den Sonnenaufgang bei der Tag- und Nachtgleiche anzeigt.

Über dem Dorf liegt der sogenannte Sonnwendberg, auf dessen Spitze eine prähistorische Wallanlage mit zwei oder drei künstlichen Bodenwällen liegt. Nach Südosten fällt der Sonnwendberg steil hinab zu einem Fels, der den Namen Hölle trägt.

Der Kultfelsen wurde wahrscheinlich deshalb Kalenderstein genannt, weil man mit Hilfe der Schälchen den Stand der Sonne zu verschiedenen Zeiten feststellte, was für die Aussaat und Ernte wichtig war. Die Strahlung beim Stein im Aul ist sehr stark.

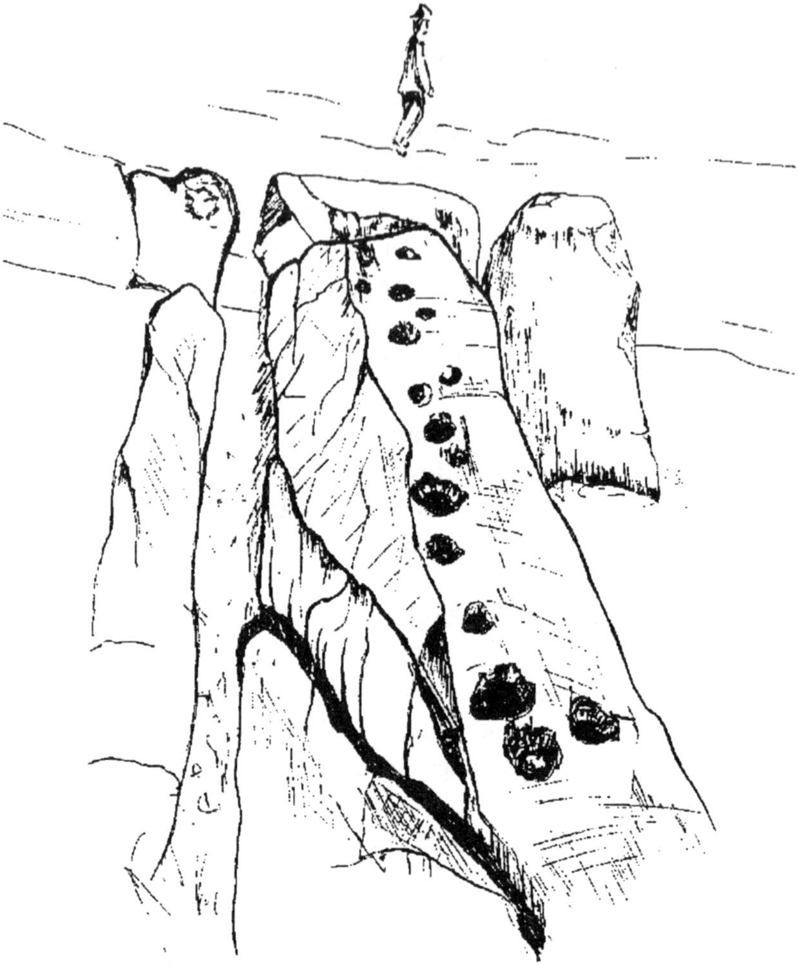

Kalenderstein Pulkau, Leodagger

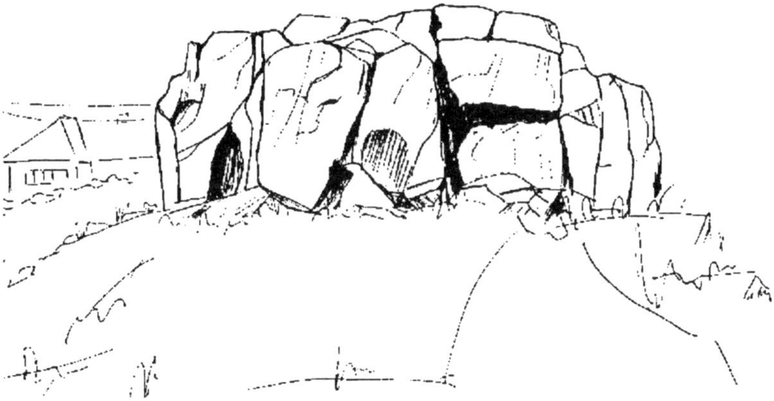

Kalenderstein Pulkau

Detail vom Kalenderstein Pulkau

Die Wallburg in Sachsendorf

Am Rande dieses kleinen Dorfes zwischen Horn und Maissau ist eine Wallanlage, in deren Innern man die Reste einer kleinen, mittelalterlichen Burg ausgegraben hat. Uns interessiert der Wall, der die Form eines Quadrates hat. Es ist anzunehmen, daß er älteren Datums ist und zu den bekannten Viereckschanzen gehört, die ursprünglich nicht der Verteidigung, sondern der Abgrenzung eines Kultplatzes dienten. Der Wall ist noch gut erhalten und von beachtlicher Höhe. Die Strahlung verläuft den Wällen entlang und ist besonders stark in der Burgkapelle, deren Grundriß man ausgegraben hat. Es dürfte die alte Opferstätte gewesen sein.

Der heilige Stein bei Mitterretzbach

Mitterretzbach liegt bei Retz in der Nähe der Feenhaube. Es ist ein idealer Platz. Das Uralte, Heidnische, das Christliche und das Moderne im besten Sinne, die neue Hinwendung zur Natur und zu den alten Plätzen, trifft hier zusammen.

Der Stein von Mitterretzbach ist ein Granitblock, etwa zwei Meter lang, anderthalb Meter breit und fast einen Meter hoch. Er ist im Laufe der Zeit in den Boden gesunken. Er hat vierzehn Schalen, von denen drei besonders schön ausgerieben sind, etwa fünfzehn Zentimeter breit und ebenso tief. In einiger Entfernung ist ein einzelner Stein mit einer schönen kreisrunden Schale. Die Schalen sind nicht horizontal, sie schmiegen sich an die natürliche Rundung des Blockes an. Darin steht das ganze Jahr hindurch Wasser, das als heilbringend gilt. Die Rute schlägt entsprechend aus. Ringsherum sind Weinberge. In der Nähe des ehemaligen Eisernen Vorhanges, der böhmischen Grenze, sieht man die Felder und Dörfer des Nachbarlandes. Der Heilige Stein ist christlich getauft, die Wallfahrt hat sich trotz mancher Schwierigkeiten und Verbote erhalten. Eine winzige Kapelle steht neben dem Rastplatz mit dem Baum. Vor dem Altar ist der Brunnen mit einem Deckel abgedeckt, aus dem die Leute heiliges Wasser schöpfen oder besser gesagt, einmal geschöpft haben. In der Nähe sind die

Grundmauern einer kleinen gotischen Kirche, die abgerissen wurde. Für den Wanderer oder Pilger gibt es Sitzplätze und viel Gras. Oft arbeiten die Bauern daneben auf den Feldern und in den Weingärten.
Der Stein ist sehr eindrucksvoll, aber gegen andere bescheiden. Aus der Ferne sieht man ihn nicht. Eine große feierliche Ruhe liegt über der Stätte. Er ist leicht zu erreichen, er liegt nur etwa hundert Meter neben der Straße, von ihr getrennt durch den Wald. Der Weg ist markiert. Solche ursprüngliche heilige Stätten bräuchten wir mehr.
Einen ähnlichen Stein, nur größer und schöner, mit vielen Schalen dieser Art, fand ich in der Nähe eines Ortes im Mühlviertel, dessen Namen ich nicht nennen möchte. Das Bauernhaus, zu dem er gehört, ist etwa hundert Meter entfernt. Ursprünglich war er einem Heiligen geweiht, und ein hölzernes Marterl und eine Quelle bereicherten den strahlenden Platz auf der Kuppe, an der der Weg entlangläuft. Als ich hinkam, hatte der Bauer die Sträucher gerodet, den Platz planiert und den Zeichenstein mit dem Traktor in eine Grube geschoben, um sie später zuzuschütten. Ich ging in den Hof und sprach mit ihm. "Das stimmt schon mit dem Stein", sagte er, "aber er liegt mir im Weg." Die Quelle hatte er ins Haus geleitet, am Platz war nichts mehr von ihr zu sehen. Mein Einwand, daß der Stein doch einem Heiligen geweiht sei, beeindruckte ihn nicht. Ich begann mit ihm zu handeln. Ich gab ihm einen Geldbetrag und sagte: "Wenn Sie den Stein wieder an den Platz stellen und stehen lassen, gehört das Geld und der Stein Ihnen, sonst hol ich ihn mir. Überlegen Sie es sich!" Es verging ein Jahr, bis ich wiederkam. Der Stein stand an seinem alten Platz, und der Bauer sagte vorwurfsvoll: "So lange habe ich auf Sie gewartet. Was sagen Sie jetzt?"
Ich lobte ihn.
Wie viele Steine, vielleicht noch größere und wichtigere, verschwinden so unter der Hand.
Über die Schalen möchte ich hier noch einige Bemerkungen einfügen.
Die Schalen in Mitterretzbach sind sicher von Menschenhand gemacht. Das heißt aber nicht, daß alle so entstanden sind. Der Mensch fand Auswitterungen im Stein vor und verwendete sie als Opferschalen. Manche hat er gelassen, wie sie waren, bei einigen hat er nachgeholfen, andere hat er selber geformt. Eines muß das andere nicht ausschließen.

Es gibt bei uns Godasteine mit mehreren kleinen Löchern nebeneinander. Alte Bohrungen kann man von neuen dadurch unterscheiden, daß die einen unregelmäßig, die anderen glatt sind. Bis vor hundert Jahren, aber stellenweise noch jetzt, findet man auf Gräbern Steinblöcke mit kleinen Schalen. Dahinein legten die Angehörigen am Sterbetag, zu Allerseelen und zu Johannes Speisen aus Eiern und Mehl. Es machte nichts, wenn Vögel sie holten, denn diese wurden vielfach als Seelenträger angesehen. Zugleich dienten diese Schalen und Schälchen als Wasserbehälter. Auf dem Grab meiner Mutter steht ein Barockgrabstein mit Kreuz und Engeln. Zu Füßen des Kreuzes ist eine kleine Schale.
Bei den Schalen im Gelände ist es nicht wichtig, wie viel der Mensch und wie viel die Natur gemacht hat, wichtiger ist, daß die Schalen am richtigen Platz stehen. Reizvoll ist der Übergang von den winzigen Näpfchen zu den Riesenschalen, in die sich ein Mensch hineinlegen kann.
Bei den Spur- und Zeichensteinen ist es ähnlich. Die ersten Spursteine hat man vorgefunden. Sie sind so roh, daß Phantasie dazugehört, ein Abbild von irgend etwas darin zu sehen. Die Zeichen am Heiligen Felsen im Felsendom in Jerusalem sind urtümlich und roh. Die Fußspuren Jesu in der Himmelfahrtsmoschee auf dem Ölberg sind säuberlich ausgeführt. Der Antrittstein bei der Wolfgangkirche ist unverständlich, weil man bei bestem Willen keinen Antritt sehen kann. Um so mehr liegt er auf dem richtigen Platz, und darauf kommt es an.

Heiligenstein

Das ist der Markenname für einen berühmten Wein aus der Gegend um Krems. Den Berg gleichen Namens sieht man von weitem, zu seinen Füßen beginnt die Enge des schönen Kamptales. Auf dem Gipfel steht eine Aussichtswarte, aber von einem Stein ist nichts zu sehen. Ich und andere haben vergebens danach gesucht. Kießling hat ohne Erfolg nach entsprechenden Sagen gesucht. Wenn man einen Einheimischen nach dem Heiligenstein fragt, weist er nicht auf den Gipfel, sondern auf den Hang darunter, wo die berühmten Weinberge liegen. Das ist ein wichtiger Hinweis. Der Kultstein, welcher verschwunden ist, lag oder stand zweifellos auf dem Hang und wurde bei der Christianisierung ruiniert. Martin Hellmayr hat sich die Mühe genommen und mit Hirn, Rute und Pendel versucht, den ursprünglichen Platz zu suchen. Er fand eine Rinne im Boden, die wahrscheinlich von Menschen gemacht oder erweitert wurde. Den dazugehörigen Stein gibt es nicht, aber andere Hinweise, daß der Platz stimmt. Er liegt in einem aufgelassenen Weinberg, etwa dreihundert Meter südöstlich der Warte. Martin Hellmayr hat Steingeräte, wie Schaber u.a. in der Nähe gefunden. Die ganze Gegend ist seit der Steinzeit besiedelt.

Der Stein mit fünf Ecken bei Straß

Er liegt etwa zwei Kilometer nordöstlich von Straß im Wald an einem unscheinbaren Platz. In der heutigen Gestalt ist er einige hundert Jahre alt und unter dem Volk als Grenzstein bekannt, weil fünf Gemeinden aneinanderstoßen. Die Grenze ist nicht die Ursache. Zuerst kam der richtige Platz, dann stellte man einen Stein darauf, und bei der Grenzziehung etliche tausend Jahre später verwendete man ihn als Grenzstein.
Jetzt steht hier ein bescheidenes Marterl mit einer Bank. Kaum jemand verirrt sich dorthin. Der Platz ist unauffällig, solche findet man tausende, und doch hat er seine Strahlung, die früh bemerkt worden ist.
Wenn man die fünf Ecken des Steines verbindet, kommt ein Druden- oder Hexenkreuz heraus. Ich kann mir vorstellen, daß es ein Versammlungsplatz der geheimen Frauenbünde war, die später als Hexen verfolgt worden sind. Hinweisen möchte ich hier noch auf die in der Nähe liegenden Steine von Obermaisling und Nöshagen. Gegenüber der Ruine Falkenberg nahe Straß steht im Wald der Schwedentisch. Es ist ein Steinblock, in den ein Kreis eingegraben ist. Er ist den Kultsteinen von Loiwein ähnlich.
Die Steine von Loiwein sind angezeigt. Man zweigt bei der Kirche nach Westen ab. Auf vier Gneisblöcken sind Kreise mit einem Durchmesser von 70 bis 80 cm eingegraben. Der Platz vor den Steinen strahlt besonders stark. Als natürliche Erklärung hat man versucht, sie als Mühlsteine zu deuten. Doch das ist unwahrscheinlich, weil keiner wirklich ausgebrochen ist. Vielleicht dienten sie dem Sonnenkult. Bei Obermaisling steht im Urteltale ein

Opferstein, in den der Teufel mit seiner Butte die Ringe eingebrannt haben soll.
Martin Hellmayr hat Ortungen um Straß herum festgestellt und ist zu erstaunlichen Ergebnissen gekommen.
Um im Umkreis zu bleiben, möchte ich noch auf die gelbe Kapelle in Thürnau bei Tautendorf aufmerksam machen. Man kommt hin, wenn man in Stiefern nach Westen abbiegt.
Auf einem freien, unansehnlichen Hügel steht eine winzige gelbe Kapelle, die von gewaltigen Steinen mit riesigen Schalen umgeben ist, die miteinander zum Teil in Verbindung stehen. Vermutlich wurde die Kapelle über dem Zentrum erbaut. Die Strahlung ist groß.
Eine mächtige uralte Opferstätte.

Keltorömische Altäre, Sarling

Rotenhof bei Persenbeug

Der Platz liegt zwischen der Marienhöhe von Ybbs und Maria Taferl an einer alten heiligen Straße, die als solche mehrfach gekennzeichnet ist. Man fährt auf der Straße von der Talsperre in Persenbeug östlich zum Schloß Rotenhof und von dort auf der Waldstraße nach Nordosten weiter. Wo der Wald anfängt, ist links ein Rastplatz mit einer Bank mit herrlicher Aussicht auf den Donaubogen, auf Säusenstein und Gottsdorf. Es wird anderswo erwähnt. (Der Name kommt nicht von Gott, sondern von Gozzo, obwohl das gegenüberliegende ehemalige Zisterzienserstift Gottestal hieß). Der Ötscher ist groß und mächtig zu sehen. Am Waldrand steht zwischen zwei Birken ein ziemlich regelmäßiger Steinblock – wie ein Tisch –, der von einem geschmiedeten Eisenkreuz gekrönt ist. Auf dem Steinblock sind einige Schälchen deutlich zu sehen, die auf den alten kultischen Zweck hinweisen. Schälchen sind in dieser Gegend verhältnismäßig selten. Da sie aber fast auf der ganzen Erde verstreut vorkommen und immer die gleiche Bedeutung haben, sind sie ein untrügliches Zeichen für einen Kultstein. Das Blumenopfer ist dort noch üblich, und oft stehen frische Blumen in einem Glas oder in einer Schale auf dem Stein. Heute heißt der Stein Urlaubskreuz in Erinnerung an den alten Förster, der hier gerne verweilte und im Krieg gefallen ist.

Man kann stundenlang verweilen, es ist ein wirklich guter und schöner Platz. Auf dem Feldweg weiter im Wald beginnt es unheimlicher zu werden. Wer achtgibt, sieht am linken Straßenrand an einem schrägen Stein eine schöne kleine Schale, größer als die Schälchen am ersten Stein. In der Höhe fällt rechts der riesige Steinbruch ab, nach links führt der Weg weiter. Hier begann das sogenannte Teufelspflaster mit einer entsprechenden Sage. (Durch die Begradigung ist das Teufelspflaster, das ich selbst noch gesehen habe, vom Bagger beiseite gedrückt worden und verschwunden.) Aber etwas ist geblieben: der Teufelsstein. Er wurde ein wenig versetzt und steht auf der rechten Wegseite. Es ist ein großer, breiter, schwarzer Menhir ohne besondere Zeichen. Wenn wir Kinder vorbeigingen, warfen wir Steine auf ihn. Er galt uns als böser Stein, wohl wegen des Namens. Der Platz und die ganze Umgebung strahlen. Früher sah man noch Kratzer von den

Oben: Rotenhof bei Ybbs.
Unten: Thürnerstift bei Gars.

Der Peterstritt vom Auratsberg, Kracking

Das Urlauberkreuz, Maria Enzersdorf

Steinwürfen auf dem Teufelsstein, heute ist der Brauch anscheinend abgekommen. In der Umgebung wäre noch manches zu entdecken.
Hier ist die dunkle und die helle Seite der alten Plätze deutlich zu spüren.
Der Weg führt weiter nach Maria Taferl.
In der Nähe ist ein großer Spurstein in Kracking, bei Marbach der Diebsstein und ein alter Hungerstein in der Donau, der nur bei äußerstem Tiefstand zum Vorschein kam. Jetzt ist er durch den Stau verschwunden. Es gibt in der Nähe auch einen Teufelsstein ähnlich dem in der Wachau.
Das Kultgebiet um Rotenhof ist wichtig, weil hier so vieles zusammenkommt und weil es unbekannt ist. Die Plätze sprechen unmittelbar an, auch ohne Pendel und Rute.

Die Steine von Melk

Der wichtigste Stein von Melk ist verschwunden. Man hat ihn der Verbreiterung der Bundesstraße 1 vor etwa 70 Jahren geopfert. Auf den alten Stichen und Bildern, etwa von Alt, ist er deutlich zu sehen. Es ist eine riesige Steinsäule, eine Nadel, die etwa zehn Meter hoch war und eine Statue des heiligen Koloman trug.
Wenn man vom Rasthaus am Donauarm Richtung Stadt Melk geht, tritt auf halbem Weg der Fels, auf dem das Stift steht, hart an den Gehsteig. Dort ist die stärkste Strahlung, dort muß er gestanden sein. Heute ist der Stein auch in Melk vergessen, aber durch die Bilder eindeutig belegt. Er gleicht der Arnsteinnadel auf dem Peilstein hinter Raisenmarkt. Auch in Melk stand einmal eine Burg, wo jetzt das Stift ist. Die Burgen wurden oft auf oder neben heiligen Plätzen gebaut; siehe Oberranna, die beiden Pankraziburgen in Emmersdorf und Hafnerberg u.a. Dr. Stolla hat mir einmal eine schöne Ortung über Melk, Maria Taferl und das ganze Donautal gemacht.
Östlich von Melk liegt Pielachberg. Von dort in Richtung zur Pielachmündung, findet man rechts am Wegrand einen großen Fels mit behauener Oberfläche und einem eingemeißelten Kreuz, das rot gefärbelt ist. Sein Alter und seine ursprüngliche Bedeutung als Kultstein ist an den kleinen Schälchen erkenntlich. Die Rute schlägt über ihm aus. Hutter hat ihn in den

Stift Melk mit Kolomanisstein

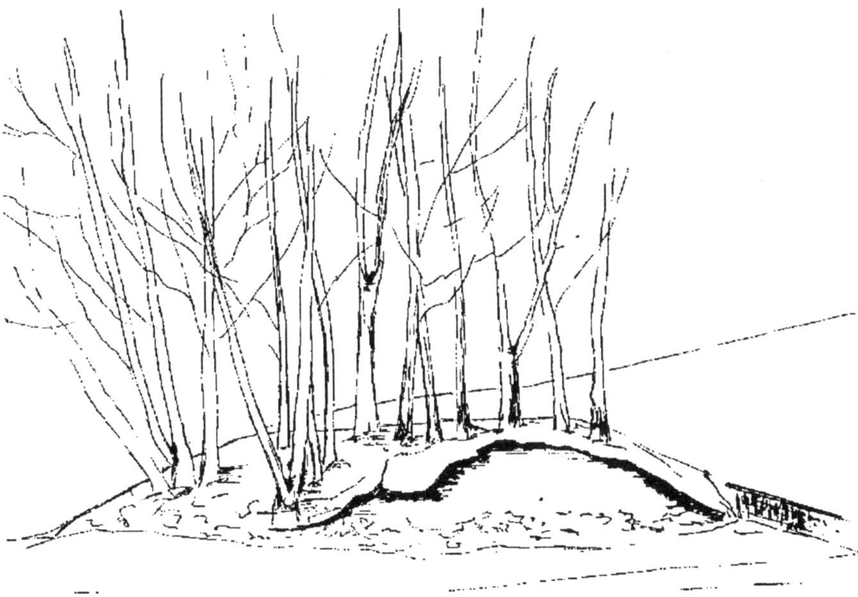

Wasenkogel, Oberndorf bei Melk

Urkunden als Grenzstein gefunden. Er wurde, wie vielfach sonst, weil er bekannt und auffällig war, im Laufe der Zeit als Grenzzeichen gewählt. Im Melktal sieht man beim Vorbeifahren auf dem Hießberg in der Höhe des Staudammes den Weißen Stein: ein mächtiger Felsblock, der immer wieder weiß gestrichen wird, ähnlich dem Weißen Stein in Perchtoldsdorf am Ende der Weinberge. Der Weiße Stein bei Zelking an der Melk ist sicher ein Kultstein. Neben den Roten Kreuzen gibt es die Weißen Kreuze. Dem Weißen Stein von Zelking entspricht der Schwarze Stein in der Nähe auf dem Hießberg. Er ist nur zu sehen, wenn man direkt vor ihm steht. Ein kolossaler Monolith, der einmal als Steinbruch verwendet wurde. Zum Glück aber blieb der größere Teil stehen. Unheimlich liegt er unter den hohen Bäumen. Beide Steine gehören so zusammen wie der Opferstein in Rotenhof und der Teufelsstein dahinter. Es kann auch ein Zusammenhang zu den Vorgängern der Hexen, den alten Frauenbünden bestehen, die sich zu bestimmten Zeiten trafen, um die Fruchtbarkeit der Erde und der Menschen kultisch zu feiern und zu stärken. Es gab zwei Bünde, von denen einer Weiß, der andere Grau als Farbe hatte. Grau oder schwarz ist die Erde und schwarz sind viele Madonnen. Die beiden Frauenbünde führten zum Jahreswechsel kultische Feiern mit Kämpfen auf, die den Kampf des Winters mit dem Frühling, von Sonne und Nacht, Leben und Sterben, Tag und Nacht bedeuteten. Warum diese bedeutsamen uralten Frauenbünde zu Hexen gestempelt und verteufelt wurden, ist eine andere Sache und gehört nicht hierher. Wo die Melk von Süden kommend in den Wald fließt, liegt der Sängerstein gegenüber den kaum mehr sichtbaren Resten der Burg der Peilsteiner. Die nahen Steine von Rotenhof habe ich schon erwähnt, ebenso den Fotzenstein auf der Marienhöhe in Ybbs.

Die Ysperklamm ist nicht nur landschaftlich schön, sie hat auch ihre Sage. In der Klamm liegt zur rechten Hand eine Wiese mit großen Steinblöcken. Dort soll ein Untier gehaust haben, eine Drachenschlange, die von den Leuten gefürchtet wurde und die einen Lohn aussetzten für jenen, der sie töten würde. Einem Wilderer gelang es, aber er hatte in der Folge kein Glück und verstarb nach einem Verbrechen im Kerker.

Die Bildföhre bei Karlstetten

Der Dunkelsteinerwald ist geologisch ein Stück Waldviertel diesseits der Donau. St. Pölten liegt in einer eintönigen Ebene, im Süden locken die Berge zum Besuch; nur wenige lieben das stille waldreiche Gebiet zwischen Melk, Krems und St.Pölten. Es gibt einige für uns wichtige und eindrucksvolle Plätze. Die bekannten und markanten Eckpfeiler sind die beiden Stifte Göttweig und Melk.

Die Bildföhre bei Karlstetten ist ein Waldheiligtum und liegt an der Straße von Goldegg nach Gansbach. Es führen von den umliegenden Dörfern alte Kultwege hin, doch keine Straße führt vorbei, kein Haus ist weit und breit. Hoher Mischwald bildet eine Lichtung, in der die hübsche Kapelle steht. Vier Wege kreuzen sich dort, Bänke weisen darauf hin, daß Menschen kommen. Ich sah einen älteren Mann, der lange in der Kapelle verweilte. Der Altarraum ist durch ein Eisengitter abgetrennt und dahinter ist der Altar mit vielen Devotionalien und frisch abgebrannten Lichtern. Ein großer dürrer Baumstamm, die alte Bildföhre, steht hinter dem Altartisch. Ein Mariahilfbild hängt am Stamm, auf den Strahlung hinzielt.

Das Bedeutsame dieses Kultplatzes ist die sogenannte Türkenschanze, die etwa 100 Meter dahinter steht. Sie wird durch einen neueren Forstweg durchschnitten, die alten Eingänge sind sichtbar, wenn man auf der Wallkrone weiter geht. Der kleinere Vorwall verläuft zum größeren parallel. Es handelt sich offensichtlich um Menschenwerk. Die durchschnittliche Höhe auf dieser Seite ist acht Meter. Die übrigen Teile der weitläufigen Anlage sind nicht so ausgeprägt. Das Volk nennt es Türkenschanze.

Es sind noch keine Grabungen vorgenommen worden. Die Ähnlichkeit mit den andern alten Schanzen des Landes fallen auf. Man denkt an den Schanzboden von Falkenstein, der mehr als sechstausend Jahre alt ist, an Friebritz, Kammegg, Stillfried und an die Viereckschanzen, deren prähistorischer Ursprung nicht mehr angezweifelt wird. In jener Zeit gab es noch keine Verteidigungsanlagen.

Wo jetzt die Kapelle steht, versammelte sich das Volk, oben, hinter dem Wall, war das Heiligtum.

Wir haben hier einen uralten, heiligen Platz, der seinen Charakter gut erhalten hat, wo man bleiben und immer wieder zurückkommen möchte. Die Legende erzählt, daß sich 1683 zwei Personen im Gehölz hinter dem Bildbaum versteckt hätten und gerettet wurden, während die Türken die Leute hinter der Schanze umbrachten. Aus Dankbarkeit hätten die Geretteten das Bild an der Föhre angebracht. Später baute man um den toten Stock eine Holzkapelle, dann eine aus Stein.

Sitze und Bänke in Stein

Ich habe schon den Hexensitz in Hinterbrühl erwähnt. In der Nähe des Hexensitzes hat vor vielen Jahren eine merkwürdige Frau gewohnt, die ich nicht als Hexe bezeichnen möchte, die man aber in der guten, alten Tradition sehen könnte. Sie war Rumänin, vielleicht mit Abstammung von Zigeunern, gescheit und religiös. Ihr Beruf war das Wahrsagen. In einem Hotel in Wien hatte sie ihr Büro, wo sie die Leute empfing und beriet. Im Krieg kamen hohe SS-Offiziere und weltbekannte Schauspieler zu ihr, Namen will ich nicht nennen. Sie fuhr oft mit mir im Bus nach Mariazell. Sie saß dann versunken auf ihrem Platz und rührte sich nicht. Wir würden heute sagen: in tiefster Meditation. Die Ratschläge, die sie den Leuten gab, waren manchmal originell. Zu einer Witwe sagte sie: "Gehen Sie beichten und lassen Sie sich beim Kneippverein einschreiben." Auf meine Frage, ob sie mit Karten, Handlesen oder anderen Mitteln arbeite, antwortete sie, das sei ganz nebensächlich. Sie sehe Schicksale in Bildern: ein junger Mann geht mit einem Strick über die Stiege. Daß er sich dann aufgehängt hat, sah sie nicht. Meditation und Lebenshilfe hätte man von ihr lernen können. Ich weiß nicht, ob sie auf den Hexensitz hinaufgestiegen ist. Wahrscheinlich brauchte sie das nicht. Sie war jederzeit fähig, über die Schwelle zu schreiten.
So sind früher wohl Frauen auf den Berg zu einem Stein gestiegen, auf den sie sich setzten. Was haben sie getan?
Vom Patriarchen Jakob heißt es in der Bibel, er sei am Abend aufs Feld hinausgegangen, um... da scheiden sich die Übersetzer. Der eine schreibt, um allein zu sein, Luther schreibt, um zu beten. Wir würden heute sagen, um zu meditieren. Es paßt alles. Welche Frau geht heute dort- oder dahin, um

dasselbe zu tun? Welcher Mann macht es wie Jakob? Ohne Meditation, das heißt, ohne nach innen zu gehen, wird der Mensch der Bedrohung unserer Welt nicht standhalten, sondern seelisch verkommen. Das Äußere wird ihn überwältigen. Hier paßt das große Jesuswort: Was nützt es dem Menschen, wenn er die ganze Welt gewinnt, an seiner Seele aber Schaden leidet.
Nun aber zu den Sitzen und Bänken.
Es gibt zahllose Hexensitze, Herrgottsitze, Einsiedlersitze u.ä.
Ich saß vor kurzem auf dem sogenannten Kanapeestein auf dem Odilienberg bei Straßburg. Der Odilienberg ist als Kultstätte nach Alter und Monumentalität, aber auch nach dem Eindruck, den er heute noch macht, in eine Linie zu stellen mit Stonehenge und den Externsteinen. Es war schon Abendkühle, ich wollte mich zuerst gar nicht setzen, tat es aber doch und spürte sofort ein großes Wohlbehagen. Ich empfand keine Kälte, eher Wärme, und war überrascht, wie weich ich saß. Die Wölbung im Stein ist dem Körper gut angepaßt. Hinter meinem Kopf war eine tiefe Schale, in die ein Kinderkopf hineingepaßt hätte. Dazu die sinkende Sonne, der stille Wald. Da kannst du in dich versinken und andere Ufer erreichen!
Zwei Hexenbänke stehen in Grein außerhalb der Stadt am Waldrand im Lettental. Die eine hat zwei in den Fels gehauene bequeme Sitze, die zweite ist etwa drei Meter lang, auch in den Fels gehauen. Was sie für den Kult bedeuteten, kann man nicht sagen. Leider hat der Besitzer jetzt einen Zaun aufgestellt.
Bei Dimbach gibt es einen Felsen mit einer Schüssel, in der Wasser steht, daneben ist der Einsiedlersitz. Die Leute sagen, daß dort oben der heidnische Pfarrer gesessen sei und auf die unten durchziehenden Leute das Weihwasser gegossen habe. Der Stein hängt über den Weg, ist also ein hängender Stein.
Der Teufelssitz in St. Stephan im Wald wird vom Volk merkwürdigerweise auch Himmelsstein genannt.

Hängender Stein

Hängende Steine gibt es sehr viele im Land, oft existiert nur mehr der Name. Hinter dem Hexensitz auf dem alten Kultweg von Pfaffstätten und Baden nach Weißenbach, heißt noch heute ein Platz Hängender Stein. Am Kamp hinter der Rosenburg gibt es auch einen Hängenden Stein. Bekannt ist auch der von Salzburg beim Grenzübergang nach Bayern. Das Wort Henge, das im Stonehenge enthalten ist, findet man in keinem englischen Wörterbuch. Es heißt aber nichts anderes als hängender Stein.
Steinüberhänge, sogenannte abri, Halbhöhlen, waren wahrscheinlich die ersten Wohnplätze der Urmenschen. Bei uns gibt es einen bei Spitz in der Wachau.

Höhlen

Höhlen ziehen an und machen Angst. Die einen fühlen sich darin geborgen, die anderen meiden sie. Wir haben in unserem Land zahllose Höhlen. Durch Jahrtausende benutzten sie die Menschen nicht nur als Wohnung, auch als Kultstätte. Durch einen engen Schlupf kam man in diese. In den berühmten französischen Höhlen gibt es Malereien, die mehr als 20.000 Jahre alt sind. Es wurden nicht nur die Wände, sondern auch die Decke bemalt. Die Deutung ist umstritten. Sollte das Leben und die Jagd dadurch magisch beeinflußt werden oder war es nur Kultplatz? Warum hat der Schamane das Tierfell umgehängt? Ist es Bitte, Dank, Beschwörung, Zauber, oder alles zugleich? Wir wissen es nicht. Manche französische Kulthöhlen erinnern fast an die Sixtinische Kapelle.
Die ältesten Höhlen mit Spuren menschlicher Kultur in der Steiermark sind mehr als 100.000 Jahre alt. An der Art, wie man den Bärenschädel aufgestellt hat, ist die kultische Bedeutung zu erkennen.
Die älteste Höhle in Niederösterreich ist die Gudenushöhle am Kamp bei Hartenstein. Der Kultstein dürfte ein rautenförmiger Stein sein, der das doppelte Dreieck, das weibliche und das männliche Symbol der Fruchtbarkeit darstellt.

Die Gudenushöhle wurde schon vor 100.000 Jahren von Menschen bewohnt. Die Venus von Willendorf ist nur 28.000 Jahre alt und wurde nicht in einer Höhle gefunden, sondern im Löß. Damals lebten die Menschen in Wohngruben. Man machte einen Graben, erhöhte die Wände, deckte sie mit Bäumen und Erde zu und machte auf der schmalen Seite einen Ausgang. Auf der andern Seite der Wohnhöhle war in der Erde eine Art Anrichte, auf der im Sand das Symbol der Erdmutter, die fruchtbare Venus, ein kleines Figürchen, stand. Man könnte an unsere Herrgottswinkel denken.
Es ist bezeichnend, daß in der Nähe von heiligen Stätten oft Höhlen zu finden sind, etwa die Graslhöhle in Dreieichen. In der Brühl gibt es eine kleine Höhle unter dem Hexensitz, auf der gegenüberliegenden Talseite steht das Weiße Kreuz, darunter ist eine kleine Höhle. Das Prinzip der Entsprechung von oberirdischen und unterirdischen Kultstätten findet sich in den späteren Krypten.
In Roggendorf bei Röschitz im Bezirk Horn ist die Teufels- oder Fuchsluke. Sie befindet sich am Nordwestabfall des Königsberges in einer bewaldeten Schlucht, die etwa 60 Meter zum Bach abfällt. Nach der Sage hat der Teufel Flüchtende hier mit einem Stein in der Höhle eingeschlossen. Tatsächlich liegen zwei große flache Steine vor der Höhle, die vielleicht Anlaß zu dieser Sage gaben. Der Haupteingang ist 4 1/2 Meter breit und 2 Meter hoch. Er verläuft in einem Bogen parallel zum Hang einem kleineren Ausgang zu. Drinnen sind mehrere Pfeiler und Gänge. Hier haben vor den Menschen Hyänen gehaust. Man fand Knochen von Pferden, Nashörnern und anderen Tieren, auch einige Feuersteinreste, die Menschen vor etwa 13 000 Jahren verwendet haben. Feuerplätze weisen immer darauf hin, daß Menschen der Steinzeit hier gelebt haben. Heute sagt man, daß Jäger in Höhlen eindrangen, um die Tiere, die drinnen hausten, zu fangen. Mit Feuer haben sie diese in Fallgruben getrieben.
Die Höhle von Roggendorf ist sehr eindrucksvoll. Als Fremder findet man sie nicht. Am Dorfende steht eine Hinweistafel, dann teilen sich die Wege und man weiß nicht, welchen man gehen soll. Am besten ist es jemanden zu finden, der einen hinführt.

Krypten

Alle Krypten, die ich besucht habe, Vezeley, Bourges, Reims, Aubin, Emmeram in Regensburg usw. sind stark strahlende Plätze. Nur die größte und berühmteste, die von Speyer, wo Rudolf von Habsburg und andere deutsche Kaiser und Kaiserinnen liegen, strahlt ebensowenig wie der Dom. Wahrscheinlich ist so viel verändert worden, daß er seine Kraft verloren hat.

Was sind Krypten? Wir verbinden damit den Begriff von Grabstätten, Grüften. In der Literatur wird immer auf die Abstammung von den römischen Katakomben hingewiesen, was nur zum Teil richtig ist. Waren es schon immer starke Plätze, oder sind sie später durch die Gräber der Heiligen das geworden, was sie heute noch sind? Ich glaube, am Anfang war der Platz, nicht das Grab eines Heiligen oder eines Königs. Man fand den heiligen Platz oder die Christen übernahmen ihn von den Vorfahren und bestatteten dort einen Heiligen, einen Stifter oder König. Besonders deutlich sieht man das auf dem Wawel in Krakau, der alten Begräbnisstätte der polnischen Könige. Der Wawel ist ein Fels am Ufer der Weichsel. Die stärkste Strahlung ist unter der Kirche in der Krypta neben einem Königsgrab, aber die Strahlung geht um den Fels herum und man spürt sie deutlich. Es ist so ähnlich wie in Melk. Ein polnischer Geomantiker, ein Priester, behauptet, daß Krakau an der gleichen Leylinie liege wie Mariazell. Er sagt, daß in Polen noch heute neue Kirchen an den richtigen Platz gestellt würden, weil überall Priester sind, die diese Kunst verstehen. Die Chinesen bemühen sich, die Häuser auf den richtigen Platz zu stellen. Unsere Architekten lachen auch nicht mehr darüber. Wenigstens bei Kirchen sollte man daran denken. Es ist nicht notwendig, den Altar einer Kirche auf die Nordseite zu stellen, wenn die Ostung leicht möglich wäre. Die Weisheit der alten Maurer hat man vergessen.

Es gibt eine andere, neuere Meinung über den Ursprung der Krypten. Sie besagt, daß iroschottische Mönche diese Idee bei ihrer Missionierung nach Europa mitgebracht haben. Dort gab es schon vor den Christen unterirdische Räume, die der Meditation und dem Gebet geweiht waren. Es entspricht einem Urbedürfnis des Menschen, Geborgenheit und Frieden im

Krypta, Stift Ardagger

Schoß der Mutter Erde zu finden. In einer alten Legende wird von einem Mönch erzählt, der sich mühsam eine Höhle in den Fels grub, um darin zu beten. Er schlief auf dem Stein, heißt es bezeichnend. Meditation ist mystisches Sterben und Auferstehen, die Entsprechung zum Grab Jesu, das von den Griechen Auferstehung genannt wird. Die Heiligen oder Könige hat man hineingelegt, weil sie an einem Ort des Friedens ruhen sollen. Daß Reliquien von Heiligen eine eigene Strahlung haben, soll nicht geleugnet werden.

Die alten Krypten wurden als Umgangskrypten gebaut. Das heißt, die Pilger zogen in der Prozession vorbei und versuchten, Kontakt mit dem Grab zu bekommen. Es gab dafür eigene Fensteröffnungen, zum Beispiel in Regensburg. Das Wort Krypta kommt aus dem Griechischen und heißt soviel wie Verborgenes. Das Verborgene ist das Geheimnisvolle, dem wir uns nur in Ehrfurcht nähern sollen und das sich uns nur stückweise offenbart.

Das schlechthin Verborgene, Geheimnisvolle, ist Gott selber. Ihm ist der Mensch, zumal der Gläubige, dort näher. Ich fragte den Wächter im Straßburger Dom, warum sie nur im Sommer die Krypta aufsperren. "Was glauben Sie, was die Touristen dort treiben. Sie brechen von den Wänden, was sie nur fassen können, sie picknicken unten und machen noch Schlimmeres. Wir können Leute nur unter strenger Bewachung hineinlassen." Die Strahlen der Krypta aber durchbrechen die Mauern und sind auch draußen deutlich zu spüren.

Krypten wurden nur in der Romanik gebaut, in der Gotik nicht mehr.

Welche Krypten sind für unseren Raum wichtig und erreichbar?

Die zentralste und wahrscheinlich stärkste ist die St. Virgils-Kapelle neben dem Dom von St. Stephan in Wien. Gurk ist für uns zu weit entfernt, obwohl sie wegen des Hemmasteins wichtig wäre. Die nächstgelegene von Wien ist in der Burgkirche von Oberranna bei Spitz an der Donau. Sie ist Privatbesitz und wird als Hotel betrieben, so kann man nur Samstag vormittags auf einige Minuten hinein. Die Burgkirche ist beeindruckend und den großen Kirchen Deutschlands mit West- und Ostchor ähnlich. Die Strahlung läuft von West nach Ost durch die ganze Kirche und damit auch durch die Krypta. In dieser laufen von den vier Ecken des Raumes die Strahlen

zueinander und kreuzen sich genau in der Mitte. Ein sehr starker Platz!
Die nächste Krypta ist in der Kirche von St. Pantaleon in der Nähe der Autobahnabfahrt St. Valentin. Sie strahlt sehr stark. Sie liegt in der Achse West-Ost der Kirche, darüber ist eine kleine Taufkapelle mit Resten romanischer Malerei. Die Strahlung läuft nicht nur in einer Ebene, sondern horizontal in mehreren. Sensible halten es dort nicht lange aus. Die Krypta ist winzig im Vergleich etwa zu Gurk oder Speyer, aber sehr eindrucksvoll.
Aus der gleichen Zeit stammt die Krypta von Göß bei Leoben in der Steiermark.
In der Nähe von St. Pantaleon, zwischen Amstetten und Grein, liegt das Stift Ardagger mit einer jüngeren Krypta. Sie ist leicht zugänglich, man bekommt im nahe gelegenen Geschäft die Schlüssel. Das zugehörige Stift wurde 1049 gegründet und ist der heiligen Margarethe geweiht. Die Strahlung ist nicht so stark wie in Göß und Oberranna und läuft durch Kirche und Kreuzgang. Interessanter ist das Marterl mit dem riesigen Baum an der Mündung der Straße von Stift Ardagger zur Umfahrung. Dort hat nach der Legende die Kaiserin Agnes auf der Durchreise ein Kind geboren, was Anlaß zur Stiftung des Klosters war. Die Umfahrungsstraße von der Autobahn nach Grein zur Donau wurde anders gebaut als vorgesehen, um den Baum zu schonen. Zum Teil stirbt er jetzt ab, zum Teil treibt er wieder aus. Die Strahlung verläuft in konzentrischen Kreisen um den Baum, ähnlich wie in St. Leonhard im Lavanttal, im ersten Hof von Stift Heiligenkreuz oder Altötting in Bayern. Abgesehen von der vielbefahrenen Straße sind Platz und Umland wunderschön.
Es gibt natürlich mehr Krypten im Lande, wir wollen es bei den genannten belassen.

Karner

Karner sind Beinhäuser, die Knochen aus alten Gräbern enthielten, wenn man auf dem engen Friedhof Platz für eben Verstorbene brauchte. Die Friedhöfe lagen ursprünglich um die Kirche herum. (Siehe das aufschlußreiche und schöne Buch über die Karner von Wolfgang Westerhoff aus dem Niederösterreichischen Pressehaus.) Über dem eigentlichen Beinhaus errichtete man eine Kapelle mit einem Altar. Meist ist die Verbindung zur Kirche durch die Strahlungslinie, die von ihr wegläuft, oder zu ihr hinführt, gegeben. Karner entstanden in der Zeit der Romanik; manche sind mit alten Fresken künstlerisch besonders wertvoll geschmückt. Unsere wichtigsten sind in Tulln, Pulkau und Mödling. Bekannt sind mir die Strahlungen in den Karnern von Mödling und Deutsch-Altenburg. Graphisch dargestellt sind das hochkomplizierte Zeichnungen, auf denen sich Linien kreuzen oder nebeneinander laufen. Auch die entsprechenden Gitter sind festzustellen. Prof. Ottel hat das sehr schön dargestellt. Der Aufenthalt in diesen wunderbaren Räumen ist wohltuend. Die Nähe der Toten stört nicht, sie beruhigt. In Deutsch-Altenburg führt eine sehr starke Linie zum Pfaffenberg, von dem wir schon gesprochen haben, die andere läuft West-Ost. Als ich dort meine Versuche machte, kam ein deutsches Ehepaar und fragte mich, was ich mache. Ich reichte ihnen die Rute, damit sie es selber versuchen könnten. Bei der Frau ging es sofort, die Ausschläge deckten sich mit den bekannten Richtungen.

Erdställe

Erdställe sind unterirdische Gänge, die fast immer das gleiche Muster aufweisen und in einer Spindel enden. Man findet sie nicht nur bei uns, auch im Westen, etwa in Frankreich. Sie wurden als Unterschlupf der Bewohner bei feindlichen Einfällen gedeutet. Die Gänge sind oft so niedrig, daß vermutet wurde, die Menschen seien früher kleiner gewesen. Es müßten wohl Zwerge gewesen sein. Karl Lechner hat mir einmal zugeflüstert: "Die Erdställe scheinen doch älter zu sein." Für ihn begann die Zeit, wie ich

Erdstall, Schlattenbauer, Wieselburg

scherzhaft zu ihm sagte, mit den Babenbergern. Im vorigen Jahrhundert, als die Erdställe entdeckt wurden, vermutete man in ihnen Kultstätten, heute ist man wieder dieser Meinung. Die Spindel und die Sitze erinnern sehr stark an die entsprechenden riesigen Bauten in Malta. Bestärkt hat mich in dieser Auffassung der mehrmalige Besuch des Erdstalles in der Kirche von Kleinzwettl. Der Einstieg ist mitten in der Kirche. Man hebt eine Platte und steigt hinunter. Das ist ein stark strahlender Platz. Diese Kirche liegt auf einem Hügel wie in einem Märchenbuch.

Als zweiten, leicht zugänglichen Erdstall möchte ich den hinter dem Schlattenbauern zwischen Wieselburg und Ruprechtshofen nennen. Der Heimatforscher Stefan Denk ist sich aber nicht sicher, ob es einer ist. Wahrscheinlich hat er Erdställe nicht gekannt. In dieser Gegend kommen sie kaum vor, häufiger sind sie im Wald- und Weinviertel, auch bei Neulengbach habe ich einen gefunden.

Vor kurzem war ich in einem schönen Erdstall in St. Stefan in der Nähe von Hartberg in der Oststeiermark. Neben der wunderschönen gotischen Kirche, die mitten auf der Wiese steht - eine kurze Untersuchung mit der Rute zeigt, warum - liegt ein Bauernhof. Gleich neben dem Eingang geht man ebenerdig in den Keller. Von ihm zweigt links der in den Sandstein

gehauene Gang ab. Er weist kleine Nischen auf, ist zuerst ziemlich niedrig, später kommt eine Schlupfstelle, dann wird es geräumiger. Im übrigen gleicht er den andern Erdställen, obwohl er in dieser Gegend unter diesem Namen nicht bekannt ist. Man spricht von unterirdischen Gängen.
Ich habe die vielen Berichte von kilometerlangen Gängen früher für Märchen gehalten, doch heute glaube ich, daß es sie tatsächlich gegeben hat und, soweit sie nicht verschüttet sind, heute noch gibt. Reinhold Wagner hat mir glaubhaft versichert, daß er als Junge den ganzen Gang von St. Stefan ausgegangen bzw. ausgekrochen sei. Fluchtweg und Kultstätte können zusammenfallen oder sich überschneiden. Unterirdische Gänge führten aus Burgen ins Freie oder verbanden wichtige Orte. Manchmal führten sie auch zu Quellen. Ich halte die Erdställe für unterirdische Kulträume, die aus vorgeschichtlicher Zeit stammen. Daß man in Notzeiten dort auch Zuflucht gesucht hat, sagt nichts über den Ursprung und den Zweck. Die Spindel der Erdställe, die an die Megalithbauten in Malta, das Hypogäum, erinnert, ist nicht zu erklären. Zweifellos hat man hier Kontakt mit den Toten gehabt und die Erdmutter verehrt. Es waren Meditationsplätze; wir denken an den Ursprung der Krypten. Die kleinen Sitze, auf denen kein Mensch Platz findet und deren Kanten unverändert und ungebraucht erscheinen, waren wohl für die Toten bestimmt.

Der Nursch und die Steintröge

Um zu Denk und seinem Raum zurückzukehren: Er war beim Schlattenbauern weniger vom Erdstall als von den römischen Grabsteinen und den rechteckigen Steintrögen, die er als Urnengräber bezeichnete, beeindruckt. Aber an solchen Plätzen häufen sich gerne die Denkmäler verschiedener Zeiten und Zwecke.
Einen schönen Steintrog findet man zwischen Steinakirchen am Forst und Außerochsenbach beim Nurschenbauer. Zwischen den Feldern liegt ein Fels, der sich wenig vom Boden erhebt und einen rechteckigen Trog, den Nursch, aufweist. Denk meint, daß der Stein nicht aus der Gegend stammt, da er lose im Feld liegt. Er ist etwa zwei Meter lang und anderthalb Meter

breit. Der Trog ist vierzig mal siebzig Zentimeter und hat eine Blutrinne, wie die Bauern sagen. Es dürfte sich um einen alten Kultstein handeln. Der Nursch ist ähnlich dem beim Schlattenbauer.
Denk hat auf einen Steinblock hingewiesen, den er Zeichenstein nennt. Er liegt am Ende des Kreuzweges über dem Bahnhof gegen Nordwesten von Randegg. Es ist ein Block, der etwa dem heiligen Stein am Sonntagberg und dem in Rotenhof entspricht. Die runenartigen Streifen überzeugen mich nicht, aber ich glaube, daß es sich um einen Kultstein handelt. Der Kreuzweg, den man erneuert hat, dürfte ein Hinweis auf einen alten Kultweg sein, der zum Tabor führt, den man früher als Hausberg angesehen hat, heute aber als keltischen Opferberg deutet. Die Ausgrabung hat kein Ergebnis gebracht, aber die Strahlung läuft wie bei den vielen anderen untersuchten ähnlichen Plätzen entlang der Wälle. Die beiden Vorwälle können kaum zur Verteidigung beigetragen haben, weil sie nicht rundherum laufen, sondern offen sind. Heute weiden Kühe dort, ein Pfad führt vom nahen Hof hinauf und daneben steht eine Bank. Es ist ein zentraler, beherrschender Platz, der frei daliegt in den sich hier treffenden Tälern. Leider merkt man von oben, wie verschandelt die schöne Landschaft ist. Die einstige Schönheit kann man aber ahnen.
Denk sagt weiter, daß die ottonische Kirche von Wieselburg, von der der Rundbau erhalten ist, auf einem vorchristlichen Kultplatz steht. Es fiel ihm auf, daß die Kirche nicht genau geostet ist. Die Strahlung würde dafür sprechen. Da man das häßliche Schulhaus abgebrochen hat, ist der Platz wieder ansprechend. Vom Kirchenzubau wollen wir schamhaft schweigen. Mit Recht sagt Denk, daß diese Gegend die Urzelle Österreichs ist. Hier fing die Ostmark an, wurde zu einem großen Reich und schrumpfte dann auf das jetzige Ausmaß zusammen.

Wackelsteine

Wackelsteine gibt es nicht nur bei uns, auch in Frankreich, England und anderswo. Einen berühmten gab es in Argentinien. Es sind riesige Blöcke, die auf einem flachen Stein in labilem Gleichgewicht liegen. Richtige Wackelsteine sind leicht mit der Hand zu bewegen. Viele sind mutwillig zerstört worden. Man braucht nur einige Steine hineinzuwerfen und schon funktioniert der Schwung nicht mehr. Sie heißen auch Schwungsteine. Wie französische Namen andeuten, haben sie einen Bezug zum weiblichen Geschlecht. Sie werden Zittersteine genannt, so bei Albi in Südfrankreich. Als Jungfernsteine dienten sie zur Erprobung weiblicher Treue. Sie galten immer als geheimnisvoll und wurden als Orakel gebraucht. In der Bewegung des Steines sah man ein Zeichen seines Lebens. In der Umgebung findet sich meist ein Schalenstein, wo geopfert wurde.
Die naheliegende Frage ist, wie diese Steine entstanden sind. Geschah es durch natürliche Verwitterung, die sogenannte Wollsackverwitterung der Granitblöcke im Waldviertel etwa, haben Menschen sie geschaffen oder haben sie nachgeholfen?
Ob die Natur sie so geschaffen hat, ist nicht wichtig. Auch wenn das der Fall wäre, dem Menschen erschienen sie wunderbar, und er hat sie für kultische Zwecke verwendet. Findlinge gibt es im Waldviertel nicht, weil in der Eiszeit dort keine Gletscher waren. Die Menschen der Steinzeit haben riesige Steine bewegt, denken wir an Stonehenge und Carnac. Da fällt ein noch so großer Wackelstein nicht ins Gewicht. Manche sind an Ort und Stelle präpariert worden, andere Blöcke hat man übereinandergetürmt.
Den Namen Wackelstein gibt es häufig, die meisten bewegen sich nicht mehr. Der von Traunstein war noch vor etlichen Jahren, wenn auch mit Prügeln, zu bewegen. Früher soll es dort einen zweiten gegeben haben. Den Franzosenstein, einen andern Wackelstein bei Traunstein, haben angeblich französische Soldaten aus dem Gleichgewicht gebracht, nach einer anderen Überlieferung wollten sie ihn aufstellen. Vielleicht war er nie ein Wackelstein.
Der schönste Wackelstein, der noch wackelt, ist der von Amaliendorf bei Schrems. Die Zufahrt ist überall gekennzeichnet. Man bleibt am Waldrand

stehen und geht ein kleines Stück weiter, dann steht er groß vor uns. Er sieht aus wie ein riesiger Stahlhelm. Er steht unter hohen Bäumen, ein Felsblock mit schöner Schale liegt ihm gegenüber. Es ist ein wunderschöner Kultplatz, der noch nicht verdorben ist und uns einen guten Eindruck von der urtümlichen Stimmung gibt. Es ist ein wunderbares Gefühl, wenn man nach einigem Drücken den Koloß ins Schwingen bringt. Seine Form ist so glatt und vollendet, daß die Natur sie nicht so schaffen kann. Damals kamen natürlich keine Schulklassen und Autobusse mit Touristen, sondern Menschen, die ihn verehrten und bestaunten. Da müßte man in der Nacht, am Morgen allein oder mit einer kleinen Gruppe hingehen und alles auf sich wirken lassen.

Gleich in der Nähe steht am Waldrand der riesige Wasserstein mit einer großen Schale.

Der zweite, kaum bekannte Wackelstein ist ein Doppelwackelstein. Er liegt mitten im Wald, ein wenig abseits der Markierung beim Kudlring hinter Weitra. Auf einem Fels liegt ein zweiter und darauf ein kleinerer dritter. Wenn man auf letzteren steigt und versucht, ihn ins Wanken zu bringen, dann schwingt auch der untere mit. So ein Kunststück macht die Natur nicht. Da beide Steine nicht übermäßig groß sind, haben das kundige Menschen getan. Das ganze Gebiet des Kudlringes, wo sich auch Schalensteine befinden, ist ein großer, eindrucksvoller Kultplatz. Er ist in einem lockeren Fichtenwald mit viel Heidelbeeren, kaum begangen, nahe der böhmischen Grenze. Weil er schwer auffindbar ist, wird er vielleicht noch eine Weile bestehen.

Etliches müßte verschwiegen werden, um es der Nachwelt zu erhalten, die vielleicht wieder ehrfürchtiger und vorsichtiger damit umgehen wird. Ich darf mir nicht vorstellen, daß ein Leser des Buches nur zum Kudlring hinaufgeht, um die Sensation eines Doppelwackelsteines zu erfahren und dann auf dem Stein herumrutscht. Als in Zeitung und Fernsehen das Wunder der Höll auf dem Warscheneck bekannt wurde, rief man die Neugierigen hin, die die Heiligtümer zerstörten. Jetzt ist der Zugang verwischt, Unkundige finden ihn nicht, aber es ist bereits zu spät.

Daß auch die Bauern nicht mehr viel Respekt vor diesen Altertümern haben, zeigt das Beispiel des Herzsteines bei Grein, den erst in jüngster Zeit

Bauernburschen umgeworfen haben. Aber die Alten haben darauf gedrängt, daß der schöne Stein wieder aufgestellt wurde.
In Nordfrankreich gab es 1860 noch einen Wackelstein bei Perros-Guyrech, der zwölf Meter lang und sieben Meter hoch war. Von einem anderen Wackelstein wird erzählt, daß ihn die Jungfrau Maria, während sie spann, in der Schürze hergetragen habe. Im Germanischen könnte man wegen des Spinnrockens an die Göttin Freya denken, der weibliche Bezug wäre hergestellt.

Wackelstein bei Amaliendorf

Schalensteine

Wir haben sie eingangs erwähnt, wollen hier nochmals darauf zurückkommen und einige beschreiben. Wir finden Schalensteine, Schälchen und Näpfchen auf den Steinen nicht nur bei uns, auch in den Nachbarländern und in der ganzen Welt. Sie weisen auf Opfer hin. Wenn sie, wie auf Malta oder in Irland, Verzierungen in unermüdlicher Wiederholung haben, so ist ihr Ursprung und Sinn immer der gleiche. Der alte Streit, ob es sich um natürliche Verwitterungen oder menschliche Arbeit handelt, ist müßig. Es ist beides anzunehmen, ähnlich wie bei den Spursteinen. Schalen haben sich durch Verwitterung gebildet, der Mensch hat sie übernommen, hat sie zum Teil vergrößert und geglättet, hat dann selber welche gemacht und für seine Zwecke verwendet. Daß sie mit den Bohrungen zusammenhängen, die immer mit Fruchtbarkeit etwas zu tun haben, sei nochmals erwähnt. Wie hat man Steine bearbeitet, wenn man noch kein Werkzeug hatte? Durch härteren Stein. Wie Bohrungen gemacht werden, erfahren wir von Völkern, die noch bis vor kurzem in der Steinzeit gelebt haben. Mit einem Holzquirl und Quarzstaub konnten sie den härteren Stein leicht bearbeiten, und durch Erhitzung und Abkühlung die Steine sprengen. Bei den Schalensteinen wurden Bohrgeräte aus der ältesten Zeit gefunden.
Schalensteine liegen meist an abgelegenen, schönen Plätzen oder auf herausragenden Gipfeln. Wir sind glücklich, daß wir in unserem Umfeld zahllose besitzen, die aufzusuchen und zu finden uns immer Freude bereitet. Bei ihnen zu verweilen und ihre Kraft zu spüren, ist eine Bereicherung. Wenn wir heute noch Opferschalen in unseren Wäldern finden, in denen frische Beeren und Blumen oder kleine Steine liegen, so zeigt das, daß die Erinnerung an eine längst vergangene Zeit noch im Brauchtum weiterlebt. Es gäbe verschiedene Gesichtspunkte, nach denen Schalensteine aufgereiht werden könnten. Man kann sie nach Größe und Gestalt, aber auch nach den Gegenden, wo sie vorkommen, aufzählen.

Kießling unterscheidet zwischen Becken und Schalen, wobei er die großen Schalen Becken nennt. Man kann verschiedene Typen und Übergangsformen feststellen. Es gibt Freunde der Schalensteine, die von ihnen nicht mehr

loskommen, aber ich würde bei aller Freude daran raten, Quellen, Bäume, Marterln, Kirchen, Höhlen u.a. nicht zu übersehen. Sie hängen innerlich und äußerlich vielfach zusammen, wie man bei alten, noch belebten Kultstätten sieht.
Ich möchte nicht bei jeder Kultstätte genau anmerken, wie man hinkommt, wie es etwa G. Graichen in ihrem schönen neuen deutschen Kultplatzbuch tut. Ein wenig Suchen schadet nicht, es regt an. Auch bei ihr sind die Plätze, wenn noch so genau beschrieben, nicht immer leicht zu finden. Das Gespräch mit den Leuten führt meist zum Ziel, und es ist, wie so oft im Leben: Manches findet man gleich, anderes nach längerem Suchen, und vieles gar nicht.
Es ist verständlich, daß in einem Gebiet, wo viele Steine sind, es auch viele Schalen gibt, und daß sich im Granit Schalen besser halten als im Kalk oder Sandstein, der schneller verwittert. Im Waldviertel häufen sich Steine und Schalen, im Weinviertel sind sie seltener, noch seltener in der Ebene. Finden werden wir sie überall. Archäologen, besonders bei uns, nehmen das nicht ernst; es soll uns die Freude nicht trüben. In Südtirol etwa und in Ostdeutschland ist man toleranter.
Die größte Häufung von Schalensteinen finden wir in Schönbach im Waldviertel. H. Hofbauer hat sich in dankenswerter Weise darum bemüht, sie aufgesucht und beschrieben. Er stellte 120 Schalensteine fest, wobei ein Fels oft mehrere Schalen hat. Im ganzen kommt er auf 160 Schalen, 68 sind mit Wasser gefüllt. Sie liegen in Seehöhe von 700 bis 800 Meter auf einem Gebiet von 10 Quadratkilometern. Bei manchen Schalen stellte er Nebenschalen, also kleinere fest, manche an Felsrändern, als wären sie abgebrochen. Alle sind im harten Granitgestein. Manche Schalen bilden einen richtigen Kreis und erscheinen bei der grobkörnigen Struktur des Granits auffallend glatt. Er fand auch Schalen auf schiefen Felsplatten, was gegen die Verwitterungstheorie spricht. Die meisten liegen an exponierten Stellen, auf einem Höhenrücken oder einer Bergkuppe. Hofbauer meint, daß man bei einigen Schalen annehmen kann, daß sie durch Verwitterung entstanden sind, bei allen hält er es für ausgeschlossen. Er glaubt, daß dichte Besiedelung des Gebietes die Voraussetzung für die zahlreichen Schalen zu kultischen Zwecken gewesen sei. Das mag in einer Hinsicht stimmen, aber

damals machte es den Leuten wenig aus, einen weiten Weg zurückzulegen, wenn sie eine Kultstelle aufsuchen wollten. Schönbach mag Kultzentrum für ein größeres Gebiet gewesen sein, wohin Menschen sich zu bestimmten Zeiten und Festen begaben.

Vielfaches Brauchtum hat sich um die Schalensteine herum erhalten. Kießling erzählt, daß er noch zu Ende des vorigen Jahrhunderts erfahren hat, wie die Leute zu bestimmten Zeiten rote und schwarze Beeren zerdrückten und in die Schalen gaben. Dabei sagten sie eigene Gebete und Sprüche. Mit dem Wasser aus den Schalen wusch man sich Hände, Füße, Augen oder Gesicht. Burschen und Mädchen sind an Lostagen wie Walpurgis, Johannes, Andreas und Thomas am Abend während des Gebetläutens zu den Schalensteinen gegangen, "ungeschaut und ungeredet", das heißt schweigend, ohne umzusehen und haben eine ungerade Anzahl von Roggen-, Hafer- oder Flachskörnern in die Schalen gelegt. Am nächsten Tage sind sie wieder gekommen und haben die Körner gezählt, ergab sich eine gerade Zahl, dann ging ihr Wunsch in Erfüllung. Hatten die Vögel alle aufgefressen, so stand dem Loser oder der Loserin ein großes Ereignis bevor. Meist handelte es sich um Liebe und Hochzeit Noch heute findet man Beeren und Blumen in Schalensteinen.

Der schönste Schalenstein von Schönbach steht in Lohn und wurde von Pilgern aus Böhmen auf der Wallfahrt nach Mariazell besucht. Er liegt an einem alten Pilgerweg und wurde Steinbründl genannt. Sie wuschen ihre Augen mit dem Wasser, das sie aus der außerordentlich großen Schale schöpften. Sie ist 145 zu 120 cm breit und einen halben Meter tief. Der Fels, der auf einer Seite steil abfällt, liegt am Waldrand und ist von oben leicht erreichbar. Es ist ein besonders schöner und guter Platz. Der Weg zum Steinernen Bründl ist bezeichnet und leicht zu finden. Daneben gibt es mehrere Schalen. Von den vielen andern will ich nur einige nennen.

Beim Bauer Rößl auf der roten Markierung ist eine Felsgruppe mit Kirschbaum, Schale und Umgang. Sie ist mit Wasser gefüllt.

300 Meter südwestlich vom Rößlbauer steht im Wald ein einzelner Block mit einer schönen Schale. 100 Meter südwestlich von der Kreuzung Dorfstraße und roter Markierung ist am höchsten Punkt ein Fels mit drei Schalen.

Auf der Lohnhöhe (Kote 792) ist eine ganze Ansammlung von Schalen, zum Teil mit Wasser gefüllt.
Viele Schalensteine gibt es in Ulrichschlag in der Nähe von Schönbach, die wahrscheinlich zusammen einen großen heiligen Bezirk bildeten. Man könnte sich denken, daß einzelne Sippen oder ganze Dörfer, die hierher zu Fest und Opfer kamen, eigene Steine besaßen, die sie besonders verehrten.
Im Süden von Ulrichschlag liegt 20 Meter von der Straße entfernt ein vier Meter hoher Felsblock mit einer Schale ohne Wasser.
300 Meter südlich von Ulrichschlag ist mitten unter vielen Blöcken einer mit einer Schale von etwa einem halben Meter Durchmesser.
Im Süden sind noch weitere schöne Schalensteine.
Im Norden des Dorfes steht in einiger Entfernung von der Straße nach Schönbach ein Block mit kreisrunder Schale.
Etwa 100 Meter westlich davon ist eine Felsgruppe mit Durchgang und Schale. Der Durchgang wurde beim Kult durchschritten, ähnlich wie es später in den Krypten Brauch war und wie noch heute die Leute nach einer Trauung oder einer Totenmesse um den Altar herumgehen und ihre Gabe auf den Altar legen.
Einer der schönsten Schalensteine ist der Christophorusstein auf der Blockheide bei Gmünd. Mächtige Blöcke sind übereinandergetürmt und eine ganze Anzahl von Schalen bedeckt den Fels. Die größte ist mehr als einen Meter lang, einen halben Meter breit und 20 cm tief. Nach einer Sage hat der heilige Riese Christophorus hier gerastet und die Spuren seiner Schuhe hinterlassen.
Der Stein hieß früher auch Christus- und Bründlstein, weil Maria hier mit ihrem Kind vorbeigekommen sein soll und dem Jesuskind vom Wasser der Schale zu trinken gab. Der Schlupf ist eindrucksvoll, die Strahlung entsprechend.
Der Schulerstein, gleich in der Nähe, auch Teufelsstein genannt, hat oben eine Schale. Er ist vier Meter hoch, zwölf Meter lang und sechs Meter breit. Über eine Terrasse besteigt man die große Platte, welche geneigt abfällt und zwei tiefe Rinnen mit Abflüssen an den Rändern hat. Es ist eine alte Opferstätte, wo einmal Blut geflossen ist. Daneben ist ein schöner Schlupfstein. Starke Strahlung! Zum Namen Schulerstein gibt es die Sage, daß hier

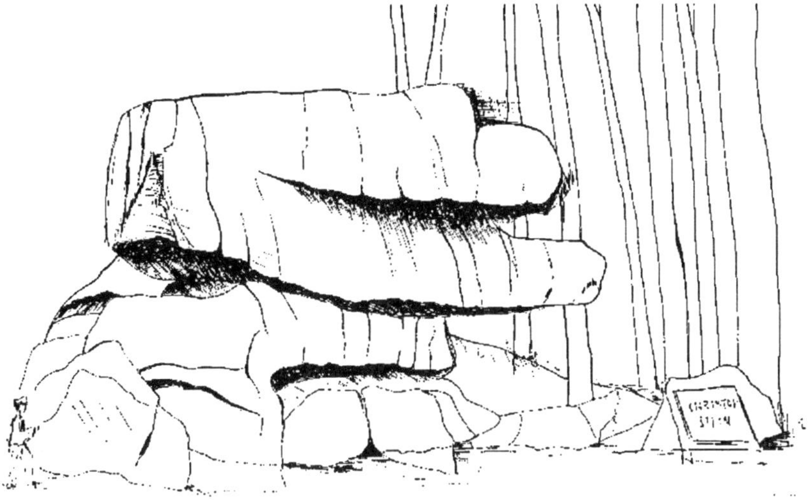

Christophorusstein in Gmünd

Franzosenstein in Traunstein

einmal zwei Schüler miteinander gekämpft haben. Der mit dem hölzernen Säbel erstach den, der mit einem eisernen focht.
Die Brotsteine ganz nahe beim Schulerstein sollen Brotstücke gewesen sein, die Maria auf ihrer Wanderung von einem mitleidigen Menschen bekam. Der Teufel entriß sie ihr und verwandelte sie in Steine, das größere Stück aber nahm er für sich selber mit. Daran erinnert der Felsblock, welcher Teufelsbrot genannt wird und in der Nähe liegt.
Ein weiterer Teufelsstein ist auf der Blockheide. Er heißt das Teufelsbett und besteht aus zwei Blöcken. Der größere unten (sieben mal vier mal vier Meter) sei die Bettstatt, der kleinere darüber wäre der Polster gewesen.
Etwa hundert Meter nordöstlich steht an der Wegkreuzung ein kleines, altes Steinkreuz mit Baum und Felsblock. Dort kreuzen sich etwa acht Strahlen. Es wird Schwedenkreuz genannt.
Die Blockheide, jetzt unter Naturschutz, scheint ein großes altes Kultgebiet für die weitere Umgebung gewesen zu sein. Zum Besuch müßte man sich eine stille Zeit aussuchen, etwa am Morgen, Abend oder gar in der Nacht.
Der Liebfrauenstein liegt neben der Straße von Kirchschlag am Walde in der Richtung nach Waldenstein. Es ist ein länglicher Granitblock, der einem Mandelkern gleicht. Er ist drei Meter lang, fast zwei Meter breit und nicht ganz einen Meter hoch. In der Mitte des Steines ist eine Schale mit Wasser mit den Ausmaßen 70, 50, 20 cm. Auch hier hat Maria gerastet. Als sie das Kind auf den Fels legte, bildete sich eine Mulde, damit es nicht herabrollen konnte. Nach einer andern Legende hat sie ihm hier zu trinken gegeben. Es ist ein Kindlstein. Nach alter Auffassung kamen die Kinder aus dem Stein; Steine haben mit Fruchtbarkeit zu tun.
Früher stand immer Wasser in der Wanne, vor kurzem sah ich sie ausgetrocknet. Die Menschen hängten Heiligenbilder an die Bäume und legten Beeren in die Schale. Jetzt führt eine kleine Holzbrücke über den Graben und eine Bank steht daneben. Auch die Steine im Umkreis dürften zum heiligen Platz gehören.
In Traunstein liegt das Blutwandel auf einem Granitfels. Nach der Sage sollen dort einst Menschen geopfert worden sein. Aus dem Blut im Wandel soll man die Zukunft erforscht haben und der Name des Dorfes soll davon stammen.

Bildlegenden S 113 - S 120

S 113 Rotenhof - Opferstein mit Schälchen
S 114 Unterwaltersdorf - Lochstein
S 115 Steinakirchen - Nursch
S 116 oben: Heidenreichstein - Schalenstein
unten: Perchtoldsdorf - Höllenstein
S 117 Kapellen - Rotes Kreuz
S 118 oben: Neunagelberg - Pumperskirche
unten: Lichtenau - Kreuzstein
S 119 Heidenreichstein - Kultstein
S 120 Grafenberg - Koglberg

Großpertholz, Bärenkopf

Man kann die verschiedenen Arten von Kultstätten schwer unterscheiden. Die Schale ist nur ein Merkmal, meist gibt es mehrere Hinweise an einem Platz auf eine Kultstätte, etwa der Durchgang, der Schlupf, ein männlicher Stein u.a.
Das trifft auch beim Opferstein von Großgerungs zu. Auf der Straße von dort Richtung Thail ist gleich nach dem Ortsende ein Wegweiser zum Opferstein. Mit Glück oder einem Führer findet man nach Osten zu in einem kleinen Föhrenschocher einen Opferstein mit Schale, Spalte und Rinne.
In Roiten liegt eine Gruppe von Steinen, die zwei Spalten, zwei Schalen und einen Sitz haben.
Im Kamp bei Roiten, Richtung Norden, liegt 300 Meter nach der Mühle, wo die Straße neben dem Kamp verläuft, im Fluß ein Stein von fünf Meter mit einer flachen Schale. Eine natürliche Auswaschung? Wahrscheinlich, aber solche als heilig angesehene Flußsteine trifft man öfter.
In Guttenberg bei Kleinnondorf ist ein weiterer Schalenstein. Ein Kilometer nach Nondorf, bei der Kapelle links abbiegen, nach dem ersten Bauernhaus am Berg, findet man am unteren Absatz des Felsens eine Schale 100 mal 85 mal 40 cm, gleich daneben eine kleinere und darüber eine Sitzschale. In den Felsen sind Stufen eingeschlagen, vermutlich der alte Zugang zur Opferstätte, auch Teufelsstiege genannt. Am Fuße dieses mächtigen Blocks steht ein Felsen mit fünf Löchern, genannt Teufelspratzen. Die Löcher sind 6 cm groß und 10 cm tief. Südlich davon ist eine heilige Quelle, westlich, jenseits des Grabens sind mehrere Schalensteine, ein besonders schöner ist mit Wasser gefüllt.
Die Teufelskirche bei Kirchbach, Bezirk Zwettl, besteht aus vier Blöcken mit Schalen und Sitz.
Großpertholz muß ein großer Kultplatz gewesen sein. Der Liebfrauensitz trägt eine Schale. Nach der Legende ist die heilige Maria hier gesessen. Darum wurde in jüngster Zeit eine sitzende Maria in Stein vor die Schale gesetzt.
Großartig ist auch der Bettelweibstein in der Gemeinde Scheiben, ein hoher Block, vor dem auf einem niederen Stein eine Schale ist.
Der Hirschenstein liegt nördlich von Laimbach. Von Ulrichschlag fährt oder geht man zum Hanslteich Richtung Ödhof.

Vor dem Hirschenstein liegt ein kleiner, niedriger Schalenstein, dann kommt man zum Hochzeitsstein (nach Hans Wick). Er ist ähnlich dem in Helfenberg in Oberösterreich. Drei Steine sind durch Spalten, die zusammenführen, getrennt. Im Taufregister fand H. Wick die Eintragung: "Gezeugt am Hochzeitsstein." Ähnliches trifft man in Frankreich und Deutschland. "Genitus super lapidem."
Vor dem Hirschenstein sind Steine mit Opferschale, Sitz und Rutschstein. Etwa vierzig Meter weiter steht ein großer Phallusstein mit Opferschale. Die Rinne zeigt Richtung Norden zum Kahlenberg, der Totenstätte. Am Hirschenstein steht ein schwarzes Eisenkreuz, das daran erinnert, daß hier im Jahre 1920 ein kleines Mädchen ermordet worden ist.
Alle diese Steine hat Hans Wick entdeckt und bekannt gemacht, zum Teil sind sie bezeichnet und können leicht gefunden werden. Sie liegen auf den Höhen des Yspertales und der Umgebung.
Der Osterberg liegt bei St. Oswald westlich von Altenmarkt. Es ist eine Felsengruppe, vielleicht ein Thingplatz, mit einer größeren und einer kleineren Schale, südwestlich, etwa 500 Meter im Wald, ist ein Schalenstein.
Der Zwettlerstein liegt im Wald über Gutenbrunn. Es ist eine westliche und eine östliche Steingruppe mit Sitz und zwei Schalen. Auf dem Ried bei Pisching ist ein Stein mit drei schrägen Schalen, dahinter eine Grube und noch weiter ein Phallusstein mit Schale.
In Fünfling bei Ysper ist eine heilige Eiche mit Bild, im Dorf ein heiliger Weiher, aber kein Stein.
Der Teufelskessel liegt zwischen Würnsdorf und Martinsberg, rechts von der Straße. Man sieht zwei runde, beckenartige Steine im Bach, die natürlichen Ursprungs sein dürften. Die Sage erzählt, der Teufel habe hier gebadet.
Auf dem Gipfel des Ostrongs ist eine große Schale, in die man ein Kreuz eingesetzt hat.
Auf dem Weg nach Traunstein, nördlich von der Kapelle Bernau, ist rechts eine vier Meter hohe Felsgruppe mit einer Schale, die einen Durchmesser von 130 cm hat und 15 cm tief ist, daneben eine kleinere Schale.
Von Bernau 300 m südlich führt ein Weg 150 m zu einem Hochstand im Wald. Dort ist eine Felsgruppe von sieben Meter Höhe mit einer Schale mit

Der Kolomanstein in Eisgarn

dem Durchmesser von 70 cm. Daneben befindet sich eine kleinere Schale. In Petrobruck an der Straße nach Pehendorf ist ein Felsblock mit einer Schale, etwas westlich davon liegen zwei Blöcke mit zwei ausgebrochenen Schalen übereinander.

Ein kleines Stück westlich an der Straße steht ein fünf Meter hoher Felsblock, der schwer zu besteigen ist, weil man über einen breiten Spalt springen muß. Er hat eine kleine und eine tiefe Schale.

Am Ostrand von Petrobruck steht ein Schalenstein unter Denkmalschutz, und im Umkreis davon sind mehr als ein Dutzend anderer Schalensteine.

Eindrucksvoll ist die Pumperskirche, ein Stück vor Neunagelberg westlich im Wald. Man kommt zuerst beim Kaiblstein vorbei, einem großen abgerutschten Felsen, der kein Zeichen aufweist, unter dem aber urgeschichtliche Funde gemacht worden sind. Vielleicht eine Art Abri. Es wird angenom-

men, daß hier eine der ältesten Siedlungen des Waldviertels war, weil Keramikstücke und Steinwerkzeuge aus der Jungsteinzeit gefunden wurden.
Die Wege sind verlegt worden, so daß man nur schwer hinfindet.
Ein Stück weiter nordwestlich über dem Bach steht die Felsgruppe der Pumperskirche, nach Kießling auch Donnerskirche genannt. Der etwa fünfzehn Meter hohe Fels besteht aus fünf übereinanderliegenden mächtigen Platten. Die oberste ist etwa 20 Quadratmeter groß und hat eine besonders große und schöne Schale mit den Ausmaßen von 150 mal 100 mal 20 cm. Das große Becken hat die Form eines Schuhs oder einer Gans, am zweiten Becken ist eine Abflußrinne. Von oben ist der Platz leicht erreichbar, nach Norden fällt er steil ab. Es geht die Sage, daß hier mit großem Lärm Gottesdienst gehalten wurde. Die Menschen waren böse und Gotteslästerer, so wurde die Kirche, die dort einmal stand, verwunschen und ist ebenso wie die Menschen verschwunden.
Der Kolomanistein zeigt die Verbindung von Heidentum und Christentum. Er steht ein Stück außerhalb von Eisgarn neben der Straße auf einer Felskuppe. Auf einem zwei Meter hohen Felsblock liegt eine fünfeckige Platte, zu der 13 Stufen hinaufführen. In der Mitte ist ein eiförmiges Bekken mit glatten Wänden. Es ist 250 cm lang, 150 cm breit und 50 cm tief. Ob die Abflußrinne natürlich entstanden oder gemacht ist, läßt sich nicht feststellen.
Koloman ist der Wandermönch aus Irland, den man in Stockerau getötet hat, weil man ihn für einen Spion hielt. Später wurde er als Heiliger und erster Landespatron verehrt. Seine Reliquien sind im Stift Melk. Nach der Sage ist Koloman auf seiner Wanderung hierher gekommen, hat gerastet und sich Augen und Füße im Wandl gewaschen. Seitdem habe das Wasser heilende Kraft. Es gab einen eigenen Kolomanisegen. In Mondscheinnächten sollen sich hier die Mädchen gewaschen haben, um ihren Burschen zu gefallen. Dabei haben sie geopfert, wahrscheinlich Beeren. Nach einer anderen Sage ist das Becken der Fußabdruck des Heiligen, also ein Spurstein. Koloman soll in der Verehrung dem Wodan gefolgt sein.
Ein kleines Stück nördlich vom Kolomanistein stehen die Fünf Brüder, die auch die sieben Kurfürsten oder die sieben Grafen genannt werden. Tat-

Der Fiedelstein bei Heidenreichstein

Hollenstein

Oben: Der Warzenstein bei Engelbrechts
Links: Der Opferstein bei Radegrundenstein

sächlich sind es nur fünf Granitblöcke. Ob es gute oder böse Herren waren, die in Steine verwandelt wurden, darüber gibt es voneinander abweichende Geschichten. Der Unterschied von sieben und fünf wird so erklärt, daß zwei bereits erlöst worden sind, und die zwei anderen noch auf Erlösung warten. Die Steine weisen viele Schalen und Blutrinnen auf. Sie liegen rechts von der Straße. Von den dazugehörigen Schalensteinen jenseits der böhmischen Grenze und der entsprechenden Sage werden wir noch hören.

Der Alderstein, auch Alter- oder Altarstein genannt, liegt in der Nähe, südlich von Litschau, und ist bezeichnet. Mitten auf einem freien Platz steht ein fast regelmäßiger Block ohne Schale. Ein Riese dieses Namens soll ihn hierher getragen haben. Nach einer andern Version ist er ihm aus dem Fürtuch, der Schürze, gefallen. Auch mit den Schweden wird der Stein in Zusammenhang gebracht. Es wäre möglich, daß der Stein einmal Balderstein hieß und dem germanischen Lichtgott Balder geweiht war. Eine spätere Sage erzählt, daß im Dreißigjährigen Krieg die Schweden nach Litschau kamen und die Stadt belagerten. Als der Feldherr am Altarstein sein Mittagessen einnahm, schwirrte ein Pfeil durch die Luft und traf den Löffel. Daraufhin hätten die Schweden die Flucht ergriffen.

Die Geyersteine liegen nördlich von Heidenreichstein. Wenn man in Altmanns nach der Brücke links dem Wegweiser folgt, kommt man am Brünner Auteich vorbei und steht alsbald vor einer gewaltigen Felsgruppe, die zu den eindrucksvollsten Opferstätten gehört, die wir kennen. In einer Talsenke, wo unterirdisch der Bach fließt, ist sein Bett mit riesigen, abgerundeten, mannshohen Granitsteinen bedeckt. Eine Holzbrücke führt näher zum Heiligtum, das aus drei hohen Felstürmen besteht, die hinter einem würfelförmigen Altar mit einer Schüssel in der Mitte stehen. Die Türme haben die gleiche Struktur, jeder steht auf einem großen Felsen, auf dem ein riesiger Block wie ein Kopf aufgetürmt ist. Darunter sind zwei Durchschlüpfe; auf den Blöcken sind schöne Schalen.

Das ganze Ensemble von drei Türmen mit einem Altarstein davor kann in dieser Form nicht ursprünglich entstanden sein. Da haben Menschen nachgeholfen.

Bildlegenden S 129 - S 136

S 129 Südstadt - Menhir
S 130 oben: Grafenberg - Koglberg
unten: Grafenberg - Pyramidenstein
S 131 oben: Kirchberg am Walde - Kindlstein
unten: Wieselburg - Schlattenbauer - Erdstall
S 132 oben: Gmünd - Steinkreuz mit Baum
unten: Raisenmarkt -Baum auf Wasserader
S 133 Säusenstein - Steinbründl
S 134 Oben: Ybbs, Fotzenstein;
unten: Mitterretzbach - Schalenstein
S 135 St.Pölten - Glockenturm
S 136 Kautzen - Skorpionstein

Skorpionsteine in Engelbrechts

Der Fiedelstein liegt ganz in der Nähe zwischen Hörmanns und Haugschlag. Es führt eine Markierung vorbei. Der Stein schaut einem Pilz ähnlich, hat oben eine Schale und ein eisernes Kreuz. Er verjüngt sich nach unten. Nach der Sage soll hier ein Zwerg in Jägertracht zauberische Melodien gespielt und die Menschen mit Irrlichter in die Sümpfe geführt haben, aus denen sie nicht mehr herauskonnten.
In der Nähe der Geyersteine, knapp vor Heidenreichstein in der Richtung nach Motten, liegt gleich nach der Abzweigung ein schöner Steinblock mit Schale. Auf dem Fußweg von dort nach Heidenreichstein kommt man zur Räuberhöhle, einem großen Felsgebilde mit Schale.
Der Teufels- oder Hutstein liegt nördlich von Litschau Richtung Sass. Zuerst kommt man zu den drei Brüdern, einer merkwürdigen Baumgruppe, die aus einer Wurzel drei ineinander verwachsene und doch geteilte Stäm-

me bilden. Dahinter liegt ein Felsblock mit einer Mulde, die so groß ist, daß sich ein Mensch hineinlegen kann.
Die rote Markierung Nr. 14 führt dann zum Teufelsstein. Das ist eine kolossale Felsgruppe am Waldrand. Der linke der drei riesigen Steinblöcke, der auf anderen, größeren ruht, zeigt merkwürdige Rinnen, die man als Spuren von Teufelskrallen ansieht. Nach der Sage soll der Teufel unter den Steinen gesessen haben. Tatsächlich ist unter den Blöcken ein niederer Durchschlupf, der einmal zu kultischen Zwecken verwendet worden ist.
Der Hutstein ist ein riesiger länglicher Felsblock, der auf einem kleineren ruht. Ohne Leiter kommt man nicht hinauf. Er besteht eigentlich aus drei riesigen, parallel zueinander stehenden Blöcken, die auf einem langen Felsen liegen. Sie tragen alle prächtige Schalen, die zum Teil mit Wasser gefüllt sind.
In der gleichen Gegend findet man den Heidenstein, auf dem nach der Überlieferung und wie der Name andeutet, die Heiden einst geopfert haben. Man kann die Stellen und die Ausnehmungen im Felsen sehen, Kopf und Knie des anbetenden Menschen, sowie die Opferschale und die Rinne.
Der Graslstein ist in der Nähe des Sagteiches.
Der Katzenstein liegt zwischen Reinberg und Leopoldsdorf. Die Katzen waren der Göttin Freya geweiht, der sie geopfert wurden.
Der Heilige Brunnen ist eine Quelle nördlich von Schandachen. Einmal soll dort eine Kapelle gestanden haben, zu der Kranke kamen, um Heilung zu finden.
Im Gemeindeamt von Litschau bekommt man einen Erlebnisführer, wo diese Plätze und die hinführenden Wege beschrieben sind.

Glockentürme

Fast jede Kirche hat einen Turm mit Glocken. Meist sind sie mit der Kirche verbunden; sie stehen im Zentrum, selten getrennt von der Kirche. Ihre Funktion ist vielfältig; sie tragen die Glocken und die Uhr. Man bedenke, daß früher nicht jedermann eine eigene Uhr besaß. Beim Läuten der Glokken stand man auf, ging zur Arbeit, betete. Die Glocken kündeten die Feste und den Gottesdienst an. Heute noch wird in manchen Gegenden zur Wandlung geläutet. Ein Verstorbener wurde mit der kleinsten Glocke ausgeläutet. Es gab eine Elferin, eine Zwölferin und so weiter. Die Glocken waren hochgeweiht und gesalbt. Sie sollten die Dämonen vertreiben und das Gewitter abhalten. Uns interessiert hier der Platz, auf dem ein Turm steht. Auffällig sind besonders hohe und mächtige Türme. Sie sind Empfänger und Sender von Strahlen zugleich. So sind manche Türme über dem Eingang gebaut; man geht durch sie hindurch. Das sind besonders starke Plätze.

Auf einzelne Türme werden wir in einem anderen Zusammenhang kommen. Hier will ich etwas über Holztürme sagen, die man manchmal in kleinen Dörfern findet, welche keine eigene Kapelle haben. Wie die Dorfkapellen, hat man auch sie nicht willkürlich irgendwo hingestellt, sondern auf den richtigen Platz. Der Turm steht meist im geomantischen Zentrum, und die Häuser liegen um den Platz herum. In letzter Zeit wurden Glockentürme oft versetzt, um die Straße zu verbreitern, oder sie wurden durch Kapellen ersetzt.

Felix Schneeweis hat über diese Glockentürme gearbeitet, ohne auf Geomantik einzugehen. Er behandelt besonders die Glockentürme des Waldviertels. Schon früher hat Otto Swoboda unter den alten Holzbauten diese Türme beachtet und festgestellt, daß sie in der Umgebung von St. Pölten, im Dunkelsteinerwald, im Tullnerfeld, in den Voralpen und im Waldviertel besonders gehäuft zu finden sind. Im Burgenland hat man sie als Zeichen von Rückständigkeit betrachtet und durch Kapellen ersetzt. Ursprünglich dürfte man die Glocke - es handelt sich immer nur um eine einzige, kleine -, einfach an einem Baum befestigt haben. Im Prinzip bestehen die Türme aus vier hohen Balken, die im Boden verankert sind, sich nach oben verjüngen und mit einem Dach mit Kreuz am Gipfel abgeschlossen sind. Unter dem Dach hängt die Glocke, die mittels eines Strickes händisch geläutet wird. In jüngster Zeit hat man sie vielfach mit einem elektrischen Läutwerk versehen. Ein Heiligenbild ist selten angebracht.

Besonders viele hölzerne Glockentürme stehen im Raume von Waidhofen an der Thaya und um den Jauerling. In der Gegend um Maria Laach gibt es fast in jedem Dorf einen.

Ich will nur den besonders eindruckvollen von Haslarn erwähnen. Das kleine Dorf liegt an einem Hang, und in einer Grube steht der Glockenturm neben der Straße. Jenseits der Straße ist eine Kapelle, die noch heute zu gemeinsamem Gebet benutzt wird. Der Turm hat eine stärkere Strahlung als die Kapelle. Da das Holz unten stark vermodert ist - man rechnet mit einer Lebenszeit von zwanzig Jahren - ist zu befürchten, daß der Turm, falls man ihn ersetzt, nicht mehr in die unscheinbare Grube hineingestellt wird.

Glockenturm, Hausenbach

Starke Plätze als Naturdenkmale in den verschiedenen Bezirken von Niederösterreich

Ich möchte starke Plätze noch nach einem anderen Gesichtspunkt zeigen. Bei manchem Platz kommen mehrere Hinweise auf die Heiligkeit des Ortes zusammen. Am stärksten trifft das bei den noch vorhandenen Kultplätzen mit weiter Strahlkraft wie Mariazell u.a. zu. Sonst genügt es, wenn neben dem eindrucksvollen Baum ein Kreuz oder Marterl steht. Dazu kommt die mit der Rute zu messende Strahlung.

Im weiteren Umkreis von Schönbach steht an einem verlassenen Platz am Waldrand neben der alten Straße eine Kapelle in einem verwahrlosten Zustand. Das heißt, man hat den Platz fast vergessen. Genau gegenüber der Kapelle steht ein mächtiger, zweigeteilter Baum. Die Rute zeigt die Strahlung, welche durch die Kapelle zum Baum führt. In der Fortsetzung der Linie entspringt weiter unten eine Quelle. Weit und breit ist kein Haus in der hügeligen Landschaft, aber das Numinose des Ortes ist wunderbar erhalten. Die Zeichen: Kapelle, Baum, Zwiesel, Quelle, brauchst du nicht so sehr beachten, dein Gefühl wird dir alles besser sagen.

Es wird Plätze geben, wo du dich besonders wohl fühlst, nicht nur wegen der schönen Aussicht. Da verweile! Es ist nicht notwendig, daß objektive Hinweise für etwas Besonderes da sein müssen, wie Quelle, Baum, Stein u. a.. Wenn du dich unter einen schönen Baum setzt, der dir angenehm ist, und du mit ihm sozusagen in Kommunikation trittst, dann baut sich etwas auf, das dich stärkt und erfreut und wahrscheinlich den Baum auch. Der Dichter sagt: "Die Sterne muten dir zu, daß du sie fühlest." Etwas Ähnliches kann man vom Baum sagen. Du kannst einen Platz selber heilig machen, das heißt, mit der Kraft deines Herzens geistig aufladen, auch wenn es dort vorher noch niemand getan hat. Wir reden jetzt so viel von Umwelt, Bewahrung der Schöpfung u. ä. Es müßte ein neues Verhältnis zu Landschaft und Plätzen geschaffen werden. Mit Rationalität allein läßt sich nichts retten, es müssen echte, persönlich erlebte Emotionen dazukommen. Vielleicht darf ich das Wort Naturmystik verwenden. Eine neue Liebe zur Natur, ihren Wundern und wunderbaren Plätzen müßte aufkommen. Das kann nicht nur so allgemein erfahren werden, es muß zu bestimmten Zeiten und an konkreten Plätzen erlebt werden. Für jeden wird nicht alles passen. Suche deinen Platz, deine Plätze und kultiviere dein Verhältnis zu ihnen. Wenn du nur die blasse Aussage machen kannst, dort war es schön, ist es zu wenig. Mache mehr daraus! Wenn es dich wieder hinzieht zu deinem Platz oder Baum, dann folge. Suche neue Plätze, die dir weiterhelfen. So sind wir alle Wanderer auf der Suche nach guten, heilen Plätzen. Goethe hat gesagt: "Willst du besser sein als ich, lieber Freund, so wandre!" Wenn du Plätze findest, die durch tausendjährige Tradition gezeichnet sind, um so schöner. Aber notwendig ist das nicht. Die Hauptsache: Du findest Ruhe, das heißt: dich selber dort!

Die Aufzählung dieser Plätze kann hilfreich sein und zum Aufsuchen einladen, soll aber nicht den Sinn haben, alles aufzusuchen und zu registrieren. Das Aufsuchen und Verweilen an den guten Plätzen kann Sache des einzelnen sein, schwer aber das einer ganzen Gruppe.

Wenn zwei Menschen echt verbunden sind, dann kann auch der Platz dabei mitspielen. Denken wir nochmals an das alte Abendlied, wo es heißt, daß die beiden Gefährten unter dem Hollerstrauch gesessen sind. Wo Herz bei Herze lag, mag zuerst in übertragenem, geistigem Sinn genommen werden, das heißt, sie wurden mystisch eins, und der Platz, das Brünnlein und der Hollerstrauch haben ihnen dabei geholfen.

Marterl-Baum

Über heilige Bäume

Was haben den Alten die Bäume bedeutet? Der Baum war für den Menschen immer etwas mehr als ein Stück Natur. Er sah, wie er wuchs, sich bewegte. Er hörte das Rauschen in den Blättern wie die Stimme eines lebendigen Wesens, das ihm wie ein hilfreicher Geist erschien, dem er opferte, indem er Gaben, meist Kleider, in seine Zweige hängte. Sie sollten die persönliche Verbindung herstellen. Der heilige Baum diente auch als Orakel. Der Grieche vernahm die Stimme des Zeus aus dem Rauschen der heiligen Eiche im Hain von Dodona. Adam und Eva hatten mit einem Baum zu tun und Buddha empfing seine Erleuchtung unter einem Baum und änderte sein Leben. Ehrwürdig stehen die uralten Bäume im Ölgarten von Jerusalem, wo Jesus sich für Leiden und Tod entschied.

Unsere Bauern haben kein mystisches Verhältnis mehr zu den Bäumen, sie sehen in ihnen nur Holz und Nutzen, das Material. Oberhalb meines Elternhauses auf einem Hügel steht am Waldrand eine mächtige Eiche. Als Kind, wenn wir am Abend vor dem Haus saßen, sah ich in ihrem Gipfel immer den Kopf eines Pferdes, der sich vom Himmel abhob. Nach Jahrzehnten fragte mich der Pächter, ob ich etwas dagegen hätte, wenn er die Eiche fälle, sie hätte einen schönen Stamm. Es war sehr schwer, ihn zu überzeugen, daß er sie stehen lassen solle. Auf dem Hügel gegenüber war der Platz, wo immer das Sonnwendfeuer abgebrannt wurde. Dahinter stand als einzelner Baum vor dem Hang ein Kirschbaum. Er ist verschwunden. Die Bauern haben kein Gefühl für die Schönheit und mystische Kraft des Baumes. Das größte Unglück für die Landschaft ist die Zusammenlegung der Äcker. Kommassierung heißt das häßliche Wort dafür, die Deutschen sprechen von Flurbereinigung. Für die Arbeit mit den Maschinen ist es besser, wenn der Landwirt große Flächen hat, jeder Strauch, Baum und Feldrain stört. Wenn man sich im Dorf zusammengestritten hat, bekommt jeder einen möglichst großen Fleck. Dann kommen die großen Bagger und machen gerade, was krumm war. So wurde in den letzten Jahrzehnten alles, was einigermaßen zu bewältigen war, für den Gebrauch verbessert, für das Auge ruiniert. Die Tochter eines Bauern kam nach Jahrzehnten in ihre Heimat, die sie noch in Erinnerung hatte, wie sie vor der Kommassierung

Eibe am Kolmitzberg

war. Als sie das Dorf und die Umgebung sah, weinte sie. Als ich einen Hofrat, der damit zu tun hat, fragte, ob sie Fotos von den Landschaften hätten, die sie saniert oder ruiniert hätten, wich er aus.

Ich habe von meinen Eltern unter anderem eine traumhaft schöne Waldwiese geerbt. Es wächst im Schatten der Bäume kein gutes Gras, es ist viel Moos darin, aber man liegt dort wie in einem Bett und fühlt sich richtig wohl. Sanft fallen die Felder noch in der alten Form hinunter zur Donau, die in breitem Bogen dahinzieht. Hinten die Waldberge des Ostrongs, am Rande die Kirche von Maria Taferl. Jetzt erhielt ich die Verständigung, daß auch dort zusammengelegt wird. Zur Wiese muß wegen der Zufuhr ein eigener Weg gebaut werden. Wir sind zweimal im Jahr mit dem Heu beim Nachbarn über die Wiese gefahren. Das heißt, auch dieses Stückchen Paradies wird zerstört. Allerdings versicherte mir der Bauernvertreter: "Wir sind schon draufgekommen, daß man es anders machen muß und haben von den Fehlern gelernt." Aber es ist längst zu spät.

Ich meide Gegenden, wo kommassiert wurde. Nur in der Hügellandschaft ist alles beim alten, etwa im hügeligen Waldviertel, im Mostviertel und in den Voralpen. Es ist merkwürdig: gewisse, alte Plätze, zumal wenn sie durch einen Bildbaum bezeichnet waren, hat man geschont. Dort laufen die Wege zusammen, es wurden manchmal sogar neue Bäume gepflanzt. Als Beispiel möchte ich den schönen Platz zwischen Grabensee und Markersdorf bei Neulengbach und die Birken mit dem geheimnisvollen alten Stein zwischen Kapelln und Pottenbrunn nennen. Ringsum ist Feldwüste. Beide Plätze haben eine starke Strahlung. Spüren das die Bauern vielleicht doch irgendwo im Hinterkopf oder Herzen? Neben den Luckerten Stoa von Unterwaltersdorf hat man Thujen gesetzt. Der Luckerte Stein, der früher auf einem Feldrain stand, wurde versetzt, damit er beim Pflügen mit dem Traktor nicht stört. Auf jeden kleinen Streifen kommt es an. Landwirtschaft modern und professionell, aber der Bauernvertreter weiß es bereits, daß es so nicht weitergehen kann.

Heute geht niemand auf Österreichs Straßen. Es ist auch kein Platz dafür vorgesehen. Wer braucht den Schatten der Bäume, wer den Rastplatz an uralter Stelle, wo meist ein Kreuz oder Marterl stand? Da hat man verweilt und gerastet. Daß man früher dort auch gebetet hat, war gar nicht so unpassend. Wir würden heute sagen, man hat dort meditiert. Der Baum, der Schatten, der Platz haben Ruhe und Kraft gegeben. Dann ist man gestärkt weitergezogen.

Ich habe es in meiner Jugend erlebt, wie angenehm die Abwechslung empfunden wurde, wenn ein Mensch des Weges kam oder ein Fuhrwerk vorüberfuhr. Wie menschlich muß es einmal auf unseren Straßen und Wegen zugegangen sein! Was ich erlernt, hab' ich erwandert, sei abermals Goethe zitiert. Ich habe noch die Handwerksburschen erlebt, die am Abend zu uns ins Haus kamen und um Kost und Quartier baten. Welch ein Abenteuer für uns Kinder, wenn sie von ihren Fahrten und Erlebnissen erzählten. Goethe sagte bei seiner Reise nach Italien, mit der Postkutsche ginge es zu schnell, man könne die Eindrücke nicht behalten. Ich bin als Student durch halb Europa zu Fuß gegangen. Von Budweis über Prag, Dresden, Fulda, durch ganz Bayern bis zur Donau. Ich bin durch halb Griechenland gewandert, als es noch keinen Tourismus gab und alle Strände leer waren. Ich habe die Poebene und die Alpen zu Fuß durchquert. Später, als es schon viele Autos gab, habe ich Österreich zu Fuß durchwandert, von der bayrischen Grenze bis zum Neusiedler See und von Laa an der Thaya bis Spielfeld-Straß. Ich bin zu Fuß durch Wien, Linz und Graz gegangen, und im Winter querfeldein über die gefrorenen Felder. Da nimmst du jeden Baum und jedes Marterl wahr. Eine versunkene Welt. Auch hier könnte man den Psalm zitieren: Die Straßen trauern, weil niemand auf ihnen geht. Sie stöhnen unter der Last und dem Gestank der Autos.

Die Bäume sind auf den Straßen nicht nur Schattenspender, sie waren Begleiter und Weggenossen. Man hat sie, wo es einigermaßen ging, gefällt, die Straßen verbreitert und begradigt, zum Dahinrasen gerichtet. Man hat die Autofahrer damit verlockt, schneller zu fahren, mehr Gift zu verbreiten und so Bäume zum Sterben gebracht. Man beachte nur die alten Kastanienalleen. Ihre Blätter werden vorzeitig gelb, welken und sterben.

Der Baum ist eines der ältesten Symbole der Menschheit. Der heilige Baum stand im Garten Eden. Baum bedeutet Fruchtbarkeit, Nähe des Wassers, Leben, Mütterlichkeit. Der mächtige Baum, der auf einer Höhe steht, beeindruckt.

Der Baum der Erkenntnis des Guten und Bösen stand mitten in der Welt. Dort geschah Entscheidendes für das Schicksal der Menschheit. Es sei daran erinnert, daß das Kreuz den Christen nicht nur Tod, sondern ebenso Auferstehung und Leben bedeutet. Viele heilige Bäume bei Heiligtümern habe ich bereits genannt.

Ich fand auf einer uralten Landkarte einen Baum eingezeichnet mit dem Namen: "Der Baum, der mitten in der Welt steht." Ich zog aus, ihn zu suchen. Der alte Baum steht nicht mehr, aber an seinem Platz in der Nähe von Kremsmünster steht ein neuer Baum, der auch schon sechzig Jahre alt sein mag. Daneben ist ein Gasthaus gleichen Namens. Weit und breit ist sonst kein Haus. Dort wölbt sich das Land, in der Ferne sieht man die Alpen. In dieser Landschaft spielt Stifters Nachsommer. Solche Bäume hat man gerne zu Bildbäumen gemacht oder Marterl danebengestellt.

Daß große, alte Bäume auf einem strahlenden Platz stehen, ist ganz einfach zu erklären. Sie stehen meist auf einer Wasserader oder auf einer Kreuzung von Adern. So ein Baum braucht täglich bis zu 1000 Liter Wasser. Damit haben wir auch die Verbindung von Wasser, Baum und Leben. Dort setzt sich der Mensch gerne hin und ruht aus. Er nimmt etwas auf von der Kraft des Platzes und vom Mysterium des Baumes. Die Germanen glaubten, daß auf dem Lebensbaum das ganze Himmelsgewölbe ruhe.

Ich lebe mitten unter Bäumen. Mein Haus umstehen in gehörigem Abstand einige hundertjährige Kastanienbäume und etwa 30 Meter hohe Fichten. Ich besitze viele tausende Bäume in verschiedenen Wäldern. Die Bäume, die ich als Kind gepflanzt habe, sind reif zum Fällen. Ich liebe und pflege die uralt heiligen Eiben, die im Sommer und im Winter grün und dunkel wie Wächter dastehen. Bei einer riesigen Birke überlege ich Jahr für Jahr, ob ich sie fällen muß oder ob sie mich überlebt. Aber was sind schon eigene Bäume? Jeder Baum, den du liebst, gehört in gewisser Weise dir. Du findest Ruhe dort!

Ich habe vor kurzem an meiner schönsten und stärksten Eiche ein Kreuz befestigt; ein Nachbar hat sich dort aufgehängt, weil er die Schmerzen nicht mehr ertrug. Odin hing acht Tage am windbewegten Holze, ein Opfer sich selbst, heißt es geheimnisvoll in der germanischen Sage.

Wo sind die schönen Alleen, die die Landstraßen belebten, in deren Schatten man ging und fuhr! Sie wurden breiteren Straßen geopfert, damit eilige Autofahrer schneller fahren können. Die heiligen Bäume mit Marterl und Kreuz haben ihren Sinn verloren, weil niemand dort rastet. Der Autofahrer nimmt sie kaum wahr.

Suche die Wälder, suche die Bäume, suche womöglich deinen Baum! Er muß nicht dein Eigentum sein. Wenn er frei zugänglich ist, und das sind die meisten, kannst du ihn geistig in Besitz nehmen und ein geradezu persönliches Verhältnis zu ihm aufnehmen. Du kannst ihn besuchen, dich an ihn lehnen, in seinem Schatten ausruhen und von ihm Kraft empfangen. Ob es ein Obstbaum ist oder ein Laubbaum, du mußt dich nur wohl fühlen bei ihm und dir dafür Zeit nehmen. Die Alten waren nicht dumm, sie haben besonders schöne, kraftvolle Bäume, die fast immer auf dem richtigen Platz standen, ausgezeichnet, indem sie ein Bild anbrachten, eine Bank daneben stellten oder ihm einen eigenen Namen gaben. Nicht nur einzelne, ganze Prozessionen zogen zu solchen, oft weit von den Dörfern entfernten Bildbuchen oder Eichen.

Von den vielen christlichen Baumheiligtümern habe ich schon gesprochen: Maria Taferl, Dreieichen und viele andere. Es gibt starke einzelne Bäume, aber es gibt auch ganze Baumgruppen, die strahlen. Ein gutes Beispiel dafür ist das Stift Heiligenkreuz bei Wien. Die Strahlung geht zum Brunnen mit den großen Platanen, die im Kreis um die gefaßte Quelle stehen. Diese bildet das Zentrum von vielen konzentrischen Kreisen, die etwa je zwei Meter voneinander entfernt verlaufen. Um die Säule herum verlaufen ebenfalls Kreise, die sich mit denen beim Brunnen zum Teil schneiden. So hängt alles in der Tiefe miteinander zusammen. Daß Kreuzgänge besonders stark strahlen, habe ich erwähnt. Es waren Stätten der Meditation, der Prozession und des Gebetes.
Eine ähnliche Situation ist in St. Leonhard im Lavanttal. In einigem Abstand von der Kirche steht eine riesige Linde. Auch um sie verlaufen konzentrische Kreise. Die Kirche ist mit einer Kette umgeben, weil der heilige Leonhard, als Befreier der Gefangenen und als Viehpatron mit einer Kette in der Hand dargestellt wird. Die Kette bedeutete ursprünglich mehr: Abschirmung des heiligen Raumes. Leider hat man beim Haupteingang die Kette unterbrochen. Beim zweiten Tor umfaßt sie den Eingang von oben und ist durch zwei Hufeisen gekrönt, die ebenfalls abschirmen sollen. Auch um diese schöne, gotische Kirche laufen konzentrische Strahlen.
In St. Pantaleon bei Enns steht in größerer Entfernung von der Kirche, aber auf fortgesetzten Linien, ein großer Baum mit einer kleinen Kapelle daneben. Auch sie ist von Strahlen eingeschlossen.
Nun müßte man nicht hundert, sondern tausend Bäume aufzählen, die in unserem Umkreis stehen.

Der Kreuzstein bei Lichtenau

Plätze um Gmünd

Bei Brühl, an der Straße von Weitra nach Schagges, liegt im Wald auf einer Blöße, Parzelle Nr. 825, ein großer Granitblock, der Pilzstein genannt wird. Er ist gekennzeichnet.

Die Kaspreß, zwei merkwürdige, übereinanderliegende Granitblöcke, findet man bald nach dem Ortsende von Fromberg, Richtung Kirchberg am Walde.

Bei Gebharts ist der Taufstein mit einer Schale. Daneben soll die Waldkirche gestanden haben, deren Trümmer herumliegen.

Eine Dorflinde steht in Gopprechts.

Der Katzenstein von Groß-Radischen liegt im nördlichen Teil des Radischer Waldes, Parz. Nr. 605. Große Granitblöcke mit senkrechten Spalten und Quergängen sind aufgetürmt. Sollte man hier der germanischen Göttin ihre Katzen geopfert haben wie auf dem Katzenstein auf dem Ostrong?

Am Mandelstein, 3 km nördlich von Harbach, findet man viele Schalen.

Der Warzenstein liegt tief im Walde westlich von Harmannschlag. Er ist etwa fünf Meter lang und zwei Meter breit. In der Mitte ist die Warze, die von einer Mulde umgeben ist, in der immer Wasser steht.

In der Nähe steht die Steinerne Frau von Wultschau, ein behauener Stein, ein Menhir, der oben ein Gesicht oder ein Kreuz trägt.

Der Hängende Stein befindet sich zwei Kilometer südöstlich von Heidenreichstein auf Parzelle Nr. 1192 und ist, obwohl gekennzeichnet, schwer zu finden.

Ein großes Erlebnis ist der Nebelstein bei Hirschenwies. Diese gewaltige Anhäufung von Granitblöcken in einer Seehöhe von 1000 Meter mitten im Wald mit der wunderbaren Aussicht auf Böhmen hat Schalensteine und ist von der Straße aus leicht erreichbar.

Ein Wackelstein liegt im Walde von Hoheneich beim Steinbruch auf Parz. Nr. 1371.

Der Graslstein besteht aus fünf Steinschichten und liegt im Dachsengraben bei Hörmanns. In der Nähe ist eine Felsgruppe, die als Wilde Jagd bezeichnet wird.

Der Kasige Loab ist in Kiensaß an der Straße von Langegg nach Thaures.

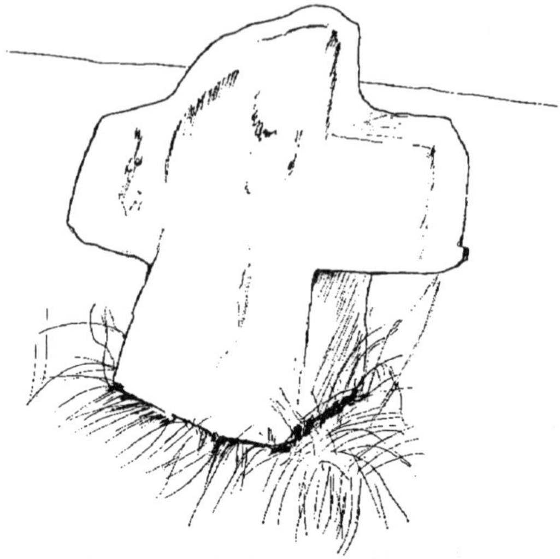

Das Schwedenkreuz bei Gmünd

Auf der Wäschwiese in Kirchberg am Walde steht auf Parz. Nr. 4554/2 eine freistehende Feldulme, die mit ihren Wurzeln einen Granitblock umschließt. Sie hat einen Umfang von sechs Meter.
Im gleichen Ort bei der sogenannten Einsätze beim Sportplatz steht eine verwachsene Gruppe von Eichen und Pappeln und ein Drilling von einer Stieleiche mit einem Umfang von zehn Meter, wahrscheinlich ein halbes Jahrtausend alt.
In St. Wolfgang, wo man die berühmte gotische Kirche besuchen sollte, steht eine imposante Dorflinde.

Im Umkreis von Zwettl

Im Teufelsgraben unweit des Stiftes steht eine 50 Meter hohe Fichte mit einem Umfang von mehr als drei Meter.
Vor dem Stift stehen zwei Sommerlinden, 35 Meter hoch, mit einem Umfang von fast fünf Metern. Die Stiftskirche ist ein altes Baumheiligtum.
In Traunstein steht hinter der Kirche der Wachtstein. Er besteht aus mehreren Blöcken, die auf- und nebeneinander liegen. Einer hat eine schöne

Schale. Man sieht von dort aus weit ins Mühlviertel und im Süden bis zum Ötscher. Vom Wackel- oder Wiegenstein haben wir schon gehört, ebenso vom Franzosenstein am Weg nach Schönbach.

Eine 500 Jahre alte Dorflinde steht in Reichpolds.

In Rapottenstein liegt zwischen Ort und Burg der Opferstein. Er ist 20 Meter hoch und hat eine Schale mit dem Durchmesser von anderthalb Meter und ist siebzig Zentimeter tief. Früher soll man bei Opfermahlzeiten darin gekocht haben.

Der Wasserfall bei Petrobruck heißt Höllfall.

In Pehenhofen ist der Lohnbachfall, darüber die Steinerne Stube. Die Flur trägt den bezeichnenden Namen Hölleiten.

Der Hohe Stein liegt westlich von Großweißenbach im Hochwald, Parzelle Nr. 2236. Er ist 15 Meter hoch und hat einen Durchmesser von 10 Meter.

Friedersbach hat nicht nur einen schönen Karner, auch eine alte Sommerlinde, auf deren kurzem Stamm sich die Krone bis zu 26 Meter Höhe erhebt.

In Altpölla stehen vier große Linden über einem Marterl an der Straße nach Wegscheid.

In Endlas steht am südlichen Ortsausgang eine alte Winterlinde mit einer Kapelle.

Skorpionstein, Kautzen

Um Waidhofen an der Thaya

Der Jungfernstein bei Raabs an der Thaya fällt steil zum Fluß ab. Nach der Sage sind dort von einem Felsblock drei Burgfräulein erschlagen worden, die zu spät zum Fronleichnamsfest in die Kirche kamen, weil sie sich aus Eitelkeit zu lange frisiert hatten. Es kann sich um einen alten Opferstein handeln.

Der Paulstein liegt am Weg von der Sixmühle in Kleineberharts, Ried Dürrnhof neben der Thaya. Daneben steht ein Marterl.

In Kollmitzdörfel steht eine Dorflinde mit einem Umfang von über fünf Meter.

Der Schreckenstein von Primersdorf wird auch Schimmelsprung genannt. Die einen sehen in ihm den Kopf einer alten Frau, die andern den eines Mönches oder Ritters. Nach der Sage soll ein Ritter wegen einer Untat damit bestraft worden sein, daß sein Schloß in Flammen aufging. Aus Schreck wurde er selber zu Stein.

Skorpionstein bei Kautzen

Der Skorpionstein bei Kautzen

Dieser Stein ist durch die Ausstellung "Kult und Magie" im Schloß Schwarzenau bekanntgeworden, wo ihm ein eigener Raum gewidmet war. Er hat seinen Namen vom Sternbild des Skorpions bekommen, weil man mit einigem guten Willen eine Entsprechung der Steingruppe zu ihm feststellen kann. Es sind mächtige eindrucksvolle Steine, die Schalensitze und andere Formen enthalten. Man spricht von einem Opferstein, der mit Geburt zu tun hat, einem Kraftstein, einem Herrgottsstein, einem Energiestein und einem Sonnenstein. Besonders eindrucksvoll ist der Energiestein, der sich am sogenannten Schwanzende befindet und eine sehr starke Strahlung hat. Der große runde Schalenstein beeindruckt, besonders wenn der Wind geht und das Wasser ruhig und geheimnisvoll im Kreis getrieben wird. Man schaut fasziniert auf die treibenden Birkenblätter und kann sich vorstellen, wie die Alten dabei meditiert und in die Zukunft zu schauen versucht haben. Dieser Platz wird gerne von Esoterikern aufgesucht, um Feste zu feiern. Daß der Besitzer keine Freude hat, wenn sie Feuer machen, kann man sich denken.

Die Venus von Stratzing

Wenn man auf der Schnellstraße von Wien Richtung Langenlois fährt, zweigt in Gneixendorf eine Straße links ab, die nach Stratzing führt. Stratzing ist ein kleines Dorf auf der Hochebene über der Donau. Wenn man von dort nach Osten blickt, ist die höchste Erhebung der Galgenberg. Bei Notgrabungen fand Prof. Neugebauer mit seiner Frau die sieben Zentimeter große oder kleine Statue einer Frauengestalt. Prof. Neugebauer beschreibt die kleine Figur auf folgende Weise: "Während die flachere Rückseite der Statuette lediglich einige Gravierungsspuren erkennen läßt – möglicherweise wurde die Figur auf der Steinplattenoberseite vorgezeichnet –, ist die Vorderseite voll plastisch gestaltet. Die Darstellung zeigt eine sich bewegende Person, das Gewicht ruht auf dem durchgestreckten linken Standbein, das rechte Bein ist in Kniehöhe schwach abgebogen. Der

Oberkörper ist von den Hüften aufwärts leicht nach links gedreht. Die keilförmig geschnitzte linke Brust, der Kopf und der erhobene linke Arm sind in Seitenansicht dargestellt. Der Kopf ist leicht ins Genick gelegt, sodaß das Gesicht, das durch Kerben angedeutet wird, zum erhobenen Arm gerichtet ist. Der rechte Arm führt zum rechten Oberschenkel - hier neben dem rechten Bein ist möglicherweise ein länglicher Gegenstand, etwa ein Stab, angedeutet. ..." Die Zuordnung der Venus vom Galgenberg zum kultisch-religiösen Bereich ist kaum anzuzweifeln. Der Gestus könnte eine vermittelnde Rolle zwischen Mensch und Höherem andeuten. Aus der Beinstellung kann sogar auf eine Tanzhaltung geschlossen werden. Somit ist die "Fanni" vom Galgenberg nicht nur eine archäologische Tagessensation, nicht nur die bisher älteste Frauendarstellung der Welt, sondern ein ungemein wertvoller Schlüssel zu der verlorenen Vorstellungs- und Geisteswelt der Eiszeitjäger vor 30.000 Jahren."

Es gibt Archäologen, die in der Venus einen Mann sehen und darauf hinweisen, daß es sich bei diesen uralten Darstellungen des Menschen nicht immer um eine Frau handelt.

Ich könnte mir durchaus vorstellen, daß dieser herausgehobene Platz einmal eine Wallanlage war, die jetzt weitgehend eingeebnet worden ist. Auf jeden Fall handelt es sich um einen strahlenden Platz.

Die Venus von Willendorf

Die Venus von Willendorf ist um 2000 Jahre jünger als die von Stratzing. Sie ist nur 11 Zentimenter groß und wurde beim Bau der Eisenbahn durch die Wachau im Jahre 1908 gefunden. Bei einer zweiten Grabung fand man eine 23 cm große, schlanke Frauenstatue. Die weltberühmte, kleinere Figur befindet sich im Naturhistorischen Museum in Wien. Eine vergrößerte Nachbildung steht an der Fundstelle in Willendorf über der Bahn. Man nimmt an, daß die Eiszeitjäger hier das Wild beobachteten, das vom Gebirge herunter zur Donau zur Tränke kam, es jagten und töteten. Daß sich hier eine Kultstätte befindet, kann man nur schwer behaupten. Wahrscheinlich sind damals kleine Statuen, wie bei uns heute die Figuren der heiligen Maria

oder des heiligen Antonius, in einer Nische über dem Herd im Sand gestanden. Deshalb auch keine Füße. Sie ist so üppig dargestellt, weil sie Symbol der Fruchtbarkeit sein soll. Der Kopf ist sehr schön gestaltet, er ist nach vorne geneigt; der Künstler hat sich nicht bemüht, ihr Gesicht zu zeigen. Ihre Arme sind überaus klein, dafür sind die Brüste und Schenkel umso stärker betont. Die alte Kunst hat immer kultische Bedeutung.
Eine besondere Strahlung ist auf dem Platz nicht festzustellen.

Venus von Willendorf

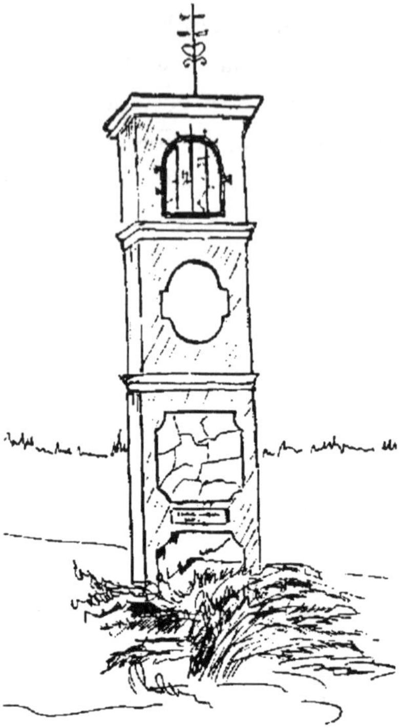
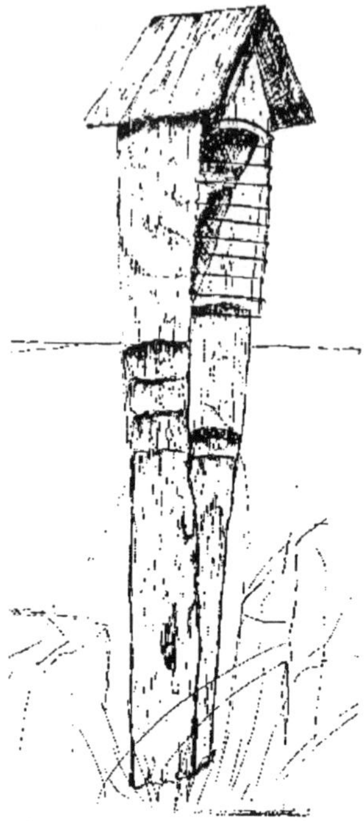

Links: Oberwölbling, nördlicher Wienerwald; rechts Nussendorf

Ruine Aggstein

Bründl, Pulkau

Krems und Umgebung

Die Steine von Straß, den Heiligenstein u. a. sind Ihnen schon bekannt, auch vom Watstein in Dürnstein war die Rede, ebenso von der Pankrazikirche in Gossam.

Im Gemeindegebiet von Freischling auf dem Mannhartsberg, zwischen Klein-Burgstall und Diendorf, steht die Silberne Eiche mit einem Marterl.

In Jaidhof stehen am östlichen Dorfausgang zwei Winterlinden mit einem Marterl.

Die Große Linde steht außerhalb von Krustetten in freiem Gelände.

Die Riesenlinde steht in der Nähe des Schlosses von Rastbach.

Die Teufelsmauer liegt 1 km oberhalb von Spitz. In der Kirche von St. Johann auf der gegenüberliegenden Seite der Donau lebte und wirkte der heilige Albin, durch den dem Teufel viele Seelen entgingen. Der Teufel wollte nun durch eine Mauer die Donau absperren, um Kirche und Heilige zu vernichten. Weil er nicht vor dem Hahnenschrei fertig war, mußte er sein Werk aufgeben.

Die Burgkirche von Aggstein steht auf einem stark strahlenden Platz.

Hollabrunn und Umgebung

In Eggendorf am Walde stehen am Anfang des Ortes zwei weibliche und zwei männliche Eschen, die jeweils den gleichen Wurzelstock haben.

In Frauendorf an der Fischa stehen außerhalb des Ortes an der Straße nach Kleinstelzendorf beiderseits eines Bildstockes auf dem sogenannten Hundsbühel zwei große Linden.

An der Straße von Hardegg nach Merkersdorf steht eine Kapelle mit einer Linde. Zwei Kilometer östlich von Hardegg sieht man am rechten Thayaufer einen Felsabsturz, der wie ein finsteres Gesicht aussieht.

Zwischen Hardegg und Vorstadt ist ein Felsen mit einem Karner. Er trägt den Namen Johannesfelsen und ist durch eine Johannesstatue als heiliger Platz gekennzeichnet.

In Mariathal bilden vier Linden über einem Marterl eine mächtige Krone.

In Niederfladnitz steht am Nordausgang des Dorfes eine Kapelle mit vier mächtigen Linden.
Die Teufelswand von Pulkau, eine Felsnadel, liegt dem Bachlauf nach aufwärts bei einer Mühle.
In Raschala steht eine hohe Schwarzföhre, die sich in zwei Teile teilt, also einen Zwiesel bildet, der immer ein Hinweis auf eine Wasserader ist. Man kommt dorthin, wenn man auf der Straße von Raschala nach Antonihütte bei der dritten Abzweigung dem Fahrweg folgt und noch einige hundert Meter weitergeht.
Eine Ulme steht neben dem heiligen Johannes an der Straße von Felling nach Riegersburg.

Madonna von Roggendorf bei Hollabrunn

Maria Roggendorf

Dieser Wallfahrtsort liegt wohl in der Nähe des gleichnamigen Ortes mit der berühmten Kulthöhle, die vor 50.000 Jahren schon von Menschen besucht war, muß aber von ihm unterschieden werden. Maria Roggendorf bei Hollabrunn wurde nachweislich vor 4.000 Jahren schon von Menschen besiedelt. Im Mittelalter war es eine bekannte Wallfahrt, erlosch als solche unter Josef II., wurde vom Erzbischof von Wien, Hans Hermann Groer, wieder entdeckt und aufgebaut und erfreut sich eines besonders großen Zuspruchs aus allen Teilen des Landes. Die schöne Kirche ist Maria Geburt geweiht, als Kultbild wird ein barockes Gemälde der Muttergottes mit dem Kind verehrt, das durch seine Zärtlichkeit jeden Betrachter rührt. Die Kultlandschaft wird verstärkt durch ein neues Frauenkloster auf dem nahen Wimmerberg, der seine alte kultische Bedeutung in seinem Namen ausdrückt, wenn das auch im Volksbewußtsein vergessen ist. Für uns sind bei Roggendorf zwei Sachen wichtig: man hat ohne Geomantik für das Kloster den richtigen Platz gewählt und Kultplätze haben ihre Gezeiten. Durch Jahrhunderte blühen sie, tauchen unter und erleben neue Blüte.

Um Horn

Breiteneich hat vielleicht seinen Namen von einer breiten Eiche, die sich, in zwei Stämme teilend, an der Gartenmauer des Schlosses steht. Der Stamm ist breit wie eine Elipse und mehrere hundert Jahre alt.
In Eggenburg stehen an der nach Horn führenden Straße zwei große Roßkastanien neben einer Johannes-Statue.
In Elsern steht abseits der Straße über der Bahnlinie die Kapelle Maria-Schnee. Um sie stehen sechs große Sommerlinden.
Von den Steinen von Stoitzendorf-Grafenberg haben wir schon gehört.
In Horn steht neben einem Gasthaus eine Linde mit einem Umfang von drei Meter und einer Höhe von 25 Meter, und an der Brücke der heilige Johannes. Am Mödringbach, noch im Ortsbereich, stehen zwei Linden mit ei-

nem Bildstock.
Wo der Weg von Unter-Mixnitz nach Ober-Mixnitz abzweigt, steht über einer Johannesstatue eine große Linde.
Pernegg hat eine Dorflinde mit über drei Meter Umfang.
In Rafing, einem alten Wallfahrtsort mit Kirchenruine, gibt es eine freistehende, weithin sichtbare Sommerlinde.
In Strögen stehen zwei Linden neben der schönen gotischen Kirche mit den urtümlichen Köpfen an der Außenmauer. Ein besonders guter Platz.
Die Gegend um Gars am Kamp war schon seit der Steinzeit besiedelt. In der Hallstattzeit hat man einen Wall aus Holz, Erde und Stein errichtet. Diese Wallburg wurde um 800 vor Chr. aufgegeben. Etwas später bauten Slawen auf der Holzwiese Wohnhütten. Ihre Toten bestatteten sie in tiefen Schächten im Boden. Bei den Ausgrabungen fand man das berühmte kleine Bleikreuz, das wahrscheinlich ein Taufgeschenk christlicher Missionare war. Ähnliche Kreuze hat man im Bernhardsthal und in Mähren gefunden. Nach den letzten Ausgrabungen wurde die Toranlage der Wallburg sehr schön wieder hergestellt. Die Kultstätte zu dieser Siedlung ist der Felsen des Schimmelsprunges mit dem Trittstein eines Pferdes. Die Sage erzählt, daß ein Ritter - hier soll auch einmal eine Burg gestanden sein -, von seinen Feinden umzingelt, dem Pferd die Augen verbunden und es mit sich selbst in den Abgrund getrieben habe. Den Felsabsturz des Schimmelsprunges sieht man sehr schön, wenn man auf der Straße von Krems nach Gars fährt. Er ist 40 Meter hoch und 100 Meter breit. Das ist die alte Opferstätte.
Das Goldene Bründl in Korneuburg ist ein alter Kultplatz. Neben dem Gasthaus stehen zwei Eichen und fünf Linden.
Der Michelsberg ist ebenfalls ein alter Kultplatz, und das Ruhen dort gibt ein eigenartig gutes Gefühl.
Stockerau hat einen Herrgottsboden mit der Brüdereiche.

Bezirk Mistelbach

In Asparn an der Zaya ist das schöne Urgeschichtliche Museum.
Eine Linde mit Kapelle steht an der Straßenabzweigung nach Hörersdorf.
In Gnadendorf steht eine Bildeiche auf dem Weg nach Wenzersdorf. Sie ist die älteste Eiche weit und breit und hat einen Umfang von vier Meter. Ein schöner alter Platz, der zum Verweilen einlädt.
In Hanfthal steht nördlich der Kirche eine Kapelle mit vier Linden, die eine gemeinsame Krone bilden.
Eine Marienkapelle mit einer alten Eiche steht in Laa an der Thaya neben dem Altersheim.
Eine Christuslinde findet man in Loosdorf westlich des Dorfes.
Die große, alte Linde in Michelstetten erhebt sich neben der Ruine an einem beherrschenden Platz.
In Mistelbach gibt es eine Klosterlinde.
In Schleinbach steht bei der Dammühle eine 500-jährige Linde mit einem Umfang von über acht Meter.
Die vier Linden am Schrickerberg fallen durch Größe und Schönheit auf.
Die Bildereiche von Wolkersdorf befindet sich am sogenannten Dreierweg. Dort ist auch eine Hohle Eiche und eine Hüttenföhre.

Gänserndorf - Stillfried

In Stillfried an der March besteht eine riesige Wallanlage mit verschiedenen Objekten. Das wichtigste ist der sogenannte Westwall, die höchste Erhebung des ganzen Gebietes, etwa 100 Meter weit von der St. Georgskirche in nordwestlicher Richtung jenseits des Grabens. Auf dem bezeichneten Rundweg wird man nicht dorthin geführt, sondern abgeleitet. Über eine Wiese erreicht man bei der Grabungsbaracke links oben den Wall. Er ist durchschnitten, durch Glaswände ist das Innere sichtbar, die Türen sind abgesperrt. Dort fand man im Löß den Arbeitsplatz eines Steinschlägers, der hier vor mehr als 20.000 Jahren Feuerspitzen von Feuersteinpfeilen gemacht hat. Erst in der Urnenfelderzeit, also vor etwa 3000 Jahren ist dort wieder gesiedelt worden. Vor dem Wall war früher eine Palisadenreihe aus Baumstämmen. In den Ausgrabungen finden sich Reste aus der Eisenzeit und aus der römischen Kaiserzeit. Der Platz, wo die Kirche steht, ist der höchste, und dürfte der Mittelpunkt der Anlage gewesen sein. Beim Westwall hat man merkwürdige Bestattungen von Tieren, etwa Hirschkühen, gefunden und Deponierungen von menschlichen Schädeln. Der auffälligste ist der Schädel eines 14jährigen Mädchens, der schwere Hiebverletzungen aufzeigt. Sie wurde in einer Erdgrube niedergelegt. In dieser Grube fand man Gefäßreste und Asche von Gerstenspelze. Man stellte die Beziehung zu Speltbrot her, das in der antiken Zeit in Rom von Vestalinnen in eigenen Öfen gebacken wurde Vielleicht geht das auf einen gemeinsamen indogermanischen Kult zurück.

Merkwürdig ist auch, daß man an der höchsten Stelle des Walles ein Grab einer Familie mit vier Kindern fand, die offensichtlich gewaltsam getötet worden sind. Den beiden Frauen hatte man die Kinder in die Arme gelegt. Einerseits kann man daraus eine gewisse Anteilnahme der Beteiligten erkennen, anderseits fällt auf, daß man sie nicht, wie es damals üblich war, verbrannt hat. Da sie in der Nähe der Burg beigesetzt wurden, könnte es sich um eine hochrangige Familie gehandelt haben. Man vermutet Opfer, Palastrevolution oder Blutrache.

Sowohl auf dem Wall als bei den ausgegrabenen Öfen kann man eine starke Strahlung feststellen.

Bruck an der Leitha

Carnuntum, diese große römische Stadt an der Kreuzung der Donau mit der Bernsteinstraße, ist wegen ihrer Ausgrabungen berühmt. Uns interessieren nur die Kultstätten. Die erste Frage ist: Was war vor den Römern? Hat der sogenannte Pfaffenberg eine vorrömische Vergangenheit oder nicht?

Der Pfaffenberg ist über dem Bahnhof von Deutsch-Altenburg abgetragen worden. Vorher wurde er wissenschaftlich untersucht und man hat ein Heiligtum des Jupiters und der capitolinischen Trias gefunden. Auf den Inschriftsteinen findet sich immer wieder ein Jupiter oder großes K mit

Heidentor – Petronell-Carnuntum

Punkt. Es wird vermutet, daß das K auf einen Jupiter Karnuntinus hinweist. Die Archäologen behaupten, daß nichts auf eine vorrömische Kultstätte hinweist. Die Strahlung verläuft vom Platz am Stein, wo jetzt die Kirche von Deutsch-Altenburg und der Karner steht, genau auf den Pfaffenberg hin und auch die Römer haben so wie andere Völker und Religionen ihre Kultstätten auf ältere Plätze gestellt und so die Kulttradition festgehalten. In Petronell in der Lange-Gasse hat man im Garten eines Hauses ein Mithras-Heiligtum entdeckt.
Im Museum von Carnuntum sind neolithische Steinbeile und Geräte aus der frühen Bronzezeit zu sehen. Auf dem Pfaffenberg fand man ein Bronzedepot.

Im Schloß Traun fand man in einem abgelassenen Fischteich ein Heiligtum mit Motivaltären aus der römischen Zeit.
Im Schloßpark auf der Westseite steht die sogenannte Palastruine mit zwei Oktogonen und einem Rundbau, von denen man nicht weiß, wozu sie gedient haben. Es könnte eine Brunnenanlage, Markthalle oder ähnliches gewesen sein. Den kultischen Ursprung kann man mit der Rute leicht feststellen. Vielleicht war es ein Quellheiligtum.
Das Heidentor ist die größte römische Ruine Österreichs. Es steht nur mehr zur Hälfte. Früher hatte es vier Pfeiler mit vier Toren und ein pyramidenförmiges Dach. In der Mitte des Durchgangs steht ein runder Sockel. Die Deutung ist schwierig, man hat es für ein Grab gehalten, für einen goldenen Meilenstein oder für ein Triumphdenkmal. Das Heidentor stand am Rande der römischen Siedlung, heute steht es auf freiem Feld. Die Rute zeigt Ausschläge, die alle zum Mittelpunkt des Bauwerkes, dem Säulenstumpf hinführen.
Der Tumulus zwischen Kirche und Bundesstraße weist eine ebenso starke Strahlung wie der Karner auf, der an einer anderen Stelle besprochen wird.

Marianka nördlich von Preßburg

Amstetten

Die Eibe auf dem Kollmitzberg, auch Bildbaum genannt, ist schon beschrieben worden, ebenso Stift Ardagger mit dem Baum und dem Marterl.
In Kürnberg steht am Schreinerweg neben einem Marterl eine der schönsten Linden der Umgebung.
Die Linde in Mitterhausleithen steht an der Straße, die von Hinterholz nach Besendorf führt. Wieder zeigt eine Kapelle den Platz an und hält ihn für Jahrhunderte besetzt. Ein wunderbarer Fernblick bietet sich von dort nach Süden und Westen.
Die Tausendjährige Linde von St. Leonhard am Walde ist zugleich ein Friedhofsbaum.
Die Sommereiche in der Fröschlau bei Seitenstetten soll 500 Jahre alt sein. Schon 1529 wird sie erwähnt.
In Ulmerfeld steht an der Straße, die nach Amstetten führt, neben einer Kapelle eine mächtige Eiche, die an die dreihundert Jahre alt ist.
Als Amtmann bezeichnet das Volk einen turmartigen Felsen beim Rabenöd in Waidhofen an der Ybbs.

Bezirk Scheibbs

In Außerochsenbach steht die stärkste Esche des Landes auf einer Wiese beim Zehethof. Ihr Alter beträgt 500 Jahre, der Umfang ist fast acht Meter.
Ernegg besitzt die stärkste Sommerlinde von Niederösterreich mit einem Umfang von über zehn und einer Höhe von zwanzig Meter. Sie ist gute 600 Jahre alt.
Eine ganze Anzahl großer und schöner Bäume stehen in Gresten, dazu gehört die Ludmillenskapelle.
Die Linde in Lackenhof steht in der Nähe einer Kapelle und hat zwei Wipfel in gleicher Höhe.
In Reidlingberg finden wir neben der Straße von Wang nach Schloß Senftenberg eine sogenannte Tausendjährige Eiche. Sie ist die schönste und stärkste Stieleiche des Landes.

In Reinsberg bei der Kapelle des Hofes Himmelsöd, Schlatten Nr. 2, liegen drei Granitblöcke mit Schalen. Die Sage erzählt, daß der Teufel Maria aus dem Waldviertel vertrieben habe und daß sie Steine mitnahm und hier fallen ließ.
In Scheibbs stehen vor der Kapuzinerkirche zwei alte Linden und geben dem Platz eine besondere Weihe.

Eiche

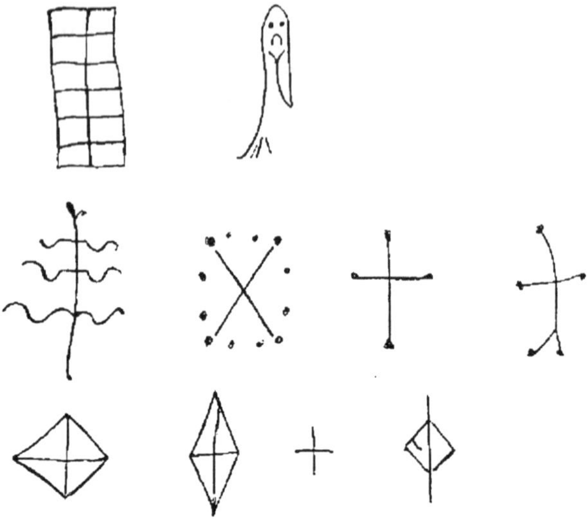

Felsbilder, Ybbstal - Schwarzkogel - Rotmoos - Seisen - Aibl - Hochkar

Felszeichnungen:
Rechts: Bei Göstling, Kreuze, menschliche Figuren.
Oben: Ybbstal, Raute mit eingeschriebenem Stern

Über Felsbilder

Durch Arbeiten von Ernst Burgstaller ist man auf die Felsbilder in Österreich aufmerksam geworden. Daß es auch in Niederösterreich welche gibt, hat man erst später entdeckt. Die Darstellungen stammen zum Teil aus der Eiszeit oder aus der Metallzeit.
Warum sind Menschen in diese, zum Teil sehr entlegene Gebiete hinaufgestiegen? Burgstaller meint, wegen der Jagd und, um auf uralten Pfaden "dem Handel mit den Nachbarlandschaften" nachzugehen. Es gab sicher auch religiöse Gründe. Viele Völker der Antike wollten oben den Göttern nahe sein, ihnen Verehrung erweisen und ihre Gebete, ihre Sorgen und Hoffnungen vortragen.
Man findet geometrische Symbole und Darstellungen von Menschen und Tieren. Oft sind es ausgestorbene Tierrassen, die unter anderen Lebensbedingungen hier einmal gelebt haben.
Viktor Flieder fand Felsbilder nach einem Hinweis in einem Ybbstaler Sagenbuch, wo erzählt wird, daß im Forst Rotmoos ein Heide als Einsiedler und Jäger auf einer Wiese gelebt habe, wo seither ein Schimmel umgehe. Ein Bauer erzählte ihm, daß auf einem Felsen Mandln sitzen und das Wetter herunterschießen. In der Freyndl-Lucke, einer Höhle in der Scheininger Mauer (1300 m Seehöhe), in der Hochreitalpe, sollen einmal Wildfräulein gehaust haben. Nicht weit davon ist die Betstelle, wo früher zu bestimmten Zeiten im Sommer die Sennerinnen zum Beten zusammengekommen sind. Von Forstarbeitern erhielt er den Hinweis, daß sich oberhalb vom Rotmoos eine steile Felswand mit merkwürdigen Zeichen befinde. Fiedler fand eine 10 m hohe und 30 m lange Felswand, die mit Gravierungen bedeckt war. In den menschlichen Gestalten glaubte er Heilige und Jäger zu erkennen, die einer geheimnisvollen Messe beiwohnen. Man entdeckte noch andere Felsen mit Ritzungen von Kreuzen, Rauten, Rädern und menschlichen Figuren. Ein Kopf hat einen besonders erschütternden menschlichen Ausdruck. Seine tiefliegenden Augen blicken den Besucher eindringlich an. Die rechte Hand hat er nach unten gezogen, die linke hält er offen auf der Brust.
Eine andere Fundstelle am Rotmoos ist der Seisen. Dort ist eine vier Meter

tiefe Felsspalte mit dem Bild eines Baumes und viele kleinere Zeichnungen, die stilisierte menschliche Wesen darstellen.
An der neuen Hochkarstraße, in 920 Meter Seehöhe, liegt unterhalb des Weges ein Felsen mit einem Kreuz. Dort sollen zauberkundige Wilderer gerastet und sich vor den verfolgenden Jägern in Steine und Baumstümpfe verwandelt haben. Der alte Reitbauer, der das Bannen des Wildes kannte, soll hier gerne geweilt haben. Neben dem Fels entsprang eine Quelle, die durch den Straßenbau umgeleitet wurde.
Es ist klar, daß alle genannten Orte, die durch Felsbilder und Sagen gekennzeichnet sind, geheimnisvolle Plätze sind, die die Menschen schon früh erkannten und aufsuchten.
Daß viele alte Felsbilder nach ihrer Bekanntgabe durch Zeitung, Rundfunk und Fernsehen von Touristen aufgesucht und mutwillig zerstört worden sind, ist zu bedauern.

Tulln

Die Tullner Ebene ist fruchtbar und wird so genutzt, daß für Bäume wenig Platz bleibt. In Judenau stehen neben der Brücke über die Große Tulln drei Linden mit dem Brückenheiligen St. Johann von Nepomuk.
In Grafenwörth findet man auf der Straße nach St. Johann eine Linde mit breiter Krone.
Traismauer hat am Abhang der Weinberge einen schönen Tumulus mit dem Namen Venusberg. Er ist wunderbar gelegen, mit schöner Aussicht auf das Donauland und das Gebirge, ist aber zum Großteil zerstört. Etwa ein Drittel wurde mit dem Bagger barbarisch abgetragen, wahrscheinlich auf Schatzsuche. Er ist weder als Natur- noch als Kulturdenkmal geschützt. Diese Zerstörung ist um so bedauerlicher, als Traismauer das schöne neue, frühgeschichtliche Museum im renovierten Schloß und die musterhaften Ausgrabungen in der Kirche besitzt, deren Fundamente aus der Römerzeit stammen. Im tiefer gelegenen Kultraum strahlt es mächtig. Auch der Tumulus strahlt. Dieser ist selbst den Einheimischen unbekannt, obwohl das Gasthaus in der Nähe seinen Namen trägt.

Bezirk Baden

In Alland steht neben der Autobahn, beim Vorbeifahren kurz sichtbar, die einzige Baumhasel im Lande. Der Haselbaum ist mehr als 20 Meter hoch, hat einen geraden, walzenförmigen, astfreien Stamm und eine kugelförmige Krone. Wenn man bedenkt, welche Rolle der Haselstrauch in der Volkskultur spielt, sollte man diesen Baum einmal besuchen.
In Baden geht die Straße ins Helenental durch den sogenannten Urtelstein. Nach der Abzweigung der Straße nach Siegenfeld steht eine zweistämmige alte Schirmföhre.
Der Vierbrüderbaum in Lindabrunn ist eine Schwarzföhre am Nordosthang des Pfarrkogels.
Der Name Merkenstein weist auf einen besonderen Stein hin, im Schloß steht eine Riesenesche. Daneben eine Höhle.
Oynhausen heißt soviel wie: Häuser in oder an der Au. Vom alten Auwald sind fünf Silberpappeln geblieben.
Die alte Baumlinde in Pottendorf hat einen Umfang von sechs Meter. Hier soll ein Ritter mit silbernem Harnisch begraben liegen.
Am Puchberg in Grabenweg bei Pottenstein steht die vielleicht stärkste

Hoher Stein bei Achau

Schwarzföhre von Niederösterreich. Der Stamm allein ist 18 Meter hoch, der ganze Baum mißt 30 Meter. Er ist schwer zu finden.
Am Hang des Hausberges von Pottenstein, in der Rotte Wolfgeist, ist eine Schirmföhre mit einem zwei Meter dicken Stamm und einer Höhe von dreißig Metern. Eine zweite daneben teilt sich in fünf Arme und wird daher Kandelaberföhre genannt.
In Raisenmarkt, Kat. Gem. Rohrbach, steht gleich nach dem Zoblhof eine Kapelle mit zwei schönen, großen Linden. Ein besonders guter Rastplatz!
Tribuswinkel besitzt eine schöne Schwarzpappel, die neben einer Brücke steht. Sie hat einen Umfang von fast sechs Meter.
In Wampersdorf stehen neben der Kuhheide eine Sommer- und eine Winterlinde mit einem Gedenkstein von 1830. Ein Lichtblick in der leeren Landschaft.
Weißenbach an der Triesting hat eine Schirmföhre, die der Volksmund Bruthenne nennt.
In Lilienfeld ist ein schöner Park neben dem Stift, in dem viele ausländische Bäume stehen. Eine Elefantenbuche steht auf dem Parapluiberg einen halben Kilometer südöstlich des Stiftes. Der Umfang des Baumes beträgt sechs Meter.
In Mitterbach, das bereits im Strahlungsbereich von Mariazell liegt, ist das Galmelloch, eine Höhle, die mit dem Teufel in Verbindung gebracht wird. Eine schöne Hauslinde steht in der Seerotte. Eine andere Hauslinde steht am Ende der Straße zum Haagen, Seerotte Nr. 21.
Tannen sind bei uns im Gegensatz zur alles beherrschenden Fichte selten. Ramsau besitzt eine mit 25 Meter Höhe. Man findet sie, wenn man dem nach Nordwesten führenden Karrenweg folgt. Am Weg von Ramsau nach Hainfeld, beim Anwesen Hofer, bilden zwei Linden über einer Kapelle eine riesige Krone.
Eine zweistämmige Linde in Oberfahrenbach weist, wie alle Zwiesel und ähnliche Bäume, auf eine Wasserader hin. Einige mächtige Linden stehen beim Schloß in Meierhof. Beim Durchlaß steht an der Straße, weithin sichtbar, ein Bildbaum, eine Schwarzkiefer, mit einem Umfang von mehr als zwei Meter.
In Türnitz steht in der Anthofrotte, in der sogenannten Feuchte, die wahr-

scheinlich älteste Dirndlstaude (Kornellkirsche) von ganz Österreich. Ihr Alter wird auf mindestens 500 Jahre geschätzt. Am Hochgraß, auf dem Weg von Türnitz zum Eisenstein, eine Gehstunde von der Kirche entfernt, kommt man zu einer Eibe, die 300 Jahre alt ist und einen Stamm von zwei Meter hat. Der Domenigfelsen ist eine Kalksäule von vier Meter Höhe und einem Meter Durchmesser. Er steht auf dem Geyerstein am Weg zum Türnitzer Höger. In Türnitz steht als Grenzbaum am nordöstlichen Ortsausgang eine riesige Stieleiche. In Treisenbachrotte 10 teilt sich eine 25 Meter hohe Linde in sieben Stämme.

In Lehnrotte im oberen Kräuterbachgraben steht eine dreigeteilte Linde.

Neunkirchen

Die tausendjährige Eiche in Aspang beim Weber auf der Alm ist wohl nur halb so alt, aber das reicht auch für einen respektablen Baum.

Beim Allerbauer in Aspang Langegg steht eine mächtige Hauslinde mit vier Meter Umfang und in einiger Entfernung davon, in einer wunderbaren Landschaft, eine Sommerlinde mit fast fünf Meter Umfang. Auch beim Pichler in Aspang-Mitteregg steht eine schöne Linde.

Die Edelkastanie in Buchbach (Nr. 10) hat einen Umfang von mehr als acht Meter und ist etwa vierhundert Jahre alt. Eine weitere Edelkastanie hat der Kapellen-Lang in Buchbach Nr. 9.

In Edlach steht eine der ältesten Rotbuchen des Landes.

Die Buche in Edlitz in der Nähe des Wachahofes am Waldrand ist 25 Meter hoch.

In Feistritz am Wechsel stehen gegenüber der Kirche vier Linden um eine Johannessäule.

Gleichfalls neben einer Kapelle steht in Flatz eine große Schirmföhre. Sie ist vom Flatzer Anger nur ein kleines Stück entfernt.

In Friedersdorf gibt es eine Tausendjährige Eiche an der Straße nach Rams. Drei Lärchen wachsen in ihrem Umkreis. Das Holzmarterl zeigt von der Verehrung des Volkes von Platz und Baum über die Zeiten hinaus.

Vom Forellenstein in Gloggnitz wird in einem anderen Zusammenhang gesprochen. Er wird auch Johannesfelsen genannt. Auf ihm steht eine schöne Kapelle. Er liegt am Ortseingang vom Semmering her. Dahinter ist das alte Benediktinerstift und weiter gegen den Wald zu eine vorchristliche Kultstelle. Im Park des ehemaligen Stiftes steht eine buschförmige Eibe mit einer Krone von etwa neun Meter. Sie dürfte an die dreihundert Jahre alt sein.

In Grünbach steht in der von der Industrie fast zerstörten Gegend die Kogelbauerföhre.

Eine Bildbuche steht vor dem Schloß in Haßbach Steyeregg. Der Efeu im Schloß hat armdicke Stämme und ist gut 250 Jahre alt. Oberhalb des Schlosses wächst der wilde Weinstock, er hat einen Stamm von elf Zentimeter und ein Alter von 300 Jahren. Die Bildlinde steht auf einer Waldblöße neben dem Weg von Haßbach zum Schloß Steyersberg. Im Gemeindegebiet finden sich noch mehrere solcher Baumriesen.

In Hirschwang steht in der Nähe des Wartholzkreuzes eine schöne Zwillingslinde.

Weitum bekannt ist die "Tausendjährige Eiche" neben dem Gasthaus in Kirchberg am Wechsel. Trotz ihrer mindestens 600 Jahre ist sie gesund und erfreut den Besucher. Auf halbem Weg auf den Kalvarienberg steht ebenfalls eine alte Linde. In Sachsenbrunn sind eine Anzahl schöner alter Linden; zwei besonders schöne, 600 Jahre alte, stehen neben dem Gasthaus.

Ähnliche Linden findet man in Molzegg.

Eindrucksvoll ist die Wildgansfichte in Mönichkirchen.

In Raach steht beim Taubenbründl eine zehn Meter hohe Eibe, die sich an den Fels schmiegt, mit einem Umfang von anderthalb Meter. Ihre Wurzeln hängen etwa acht Meter frei über den Felsen. Sie mag an die 500 Jahre alt sein. Eiben wachsen sehr langsam.

In Reichenau steht vor dem Thalhof eine Eiche mit sieben Meter Umfang.

Eine ähnlich alte Eibe findet man in Scheiblingkirchen.

Die Eibe in Schrattenbach ist viergeteilt.

Eiben waren früher heilige Bäume, besonders bei den Kelten. Sie hatten mit Totenkult und Magie zu tun, und man verwendete ihre Zweige zum Wahrsagen. Vor den Eiben kann kein Zauber bleiben, sagt ein altes Sprichwort.

Eine gewaltige Tanne ist ebendort im sogenannten Gsohl. Sie ist der größte

und stärkste Baum in der ganzen Umgebung von Grünbach.
In Schwarzau im Gebirge steht beim Grammelhofergut eine Eiche, die fünf Meter dick und 500 Jahre alt ist.
Eichen waren den Japanern ebenso wie den Griechen, Römern und Germanen heilig. Bei den Germanen waren sie dem Thor geweiht, und die keltischen Priester - die Druiden -, aßen Eicheln, bevor sie wahrsagten.
Eine merkwürdige Schwarzföhre steht im Schloßpark von Schwarzau am Steinfeld. Der Hauptstamm wächst gerade empor, neigt sich in scharfem Winkel bis auf den Boden, um dann in einem Winkel von 60 Grad aufwärts zu streben. Ein anderer Ast windet sich am Boden und macht eine Schlinge. Sollte das einen Bezug auf die unglücklichen Menschen haben, die dort im Frauengefängnis untergebracht sind?
In Thürmannsdorf steht am Waldrand die stärkste Schwarzföhre unseres Landes. Aus einem mächtigen gemeinsamen Grundstamm mit über acht Meter Umfang verzweigt sich der Baum in vier selbständige Stämme, die eine gemeinsame riesige Krone bilden. Er überragt alle Bäume der Umgebung und wird auf 600 Jahre geschätzt.
In Hafneg ist ein interessanter Quarzblock. Er ist einen Meter hoch und hat eine Schale, welche 25 cm tief ist. Er liegt an der gelben Markierung neben einer Doppelbuche.
In Reichenau hat Martin Hellmayr im Franzosengrab einen Dolmen und auf dem Hügel darüber Reste einer vorchristlichen Kultstätte gefunden.

Zöbern

Der Steinkreis in Zöbern ist einer der wenigen dieser Art in unserem Lande und in seiner Art vollkommen. Es wird darüber diskutiert, daß ein Vorgänger des jetzigen Besitzers zuerst einige Steine entfernt und dann wiederum ersetzt hat.
Man fährt von Zöbern nach Pichl und fragt nach dem Waldbauer. Wenn man zum Hof kommt, führt links ein Feldweg an den nordöstlich gelegenen Waldrand, an dem die Steine in einem Kreis von 6 Meter stehen. Wenn auch behauptet wird, hier seien Richter zur Beratung zusammengekom-

Steinkreis in Zöbern

men, so war es ursprünglich ohne Zweifel eine Kultstätte. Mit der Rute kann man genau feststellen, wie die Strahlung über die Steine hinweg verläuft. In einigem Abstand vom ersten Kreis läßt sich ein zweiter und weitere Kreise feststellen. In unmittelbarer Nähe sind kleine Tumuli, wovon einer geöffnet ist. Wenn man im Wald weitergeht, steht man vor einem steilen Abfall und hat einen wunderbaren Blick auf die Wiener Ebene. Dort steht ein schöner Menhir; das dürfte die eigentliche Opferstätte gewesen sein. Unterhalb dieses Gipfels sind einige Terrassen, auf denen man prähistorische Siedlungen festgestellt hat.

St. Pölten Umgebung

An der Straße von Anzbach nach Neulengbach stehen vier Linden um eine Kapelle und hüllen sie mit ihrer großen Krone ein. Südlich davon ist ein sogenannter Waasen.
In Eichgraben flankieren zwei Wellington-Fichten den Eingang zum Herrenhof. Sie sind über 30 Meter hoch. Daneben steht eine Eibe mit drei Stämmen und in einiger Entfernung ein baumförmiger Wacholder, der fünf Meter hoch ist.

Rosenkranzkapelle im Dom zu St. Pölten

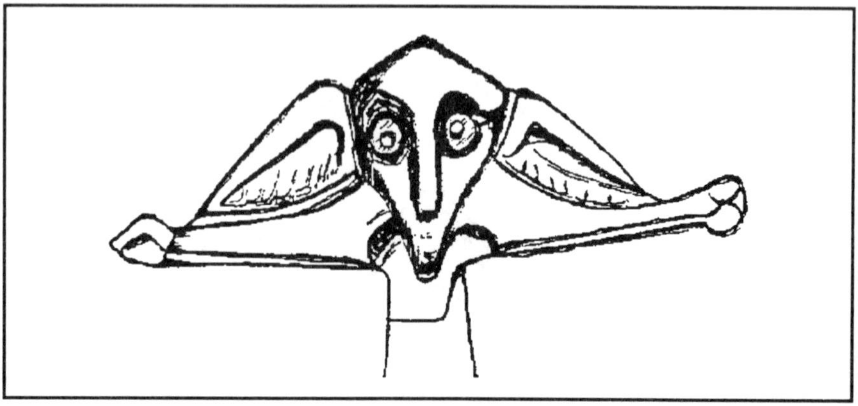

Keltischer Gott

Gablitz hat in einer Rotföhre, die in der Nähe des Waldklosters steht, seinen heiligen Baum, der durch Kreuz und Betschemel gekennzeichnet ist.
In Kirchberg an der Pielach stehen zwei Linden am Schloßstraßl neben dem heiligen Johannes. In Lielach gibt eine große Eibe dem danebenstehenden Hof den Namen Eibenhof.
In Mauerbach steht auf dem Kirchenplatz die Richterlinde. Auf dem Heiligenberg steht eine Linde, die im Volksmund Friedhofslinde genannt wird. Im Gemeindegebiet gibt es noch einige mächtige, alte Eichen.
In Markersdorf an der Pielach stehen an der alten Reichsstraße beim Schloß Mitterau zwei hohe Roßkastanien neben dem heiligen Johannes von Nepomuk.
In Neustift-Innermanzing steht gegenüber dem Kriegerdenkmal eine vierstämmige Eibe mit fünf Meter Durchmesser und einem Alter von etwa 500 Jahren.
Ochsenburg hat seine Linde mit dem heiligen Johannes bei der Traisenbrücke.
In Prinzersdorf stehen drei Linden neben dem heiligen Johannes.
Die Linde war bei den Germanen wie bei den Slawen ein heiliger Baum. Sie galt im Gegensatz zur männlichen Eiche als weiblich. Darum wird in

der griechischen Sage Philemon in eine Eiche und Baukis in eine Linde verwandelt. Unter der Dorflinde tagten die Germanen und hielten Gericht. Sie war der Mutter des Lebens, der Göttin Freya geweiht; unter ihrem Schatten traf sich das Dorf, im Volkslied wird sie als Baum der Liebenden besungen.
Zwei riesige Bäume stehen vor der einsamen Andreaskirche bei Rabenstein. Ein besonders guter und schöner Platz!

Wiener Neustadt

Bad Fischau liegt am Rand der Ebene, wo dahinter die Hügel und Wälder aufsteigen, und die Neue Welt, eine kleine Ebene vor der Hohen Wand liegt. Hier ist der berühmte Malleiten, der uns interessiert, denn er war in der Jungstein- und Hallstattzeit besiedelt, wie viele Funde ergaben. Viele Tumuli sind ziemlich eingeebnet und nur mehr schwer auszunehmen. Der größte ist der sogenannte Tumulus regis, der Königsgrabhügel. Er war bereits ausgeraubt, als die Archäologen kamen. Auf der Hochfläche war eine Siedlung mit mehreren Terrassen, auch eine Töpferwerkstatt hat man gefunden. In diesem Bereich sind drei Höhlen: der Steinere Stadel, das Zigeunerloch und die Hofmannshöhle. Der Steinerne Stadel ist eine natürliche Felsbrücke, die von einer eingestürzten Höhle stammt. Es handelt sich um eine Durchgangshöhle, die weniger als Wohnraum sondern als Kultraum gedient hat. Darauf weist ein davor freistehender Fels mit einer schönen Schale hin. In der Nähe ist auch ein Durchkriechstein, der den Namen Teufelsmühlstein trägt. Indem man sich durch die Spalte zwängte, erhoffte man Heilung für Leib und Seele, später Befreiung vom Bucklweh. In der Ebene, knapp unter dem Waldrand, liegt unter einer dünnen Bodenschicht eine Kalkdecke, in der man früher eingeritzte Fahrspuren erkennen konnte. Über Ursprung und Bedeutung gibt es verschiedene Meinungen.
In Wiener Neustadt ist auf der Rentwiese eine Bildföhre. Im Park der Militärakademie finden wir eine Reihe von schönen und mächtigen Bäumen.
In Dreistetten steht ein schiefgewachsener Birnbaum mit einer schönen Krone auf einer Anhöhe beim Haus Nr. 31.

Dürnbach hat eine Eiche beim Haus Nr. 25 mit einem windgedrehten Stamm. Südwestlich davon ist eine weibliche Eibe zwölf Meter hoch und etwa 200 Jahre alt.
Eine noch höhere Eibe hat Feichtenbach. Sie steht am Weg von der Bahn zur Mandling. Sie ist gegabelt, hat also einen Zwiesel.
Im Schloßpark von Frohsdorf sind einige große Linden und Eschen.
In Gutenstein stehen vor dem Gasthaus zwei hohe Linden mit starker Strahlung.
In Miesenbach ist an der Straße nach Öd der Balberstein.
Die Zwieseleibe in Miesenbach ist 300 Jahre alt und steht am Fahrweg zur Ruine.
In Schlatten gibt es zwei Rotbuchen bei der Annakapelle auf der Dreibuchenhöhe.
Schönau am Gebirge hat eine 400-jährige Dorflinde.
In Theresienfeld steht beim Haus Nr. 33 eine Linde, die sich in zwei Stämme teilt.
Beim Pfarrhaus in Weikersdorf am Steinfeld steht eine Linde.
Eine windgedrehte Schwarzföhre findet man in Winzendorf beim Kalkofen. Sie steht auf einem Stein, den man leider zerstört hat.
Fast alle genannten Bäume stehen unter Naturschutz. Daß einige davon Opfer der Zeit geworden sind, ist bedauerlich, da jeder von ihnen einen Reichtum für uns alle, nicht nur für das Dorf selbst, bedeutet. Die Bemühung des Landes und der Gemeinden zu ihrer Erhaltung muß anerkannt werden.

Bründl und Quellen

Meist kommt zu anderen Kultmerkmalen Wasser in Form einer Quelle oder eines Bründls dazu. Baum, Stein, Höhle, Quelle, treffen in Dreieichen zusammen.
Es gibt auch Kultplätze, wo das Bründl, die Quelle allein verehrt und aufgesucht wird. Damit wollen wir uns hier beschäftigen. Es gibt so viele solcher Kultstätten, daß wir nur eine Auswahl bringen können.

In gewisser Hinsicht ist jede Quelle heilig, weil sie geheimnisvoll aus dem Boden entspringt und ununterbrochen Wasser schenkt, das Mensch, Vieh und Flur zum Leben und Gedeihen brauchen. Man hat die Quelle oder den Platz, wo sie entspringt, als heilig empfunden und dankbar verehrt. Dazu kam, daß manche Quellen als heilsam erfahren wurden. Sie waren ein Geschenk Gottes, ein Zeichen seiner Nähe und Gnade. Man hat sich die Quelle, wie Bäume und anderes auch, als beseelt vorgestellt und die Quellgeister, Nymphen und später die entsprechenden Heiligen kultisch verehrt. Ein schönes Beispiel dafür ist die Jordanquelle am Fuße des Hermon, die aus einer großen Höhle mächtig hervorquillt. Sie wurde dem Gott Pan zugeeignet. Der Spalt hat eine starke Strahlung. Jetzt noch kommen die Drusen hin, um dort ihre Feste zu feiern. Wenn viele auch nur zu einem Picknick kommen, ist die Anziehungskraft, die Kultdynamik dieses Platzes wirksam. Das Mahl unter den Bäumen neben der riesigen Quelle hat kultisch-magische Bedeutung, das Volk lebt in seinen Bräuchen weiter. Auf diesen Platz wird auch die Geschichte von Petrus verlegt, wo er zu Jesus sagte: "Du bist Christus, der Sohn des lebendigen Gottes." Und Jesus pries ihn um dieser Erkenntnis willen selig und nannte ihn von nun an Petrus, das ist Fels, weil über der Quelle der Felsabsturz des Hermon liegt.
In manchen neuen Kirchen wird die Taufe wieder unter fließendem Wasser gespendet. Der Zusammenhang mit uralten Vorstellungen ist deutlich gegeben.
Erinnert sei auch an die griechische Quelle Kastalia in Delphi, aus der ich vor vielen Jahren getrunken habe, als noch Adler hoch über ihr kreisten. Sie hat eine erstaunliche Mächtigkeit und versorgt heute noch Delphi mit Wasser. Wir haben keine Panquelle und keine kastalische, aber wir haben zahllose Bründl und Quellen. Bei ihnen erfahren wir immer wieder das Geheimnis des Wassers, des Lebens und der Fruchtbarkeit.
Quellen mit fließendem Wasser bedeuten körperliche und geistige Reinigung und Stärkung. Nach dem germanischen Glauben entsprang unter der Weltesche der Schicksalsbrunnen. Moses hat mit dem Stab Wasser aus dem Felsen geschlagen. Andere meinen, er habe mit der Wünschelrute Wasser gesucht und gefunden. Im Mithräum, dem Heiligtum des Mithras, entsprang eine Quelle. Im Mithräum von San Clemente in Rom hört man die

Quelle in der Tiefe rauschen. Ein sehr eindrucksvoller Kultplatz, mystischer als die Springbrunnen auf dem Petersplatz, die im vollen Tageslicht stehen und eher Heiterkeit und Freude bedeuten. Daß man in den Kreuzgängen der Klöster prunkvolle Brunnenanlagen baute, hatte nicht nur praktische Bedeutung. Kreuzgänge strahlen immer sehr stark, was mit der Quelle zusammenhängen mag.

Wir unterscheiden das Praktische vom Mystischen. Wir haben so viel Wasser, daß es uns wenig wert ist. Eine verlängerte Quelle ist heute in jedem Haushalt. Der Weg zum Ursprung ist weit, aber wir finden nichts Aufregendes daran, daß jederzeit, wenn wir den Hahn aufdrehen, Wasser herauskommt. Es kommt nicht mehr von einer bestimmten Quelle, sondern ist in den Großräumen so vermischt wie der elektrische Strom aus dem Verbundnetz.

Auch die heiligen Bründl und Quellen fließen nicht mehr so dahin, sondern werden meist eingefangen und in die Wasserleitung geführt.

Ich möchte die praktische, rationale Seite der Quellen und die mystisch-irrationale an einem Beispiel zeigen.

Der berühmte Volkskundler R. Kriss schreibt in seiner Religiösen Volkskunde Bayerns von einem Steinbründl, das er nicht benennt, um die Leute zu schonen, das ich aber gleich erkannt habe, weil es neben meinem Wald entspringt. Es heißt Maria-Steinbründl und wird auch Klein Maria Taferl genannt, weil es sich im Umkreis dieses Kultplatzes befindet. Gugitz schreibt darüber in seinem Buche "Österreichs Gnadenstätten", daß um 1800 dort eine Holzkapelle gebaut wurde, weil der Sohn eines Bauern an der Quelle Heilung seiner kranken Augen fand. Die Quelle ist natürlich uralt, nur war sie nicht umbaut, und die Leute gingen voll Ehrfurcht durch den tiefen Wald in den Graben, wo aus dem Stein die starke Quelle floß. Neben die Kapelle baute man ein Gasthaus und einen Verkaufsstand, die alte einfache Holzkapelle wurde niedergerissen und durch eine moderne aus Beton ersetzt. Auf dem engen Platz um die Quelle müssen jetzt Gasthaus und Sitzplätze für die Gäste untergebracht werden, der Kultraum ist zerstört. Aus dem Quellheiligtum ist eine Jausenstation geworden. Statt Wasser trinkt man Wein, und an den Wochenendabenden vertreibt der Lärm der Zecher alle guten Geister.

Quellen und Bründl im nördlichen Niederösterreich

In Lengenfeld bei Langenlois steht eine Bründlkapelle neben der Straße mit einer Statue der Unbefleckten Maria. Die Legende erzählt, daß einem Pfarrer beim Versehgang ein Windstoß die heilige Hostie entführte. Er fand sie erst am nächsten Tag neben dem Bründl, worauf er die Bründlkapelle errichten ließ. Der Kult lebt weiter.

Ein mystischer Platz ist beim Heiligenbrunn bei Dorfstetten an der Grenze zum Mühlviertel. Es scheint ursprünglich ein Ulrichsheiligtum mit Quellkult gewesen zu sein. Dann wurde daraus eine Dreifaltigkeitskirche. Das Volk kam weiter zum heiligen Bründl. Jeden Neufreitag, das ist an jedem Freitag nach dem Neumond, wurde ein Hochamt und eine Predigt gehalten, dazu kam lebhaftes Jahrmarkttreiben. Später wurde die Kirche aufgelassen und in ein Wohnhaus umgewandelt. Unterhalb des Hauses, der ehemaligen Kirche, steht eine kleine Kapelle mit einem großen Zwiebelturm über der alten Heilquelle. Davor ist ein Weiher, in dem jetzt Fische gezüchtet werden, der aber zum Heiligtum dazugehört. Beim nächsten Bauer steht ein Schalenstein auf dem Feld.

Bei Drosendorf, mitten im Wald, ist das Mariaschneebründl. Dort war einmal eine Einsiedelei. Die jetzige Kirche wurde 1868 geweiht und ist von sechs großen Linden umgeben. Das Kultbild zeigt die heilige Maria mit dem Kind auf einem Baumstumpf sitzend. Die Quelle entspringt unter der Kirche.

In Engelschalks bei Großreinprechts ist ein altes Brunnenheiligtum, ursprünglich mit Weidenbaum und Kreuz, in das man Geldstücke warf.

Enzersdorf im Langen Tal hat ein altes Bründl. Neben der Kirche standen früher vier große Eichen mit Beichtstühlen für die Pilger.

Ernstbrunn hat seinen Namen von dem Bründl, das etwas außerhalb des Ortes liegt und schon 1432 genannt wird. Später wurde eine Kirche gebaut, die in der Zeit der Aufklärung geschlossen und erst 1823 abgetragen wurde.

Im vorigen Jahrhundert hat man wieder eine Kapelle errichtet. Das Wasser wurde nicht nur getrunken, man wusch sich damit und badete darin. Ursprünglich war es ein gemeinsames Bad, dann wurden zwei getrennte

Brunnenhaus in St. Johann, Wachau

Badehütten aufgestellt. Das Bründl ist in der ganzen Umgebung bekannt und wird gerne besucht.
Die Mariabründlkapelle bei Groißenbrunn steht am Rande des Marchfeldes. Man hat es in bester Absicht hergerichtet, der Platz ist erhalten und gepflegt, er ist bekannt und wird besucht. Früher stand neben der Quelle am Hang nur ein Kreuzstöckl, zu dem die Groißenbrunner am Florianitag zogen. Prinz Eugen und Maria Theresia sorgten für die Erhaltung des Bründls. Josef II. untersagte die Wallfahrt, die Kapelle wurde niedergerissen, das Bild der Muttergottes in die Pfarrkirche von Groißenbrunn gebracht. Doch die Leute vergaßen den Platz nicht und erbauten bei der Quelle eine neue Kapelle. Im letzten Krieg wurde der Platz verwüstet und hernach wieder instand gesetzt. Zu Pfingsten und im Mai besuchen die Umwohner die heilige Quelle. Es ist ein kostbarer, strahlender Platz in der Wüste des Marchfeldes.
In Grainbrunn bei Großnondorf im Waldviertel heißt die Quelle Brunn im Grean. Schon vor 500 Jahren wird von ihr berichtet. Wie bei vielen anderen Bründln wurde daneben eine Einsiedelei errichtet. Die Quelle war ursprünglich nicht in der Kapelle, wurde aber später in sie einbezogen. Das Kultbild soll von einer Kuh aus dem Wasser gezogen worden sein, und ein Hirte soll 1640 im Wasser das Bild der heiligen Maria gesehen haben.
Das Pestbründl im Marthalergraben bei Krems habe ich nicht gefunden. Um 1500 sollen bis zu 20.000 Pilger hingekommen sein. Der Kaiser und der Bischof von Passau stritten sich über die Einnahmen.
Schöngrabern hat nicht nur die schöne Kirche mit den berühmten Skulpturen aus der romanischen Zeit, es hat auch ein Marienbründl, das mit der Kirche zusammenhängt, obwohl es in einiger Entfernung im Westen steht. Als ich es besuchte, hat es einen verwahrlosten Eindruck gemacht, aber das kann sich inzwischen geändert haben. Auch verwildert beeindrucken Platz und Quelle. Eine Kapelle mit drei Hütten für Einsiedler in der Barockzeit gebaut, wurde unter Josef II. zerstört.
In Primersdorf bei Drosendorf sind drei Bründl und ein Marterl nebeneinander. Sie gelten als Heilquellen.
In der Nähe von Pulkau, in einem heiligen Hain, liegt das Mariabründl, das auch Pulkaubründl genannt wird. Die Quelle entspringt in der Kapelle und tritt unterhalb einer Treppenanlage zutage. Die Einsiedelei in der Nähe

existiert noch und wird ab und zu bewohnt. Sonst ist der Platz still und lädt zum Verweilen ein. Kein Gasthaus stört. Die Pilger kommen am Bründlfest, 2. August, Maria Heimsuchung, zu Tausenden. Der Fels am Hang des Grabens hat wahrscheinlich im vorchristlichen Kult im Zusammenhang mit der Quelle eine Rolle gespielt.

Nördlich des Bründls liegt an der roten Markierung ein vorgeschichtliches Heiligtum, dessen Nischen man im Boden sieht.

In Wurmbrand steht die Pankrazikapelle mit dem Pankrazibründl auf einem dreifach abgestuften Hausberg. Pankrazius ist uns schon als Burgpatron bekannt. Die Hausberge sind als befestigte Türme die Vorläufer der später gemauerten größeren Burganlagen.

Zistersdorf besitzt einen alten Heilbrunnen, der schon vor dem Kirchenbau in einer Kapelle war. Viele Pilger kommen am 15. August und am 8. September.

Die Kirche von Niederschleinz wurde 1533 gebaut, nachdem schon früher das Bründl mit einer Kapelle dastand. Merkwürdig ist der Brauch vom Bründlräumen, den man auch anderswo antrifft. Er geschah, wenn Trokkenheit herrschte. In einem alten Bericht heißt es: "Beim Räumen kamen sie auf einen Stein, welchen sie Taufstein nannten, der so groß war wie ein Viertel Fassel Boden. Anfangs konnte räumen, wer wollte, wenn sie aber auf den Stein kamen, da räumten sechs Jungfrauen, sie waren gewöhnlich nackend dabei. Es wachte allezeit ein ehrwürdiges Weib wegen dem Zutritt der jungen Burschen und schlimm Leite. Wenn sie aber 1 oder 2 Zoll tief den Stein ausgeräumt hatten, so kam sogleich ein Regen und eine Gies verschlemmte es wieder. Diese Jungfrauen gingen künftigen Feiertag nach Stromming oder nach Sitzendorf in die Kirche. Sie kleideten sich ehrlich auch mit einem roten Bund, daß sie kenntlich waren. Die Leute gingen ihnen zu, beschenkten sie, denn es regnet allezeit, oft zu viel."

Um 1700 kam der Brauch ab.

Die kultische Nacktheit war im Altertum weit verbreitet und galt als Erfordernis bei manchen magischen Bräuchen, besonders wenn es um Fruchtbarkeit, Abwehr- und Liebeszauber ging. Man schrieb dem nackten Körper ungebrochene geheimnisvolle Macht zu. Später entblößte man Teile des Körpers, zum Beispiel das Haupt bei Germanen und Griechen.

Quellen und Bründl südlich der Donau

In Habich bei Kirchschlag am Wechsel war das Altarbild der heiligen Radegundis in einen Lindenbaum eingewachsen. Dort wurde vor 500 Jahren eine Kapelle gebaut, später entweiht und zu einem Wohnhaus umgebaut. In einiger Entfernung stand das Heiligenbrunnkreuz mit der Quelle. Platz und Quelle werden heute noch verehrt. Dort ist auch ein schöner Schalenstein.

In Hirschwang gibt es das Augenbründl, auf der die Kapelle steht.

Das Donatusbründl in Konradsheim in der Nähe des Sonntagberges steht mit einem Bildstock auf der Weide des Hauses Kasten. Das Wasser ist gut für die Augen und gilt zur Abwehr von Gewittern. Donatus ist Wetterpatron.

Ein sehr anziehender Platz ist der Heilsame Brunnen bei Leobersdorf. Nach einem Erdbeben im Jahre 1626 entsprang die Quelle, in der man das Bild der heiligen Maria sah. Die Kapelle daneben hat eine wechselvolle Geschichte. Von den Russen wurde sie zerstört und später wieder aufgebaut. Der heutige Bau mit den Standln und der Quellfassung ist eher enttäuschend. Obwohl die Straße vorbeiführt, hat der Platz seine Faszination. Ich bin schon mehrmals stundenlang dort gesessen und gelegen und habe mich sehr wohl gefühlt.

In Mannersdorf am Leithagebirge wird die Heilquelle auf die heilige Radegund, Prinzessin, Klosterfrau und Krankenpflegerin, zurückgeführt. Der Platz ist verbaut und enttäuschend.

Der Name Maria Schutz am Semmering geht angeblich auf einen Franziskaner zurück, der sich, als die Kirche noch im Bau war und keinen Namen hatte, unter eine Birke legte und einschlief. Als er erwachte, sagte er, er möchte sie Maria Schutz nennen. Das ist geblieben. Die barocke Kirche ist mit Gold prächtig geschmückt. Hinter dem Altar, wo das Wasser fließt, trinken Pilger aus dem Häferl und waschen sich die Augen. In der Nähe ist die Schanzkapelle, wo Massen von Bußsteinen, die von Büßern hergetragen wurden, auf einem Haufen liegen.

Das Marienbründl in Murstetten ist tadellos hergerichtet, aber ich sah noch keinen Tropfen Wasser.

In Neu-Dietmanns bei Groß-Siegharts erschien Maria einem Waldarbeiter. Hier erbaute man eine Kapelle. Ein Knabe wurde von Epilepsie geheilt, Augenkranke kommen hin und Brautpaare lassen sich dort trauen.
Das Antoniusbründl in Pottenstein an der Triesting, in der Nähe des Bahnhofes am Waldrand, ist mit einer Kapelle verbunden, die nicht schön ist. Der Platz in seiner Stille mit dem fließenden Wasser macht einen nachhaltigen Eindruck. Man kommt gern dorthin zurück und denkt daheim mit Freude daran.
Die Wallfahrtskirche von Rauchenwarth liegt wie eine Oase in der Wiener Ebene. Eine schöne Allee führt zu ihr hin und Bäume beschatten den Platz. Die alte Brunnenkapelle steht in den Feldern; der Brunnen ist 17 Meter tief. Als der alte Brunnen versiegte, entsprang in der Nähe das neue Bründl, das heute hinter der Kirche in der Achse liegt. Man holt mit einem Eimer das Wasser herauf, wäscht sich und trinkt. Das Bründl wird mit den Türken in Verbindung gebracht. Das Hauptfest ist am 8. Sept. und wird mit einem Kirtag gefeiert. Dabei werden die Bründlkipferl verkauft und das alte Bründl in den Feldern besucht. Wenn man auf der Straße vorbeifährt, hat man den Eindruck, der Platz schläft. Für eine Rast ist er sehr gut geeignet.
St. Anton an der Jeßnitz liegt an einem alten Mariazeller Weg und hat sein Antonsbründl, aus dem die Pilger tranken und ihre Augen wuschen. Ein Einsiedler betreute früher die Kapelle.
In St. Corona am Schöpfl ist ein Bründl, in das ein Priester zur Türkenzeit die Monstranz geworfen haben soll. Die Pferde der Türken knieten an der Quelle nieder. Später dachte man bei Corona an Krone, das ist Geld, und wandte sich in diesen Angelegenheiten an sie. So auch in St. Corona am Wechsel, das keine Quelle hat, aber in der Nähe des Wolfgangsteines von Kirchberg liegt.
St. Gotthard im Texingtal hat den Gotthardibrunnen unterhalb der Kirche. Der Kultgegenstand ist eine kleine Steinfigur des heiligen Gotthard mit Ochs und Schaf in der Brunnenkapelle. Auch dieser Platz liegt an einem Zellerweg.
Ein Roßwunder ist auch beim Türkenbründl auf dem Sonntagberg geschehen. Es liegt in einiger Entfernung von der Kirche im Wald. Wir haben es schon erwähnt.

Der Siebenbrunn bei Türnitz auf der alten Straße nach Mariazell mußte der breiteren Straße weichen. Die Kapelle steht noch. Aus sieben Rohren fließt das kalte Wasser in ein Becken, über das sich die Pilger, welche noch nie in Mariazell waren, beugen mußten. Dann schlug der Vorbeter mit der Hand ins Wasser und die Leute wurden angespritzt. Das war die Mariazeller Taufe.
Von der Bründlkirche in Mariazell haben wir schon gesprochen. Mit dem Wasser, das man von dort heimtrug, nahm man etwas von der Kraft des heiligen Platzes mit für sich und die Daheimgebliebenen.

Die Kirchen als Orte der Kraft

Es kann nicht nur das Kirchengebot sein, das die Menschen so zahlreich und regelmäßig in die Gotteshäuser zieht. Die Gottesdienste sind noch immer die größten, sich Woche für Woche wiederholenden Versammlungen von Menschen, auch wenn die Zahl der Kirchgänger zurückgeht. Als man in Hitlers Umgebung den Erfolg der damaligen Appelle und Veranstaltungen pries, sagte er sinngemäß: "Macht das jeden Sonntag durch 1000 Jahre hindurch, wie es die Kirche tut, dann wollen wir weiterreden."
Warum kommen die Leute? Fast alle Antworten, die einem dazu einfallen, sind richtig: Es ist ein Urbedürfnis zu feiern, mit Menschen, an Orten, mit passenden Riten, und es ist Tradition, weil der Mensch seine Anliegen vor Gott bringen und danken und bitten will. In unserem Zusammenhang kann man sagen, die Kirchen haben als Orte der Kraft ihre Faszination. Wir wissen, daß so ziemlich alle alten Kirchen auf Plätzen stehen, die schon vor dem Christentum heilig waren. Sie sind nur getauft worden und die Riten laufen anders. Aber sind die Riten so wichtig, wie es in der letzten Zeit dargestellt worden ist? Die Bemühungen um mehr Klarheit und Durchsichtigkeit sind verständlich und begründet, wenn man rationales Verständnis haben will. Das ist nur eine Seite. Gerade in der Religion ist es so wie beim Menschen überhaupt: Das Rationale spielt gar keine so große Rolle wie das Emotionale und das Irrationale. Eine gewisse intelligente Schicht in der Kirche hat das rationale Moment in den Vordergrund gestellt, ohne das Volk

Oben: Roßkirche Holzern, St. Nikolaus
Unten: Klosterkugeln in Säusenstein an der Donau

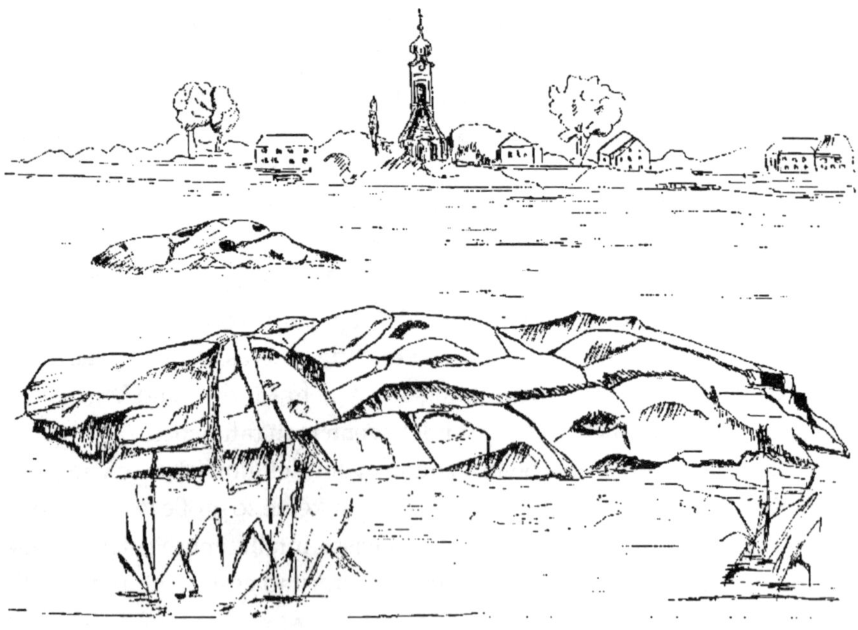

zu hören, das stumm und in seinen Bedürfnissen schwer zu durchschauen ist. Der Kopf geht einen anderen Weg als das Herz. Die Spaltung in eine progressive und reaktionäre Richtung ist bedauerlich, andererseits förderlich. Beide haben recht und unrecht zugleich. Das Ganze wird von keinem gesehen. Von der Umstellung des Kirchenraumes haben wir schon gesprochen: daß die Altäre vom rechten Platz gerückt wurden, daß die Schranken zwischen Priesterraum und dem Volk gefallen sind, daß die Kanzeln nicht mehr benützt werden, daß man das Ritual verändert und verständlicher gemacht und so das Mysterium enthüllt hat.

Das sind unbewußte Vorgänge, die auch den Rationalisten entgangen sind. Die Reaktion hat man nicht ernst genommen, das heißt, man hat sie gar nicht verstanden. Keine Bewegung versteht sich selber, ihre Notwendigkeit, Gefahr und Einordnung ins Ganze. Eliade sagt, daß es notwendig ist, in der Religion eine Führung und so etwas wie Theorie, Lehre und festen Ritus zu haben. Daneben aber geht das eigentlich religiöse Leben. Das war das Großartige in der katholischen Kirche, daß sie das zugelassen hat und nicht zu stark eingriff. Die Zurückhaltung bei Medjugorje und anderen Erscheinungen ist richtig; daß die Wallfahrt aber geduldet wird, ist ebenso richtig. Die Entwicklung geht in der Tiefe vor sich. Es gibt einen offiziellen Rationalismus, aber er setzt sich ebensowenig durch wie der Rationalismus der innerkirchlichen Kritik und Opposition. So kann sich das Spiel der Kräfte entfalten. Die Entwicklung geht weiter. Es wird weiter probiert nach beiden Seiten hin, niemand braucht Angst zu haben. Eine alte Religion ist wie ein großes Schiff, das eine weite Fahrt hat. Es hat ein Ziel, das ist Gott, aber die Sterne wechseln wie der Mond, und Stürme und Umwege können nützlich sein. Ganz fest ist nichts, weder im Himmel noch auf Erden.

Sprechen wir wieder von den Kirchen als Stätten der Andacht. Leider sind nicht mehr alle Kirchen offen, viele sind, wenn auch aus verständlichen Gründen geschlossen.

Sie sollten aber offen sein, damit jeder, der will, ein Asyl findet und seine Leiter zum Himmel aufrichtet. Gewiß kann man sagen: wenn du dich richtig hinstellst, in die Position bringst, dann steht der Himmel oben und in deinem Herzen überall offen.

Oft ist beim Tor ein Gitter, so daß man in die Kirche zwar eintreten, aber nicht herumgehen kann. Zur Zeit des Gottesdienstes sind Kirchen aber immer offen.

Viele alte Kirchen sind bei Restaurierungen verunstaltet worden. Es sollte aber alles zusammenpassen: der Platz, das Gebäude und die Einrichtung. Selten trifft das zu. Manche Kirche erscheint von außen herrlich, innen enttäuscht sie, denn sie ist mit dem Kitsch der Jahrhundertwende ausgestattet oder modern umgestaltet, so daß ihr Geist verändert ist. Man fühlt sich in ihnen nicht mehr wohl und daheim. Über die fragwürdige barocke Umgestaltung von romanischen und gotischen Kirchen kann man streiten. Der Dom von St. Pölten, die Pfarrkirche von Krems und die Stiftskirche in Göttweig sind dafür nur einige Beispiele aus der Nähe. Daß man die meisten Kirchen von altem Kitsch befreit hat, ist rühmenswert für Baubehörde, Pfarrer und Gemeinde. Daß man beim Bau neuer Kirchen vorsichtiger umgehen müßte, darf man wünschen. Zuerst den rechten Platz suchen, dann richtig situieren, von der Ausstattung will ich nicht mehr reden. Wir können es nicht, weder die Kunstlehrer, noch die Architekten und kirchlichen Baubehörden. Noch nie sind so viele Kirchen gebaut worden wie in den letzten fünfzig Jahren. Was hat Bestand davon? Wotruba und Le Corbussier haben versagt, von den anderen gar nicht zu reden. Ihnen fehlen die Grundbegriffe, das Gefühl für die Maße und das Herz. So geht es nicht weiter. Das Volk lehnt es instinktiv ab und geht nur widerwillig hinein.

Was willst du in dieser dürftigen Zeit verlangen oder erwarten? So kahl und leer wie moderne Kirchengaragen mit willkürlichen Einfällen sind unsere Herzen.

Aber in unserem Zusammenhang ist von mystischen Räumen zu sprechen, die am rechten Platz stehen und die Menschen aufbauen.

Ich hatte im vergangenen Jahr das Glück, große, alte Heiligtümer zu erleben. Ich stand vor den Pyramiden, ich war am Sinai, in der Grabeskirche, der Omar- und El-Aksa-Moschee, ich stand an der Klagemauer, in der Basilika von Bethlehem. Ich war in Notre Dame, St. Denis, Vezeley, Chartres, Reims, Straßburg, Speyer, Regensburg, in St. Peter in Rom, vor allem aber in San Clemente und dem Pantheon. In San Clemente hatte ich nicht das erleuchtende Erlebnis wie Jörg Purner. Mir geht vor allem die sogenannte Schule im Mithräum nach, ein mystischer Raum von einer Schlichtheit und

Kraft, wie ich es kaum wo erlebt habe. Dabei ist er nicht größer als ein mittleres Zimmer, dazu das Rauschen der unterirdischen Quellen.

Mein erleuchtendstes Erlebnis an Platz und Raum hatte ich vor etlichen Jahrzehnten in Baalbek, als ich noch wie ein Normaltourist alles betrachtete. Es ist das ehemalige Heliopolis, ein antikes Sonnenheiligtum, das im Libanon zwischen Damaskus und Beiruth liegt und heute nicht erreichbar ist. Ein riesiges Heiligtum, das man ausgegraben hat. Man geht durch die Pforte auf einen großen Platz und steigt über unwahrscheinlich breite Stufen zu den Resten des alten Tempels, den bekannten großen Säulen, empor. Ich befand mich in keiner guten Verfassung, denn ich hatte eben mit einem Mitreisenden gestritten, weil er sich ständig mit seinem Fotoapparat den anderen in den Weg stellte. Ich schaute auf und sah die Sonne über den Säulen. Das traf mich wie ein Blitz. Ich fühlte die Macht des Platzes und heute würde ich sagen, daß Kosmisches und Terrestrisches dort zusammentreffen.

In San Clemente, der Oberkirche, fand ich dieselben strahlenden Zentren wie Purner, dessen Schilderung ich vorher nicht gelesen hatte. Im Mithräum strahlt einfach alles.

Heimgekehrt, will ich nicht enttäuscht sein über die Kirchen und Plätze kleineren Formates. Unsere St. Virgil-Kapelle unter St. Stephan in Wien entspricht in Kleinformat dem Mithräum.

Ich liebe große Räume. Selbst eine große Fabrikshalle beeindruckt mich, die großen Sakralräume natürlich um so mehr. St. Peter ist mächtig und prächtig, aber nicht mystisch. Protzig sind im Fußboden die Längen der größten Kirchen eingezeichnet.

Die größte Kirche im Lande um Wien - außer St. Stephan -, ist die Stiftskirche in Lilienfeld. Sie ist 85 Meter lang, genau um hundert Meter kleiner als St. Peter in Rom.

Wir sind glücklich, daß wir noch so viele alte und strahlende Kirchen haben, manche fast unbeschädigt durch die vielen Jahrhunderte. Ich nenne Neuberg an der Mürz, Baumgartenberg, Ardagger, Göß, Stein an der Donau, Imbach, St. Anna bei Pöggstall, St. Wolfgang am Wechsel und viele andere. Darüber möchte ich schreiben.

Lanzendorf bie St. Pölten

Noch eine Vorbemerkung für Menschen, die keine Kirchgänger sind. Als Tourist schaut man eine Kirche mit anderen Augen an. Wer sich dabei nicht wohl fühlt, ganz gleich aus welchem Grund, soll nicht hineingehen. Wenn er starke Plätze sucht und liebt, wird er sie auch draußen finden. Eine Dame wurde einmal gefragt, warum sie in die Kirche geht. Sie antwortete: "Weil ich dort den Frieden finde". Kirchen waren in alten Zeiten Asyle, also Freistätten. Dorthin flüchteten Verbrecher und waren vom Zugriff der Verfolger verschont. Du bist kein Verbrecher, aber du suchst auch eine Freistätte, ein Asyl, einen Ort der Ruhe. Genau das sind die Kirchen. Wenn du an die Macht des Platzes glauben kannst oder es sogar seelisch und körperlich fühlst, dann ist es richtig. Die Frage nach Glaube und Religion stell beiseite. Schau nicht herum, stelle dich positiv, nicht kritisch. Du bist Gast an einer ehrwürdigen Stätte, hier haben meist schon mehrere tausend Jahre lang Menschen Ruhe gesucht und gefunden. Versuche, die Gedanken abzuschalten. Ich sage nicht: meditiere, sondern beruhige dich, denk nicht nach! Laß die Stille, den Platz auf dich wirken. Schau nicht auf die Uhr. Erst wenn du kein Zeitgefühl mehr hast, dann ist es richtig. Wenn du wieder weggehst, denk auch nicht weiter nach, sondern lebe weiter. Nimm den Frieden mit. Wenn du einen andern Platz findest, der dir besser zusagt, dann wähle den. Wenn du auf Reisen bist und eine Besichtigung machen willst, dann tu es, aber den Genius loci, den Geist des Ortes wirst du erst spüren und aufnehmen, wenn du allein bist.

Man kann gläubig meditieren, man kann es aber auch rein naturhaft machen. Die Buddhisten können gut meditieren und brauchen keinen Gott dazu. Sie sind sozusagen mit sich selbst oder bei sich selbst. Das gilt auch für dich. Es genügt die leere, gegenstandslose, transzendentale Meditation. Sie ist eine urmenschliche Grundhaltung. Auf die schwing dich ein. Mehr brauchst du nicht, was immer dann mit dir geschieht. Es ist eine andere Art zu leben. Wenn dir Gedanken kommen und du fühlst, daß sie heilsam sind, dann laß sie durch Kopf und Herz gehen. Doch kehre immer wieder in die reine Ruhestellung zurück.

Ich habe Stellung gesagt und möchte sie auch als körperliche Haltung verstehen. Soll man sitzen, soll man stehen? Die Gläubigen können auch knien. Zuerst noch zum richtigen Platz. Die Strahlung verläuft fast immer durch die Achse der Kirche. Der stärkste Platz ist meist der Altar. Weitere Linien laufen quer, so wie es der Grundriß angibt. Eine Kreuzung ist oft unterhalb der Orgel und beim Turm. Hier eine Weile zu stehen, wird dich aufbauen. Dann setz dich einfach hin, wo es dir angenehm ist.

In den Bauernkirchen sind die Sitze meist so eng, daß man in der Bank gar nicht knien kann. Ich habe mich früher über diese komische knotzende Stellung geärgert, die man unwillkürlich einnimmt. Heute weiß ich, daß das eine uralte meditative Stellung ist. Du hast Bodenkontakt und der Körper ist aufrecht. Auf dem Boden zu sitzen, wie es im Osten üblich ist, ist leider bei uns kaum möglich. Jugendliche fangen damit wieder an.

Nun möchte ich zu Gläubigen sprechen. Sie gehen in die Kirche, um zu beten, sie glauben an eine besondere sakramentale (durch das heilige Zeichen gewirkte) Nähe, ja Gegenwart Gottes. Viele gehen außerhalb des Gottesdienstes hinein, wenn sie ein Anliegen haben. Manche gehen zur Anbetung in das Gotteshaus, das ist auch gut. Sprich persönliche Sätze, keine Formeln, denn damit kommen Schwierigkeiten. Das Hersagen von Texten soll keine Pflicht- oder Fleißübung sein. Du tust kein Mehr, wenn du drei Rosenkränze statt einem betest. Setz dich oder knie dich still hin und schalte

ab. Jesus hat gesagt: Wenn ihr betet, plappert nicht wie die Heiden. Macht nicht viele Worte, betet Gott im Geiste und in der Wahrheit an. Auf das Stillsein vor Gott kommt es an. In sich gehen, schweigen und vielleicht noch hören, die kreisenden, schweifenden Gedanken einfangen und abstellen. Dann gilt, was ich für die andern gesagt habe: Die Zeit muß aufhören, du mußt im Raume Gottes sein, offen für das, was dir zukommt. Du kannst den Rosenkranz als meditatives Gebet betrachten, aber er darf nicht der Inbegriff christlichen Gebetes sein. Das Vaterunser ist so entstanden: Die Jünger sahen Jesus beten und sagten zu ihm: Herr, lehre uns beten. Er antwortete: Wenn ihr beten wollt, dann sprechet also: Vater unser im Himmel usw. Er meinte bestimmt nicht, daß wir immer nur diese Formel nachsprechen sollen, er gab die Inhalte an, um die es uns gehen sollte. Lobpreis vor allem und Danksagung und ganz wenig Bitten. Der himmlische Vater weiß um uns: Sucht das Reich Gottes und seine Gerechtigkeit und alles andere wird euch hinzugegeben werden. An Irdischem sollen wir nur um das Brot für den Tag bitten. Und was wünschen wir uns alles? Weniger Worte, weniger Formeln, mehr Stille und Meditation, das brauchen wir.
Ich weiß, daß es im christlichen Gebet nicht um das Es, sondern um das Du geht. Daß Gott persönlich angesprochen werden soll.
Ich stand einmal vor einer geschlossenen Kirchentür, da kamen zwei Frauen weinend gelaufen. Sie rüttelten an der Tür, aber sie ging nicht auf. Ein Kind war bei einem Unfall verletzt und ins Spital gebracht worden. Nun wollten sie in der Kirche bei der Muttergottes, die ihnen so oft geholfen hatte, beten.
Wenn wir kommen und nicht hineinkönnen, ist es nicht so tragisch. Die Kirche mag das Zentrum sein, aber der ganze Platz herum strahlt. Schön ist es, wenn eine alte Kirche frei in der Gegend steht wie etwa in Lanzendorf bei Böheimkirchen. Der Platz um die Kirche herum ist wunderbar. Da kann man lagern und verweilen und ist in das Geheimnis des Platzes einbezogen. Bei geschlossenen Kirchen, wo du nicht um die Schlüssel gehen willst, such dir, wenn es geht, einen Platz hinter der Apsis oder beim Westtor (denn wie willst du es dem erstaunten Mesner oder Pfarrer beibringen, daß du dort länger verweilen oder gar meditieren willst). Bei Kirchen stellt man merkwürdigerweise keine Rastbänke auf wie bei Marterln.

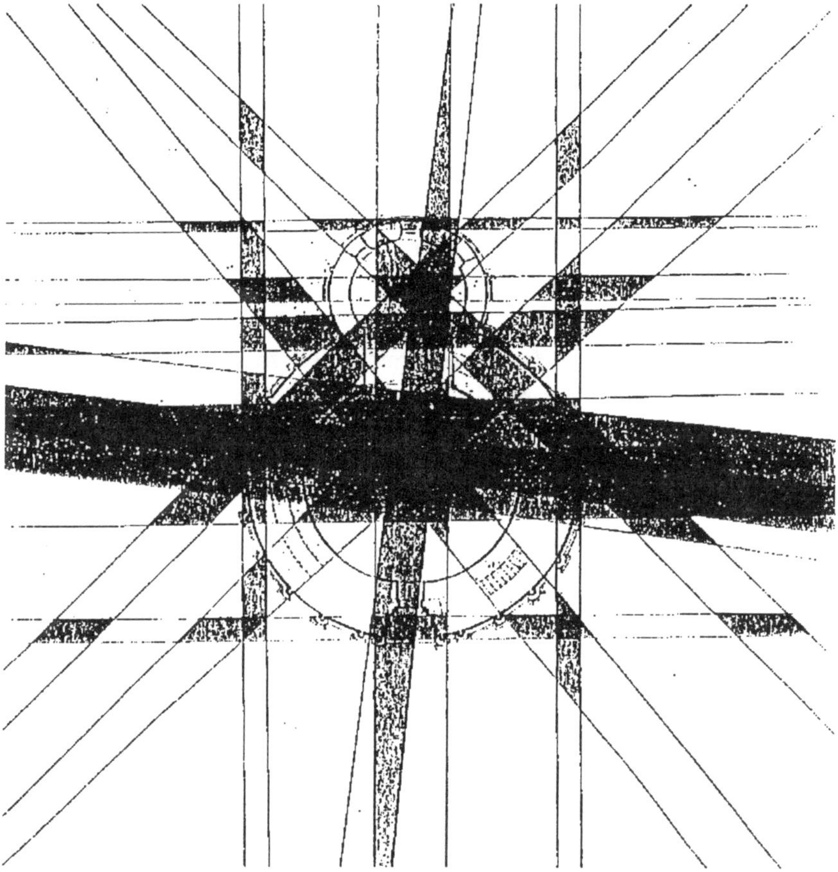

Kreuzung geomantischer Feldlinien im Zentralbau ("Karner") von Deutsch-Altenburg. die starke Strahlung geht von der Donau zum Pfaffenberg. (nach Prof. Dr. Ing. Ottel).

Strahlungen in den Kirchen

Man kann ruhig sagen: Alle alten Kirchen sind an besonders strahlenden Plätzen erbaut. Ich habe schon erwähnt, daß in Polen zum Teil jetzt noch darauf geachtet wird; bevor der Baumeister mit der Arbeit beginnt, wird ein Geomantiker beigezogen. Bei neuen Kirchen ist das bei uns nicht der Fall. Da achtet man nicht einmal darauf, daß die Kirche geostet ist, das heißt, daß der Altar auf der Ostseite, nach Jerusalem gewandt, steht. Die aufgehende Sonne ist Christus.

Wenn man einen Knick in der Achse einer gotischen Kirche findet, so zeigt das nicht das geneigte Haupt Christi am Kreuz an, sondern den Sonnenaufgang am Fest des Kirchenpatrons oder den Verlauf der Strahlungslinie. Daß manche alte Kirchen nicht geostet sind, mag verschiedene Gründe haben. Sankt Peter in Rom ist nach Westen gerichtet. Die Stephanskirche in Wien zeigt nach Südosten, wobei diese Richtung bei alten Heiligtümern als günstig galt. Man achtete nicht nur, daß der Altar nach Osten gerichtet war, sondern daß er im richtigen starken Strahlungsfeld stand. Durch den Bau kann die Strahlung, die von unten kommt, geändert werden. Zweifellos ist es möglich, wie Chartres zeigt.

Bis in die Barockzeit hat man richtig gebaut, das heißt, den richtigen Platz gesucht und gefunden. Es wurden die größten Opfer gebracht, um die Kirche dort hinzustellen, wo sie hingehört.

Die Stiftskirche von St. Florian steht an einem Hang. Die Kirchenfront mit dem Turm ist überaus reich und prächtig gestaltet. In dieser Kirche verläuft die Hauptstrahlung durch die Kirchenachse von West nach Ost. Parallel dazu verläuft in den schmalen Seitenschiffen je eine Strahlung am Rand der Seitenkapellen. In der Kreuzung, also am stärksten Punkt, steht der Hochaltar. Beim Eingang unter der Orgel läuft wieder eine Querlinie durch, die in der Verlängerung zu einer Kapelle führt. In der Kreuzung dieser Nord-Süd-Linie mit der Ost-West-Linie ist die Gruft, in der Bruckner ruht.

Ähnlich ist es mit St. Othmar in Mödling. Auch da hat man die Kirche an einen unmöglichen Platz auf einen Hang gestellt, noch dazu abseits des Ortszentrums. Die Strahlung des danebenstehenden Karners korrespondiert mit der der Kirche.

Das Schema wiederholt sich hundertfach. Um es einigermaßen objektiv festzustellen, braucht man nur zwei Rutengänger unabhängig voneinander suchen lassen, sie werden immer zum gleichen Ergebnis kommen. Schon im Grundriß ist meist alles zu sehen, was dann durch das Experiment bestätigt wird.

Alle alten Altäre waren Umgangsaltäre, man konnte hintereinander in der Prozession durchziehen. Jetzt noch ist das in vielen Landkirchen üblich, wenn bei der Begräbnismesse oder bei der Trauung die Leute um den Altar gehen und opfern. Heute sind diese Wege um den Altar oft verstellt, aber fast immer gelingt es, dorthin zu kommen und zu messen.

Immer stehen der Altar und die Kanzel auf dem richtigen Platz. Man nennt den Platz, wo die Kanzel steht, den Ort der Beredsamkeit; das heißt, daß der Prediger durch die Strahlung aufgeladen wurde. Sie hält eine Stunde an, gerade so lange, als man früher gepredigt hat. Es ist bemerkenswert, wenn ein moderner österreichischer Dichter, Alois Brandstätter, in einem Buch von einem Pater schwärmt, der kräftig von der Kanzel herunterdonnerte, wie schön und erhebend das war. Nun hat man die Kanzel und die alten Hochaltäre verlassen, man hat sogenannte Volksaltäre aufgestellt und predigt von dort aus oder von einem danebenstehenden Pult. Die Gründe sind für uns einleuchtend. Man soll den Priester sehen und hören. Er wendet sein Gesicht nicht mehr nach Osten, also Gott zu, sondern zum Volk und spricht über das Mikrophon und den Lautsprecher. Da kommen zwei entgegengesetzte Prinzipien zusammen: das Mystische und das Rationale. Nach ersterem bräuchte man dem Priester nicht zuschauen, was er macht, ja er kann auch in der fremden Sprache, dem kultischen Latein, mit Gott für das Volk sprechen. Es geschieht etwas, das wirkt. Nach dem anderen Prinzip wird der Verstand angesprochen. In einer Kirche bei St. Pölten ging man soweit, den Hochaltar überhaupt zu entfernen und näher zum Volk einen neuen Altar aufzustellen. Der alte Platz strahlt, der neue nicht. Manchmal hat aber auch der neue, sogenannte Volksaltar eine Strahlung, wenn er unter dem Triumphbogen liegt, der meist stark strahlt; dazu kommt die Ost-West-Linie, auf der er ohnehin steht. Das Wissen von der Geomantik wurde früher geheim weitergegeben, wenige wußten davon.

Hölzerne Kirche bei Annaberg

Bildlegenden S 201 - 208

S 201 oben: Holzern - Roßkirche
unten: Thürnau - Kirche mit Kultsteinen
S 202 Karlstetten - Bildföhre
S 203 Kramegg am Kamp - Kapelle
S 204 oben: St. Pantaleon
unten: Sarling
S 205 Wieselburg - Rotes Kreuz
S 206 Draßburg - Donatikapelle
S 207 Baumgarten - Kapelle
S 208 Neunagelberg - Pumperskirche

Karner, Mödling. Durch den Knoten läuft eine Strahlung.

Es gibt große Bauunternehmen, die bei der Planung einen Rutengänger beiziehen.
So sollte es auch in der Kirche sein. Daß es nicht ohne Spannungen geht, wissen wir. Sollen wir die Priester wieder an die Wand stellen, sollen sie gezwungen werden, die schönen, alten Kanzeln zu benutzen? Ich weiß es nicht. Aber sie sollten rückaufgeklärt werden, daß Änderungen ihre Konsequenzen haben. Ohne Mystik geht es nicht. Es kann jemand, der nichts hört und nichts sieht, im heiligen Geschehen tiefer drinnen sein als andere, die alles sehen und verstehen. Wenn schon Wirtschaft und Technik Geomantik benutzen, sollte die Kirche diesen Gesichtspunkt nicht übersehen. Ein moderner Theologe hat gesagt, die Priester sollten Schamanen, Dichter und Heiler sein. Das läuft auf diese Richtung hinaus, sonst verliert sie Boden und Menschen.
Mit den Strahlungen in den alten Kirchen hat sich neuerdings Prof. Purner aus Innsbruck beschäftigt und ist der Frage nachgegangen, warum die Kirchen dort stehen, wo sie stehen. Seine Untersuchungen erscheinen überzeugend.
Spürt man Strahlungen auch dann, wenn man von ihnen nichts weiß und nicht an sie glaubt? Ja. Mancher spricht mehr darauf an, mancher weniger. Sind die starken Plätze in der Kirche gut oder schlecht für den Menschen? Sie sind gut, wenn man sich dort gleichsam auflädt, sie sind schlecht, wenn man zu lange verweilt oder ihnen zu nahe kommt. Darum hat man das Heilige vor den Menschen abgeschirmt, und das Allerheiligste durfte selbst der Hohepriester nur einmal im Jahr betreten. Ich weiß von einer Reisegruppe, die starke Plätze aufsuchte und zu lange dort verweilte, daß viele krank wurden. Fühlige liefen nach einer kurzen Zeit davon, manchen stellten sich die Haare auf, andern wurde übel.
Waren oder sind dann die Priester nicht besonders gefährdet? Gewöhnt man sich daran? Es heißt, sie haben sich durch Gewänder und Schmuck geschützt. Der Brustschmuck der jüdischen Hohepriester hatte diesen Sinn. Man nimmt an, daß das weiße Unterkleid der Priester die Strahlung abhielt. Die Stola, die wie ein Hufeisen um den Hals liegt und nach unten weist, hatte wahrscheinlich abschirmende, ableitende Wirkung. Bis zum letzten Konzil trugen die Priester ein Ärmeltuch, den Manipel, dessen Sinn und

Zweck man im Laufe der Jahrhunderte vergessen hat. Man glaubt, es sei einmal ein Schweißtuch gewesen. Wahrscheinlich leitete es die Strahlung ab, die zu stark war. Man schaffte das geheimnisvolle kultische Kleidungsstück einfach ab. Das weiße Unterkleid wurde durch ein Allerweltskleid ersetzt, das bequemer ist und auch den Gürtel, das sogenannte Zingulum. Besonders gefährdet sind Bischöfe und Päpste. Sie waren den Strahlen an ihren Plätzen besonders lange ausgesetzt, darum die vielen Kleider. Bei den Bischöfen schützte man selbst die Füße durch Kultschuhe. Sie trugen doppelte Unterkleider, dazu das sogenannte Pallium, das der Papst ursprünglich allein tragen durfte, dann aber auch den Erzbischöfen verlieh. Es hat die gleiche Bedeutung. Eigene Schafe liefern die weiße Wolle, die am Fest der heiligen Agnes geweiht und von Nonnen verarbeitet wird. Sie sticken schwarze Kreuzchen in den Kragen, von dem je ein Band am Rücken und eines an der Brust herabhängt. Dann wird der Umhang feierlich geweiht. Magie, Aberglauben, Eitelkeit, ist man heute versucht zu sagen, doch ich würde vorsichtiger sein. Wir sind in der Aufklärung vielleicht schon ein wenig zu weit gegangen.

Noch einmal zu den Strahlen in der Kirche und ihren Ballungen und Kreuzungen.

Neben dem Stift Zwettl steht der frühere Meierhof Dürnhof. Lange vernachlässigt, wurde er wieder musterhaft aufgebaut und mit einem schönen, kleinen Museum ausgestattet, das sich mit Heilmedizin, Witterung und Erd- und Wasserstrahlen befaßt. Im Garten stehen Heilkräuter, auf dem Rasen wurde ein Versuchsfeld für Strahlensuche ausgesteckt. An der Kassa bekommt man Ruten zum Ausprobieren. Ich sah das Feld oberflächlich an, ohne es mit der Rute zu versuchen und ging gleich in die kleine, schöne Kirche und streckte meinen Stab aus. Er wies von allen Seiten auf den Altar. Ich ging nochmals hinaus auf die Versuchswiese und verfolgte die eingezeichneten Linien. Zwei Hauptlinien liefen auf die Kapelle zu, wurden aber etwa einen Meter von dieser entfernt ausgesetzt. Ihr Schnittpunkt war genau der Altar. Als ich jemand vom Haus daraufhin ansprach, bekam ich zur Antwort: "Das wissen wir eh!"

In Großschönau ist man großzügiger, da läuft der Wünschelrutenweg bis in die Kirche. Manche Pfarrer haben nichts dagegen, wenn man in der Kirche mutet, andere sind mißtrauisch. Eine übereifrige Mesnerin hat mich bei der Gendarmerie angezeigt, als sie meine Stäbe sah. Sie glaubte, ich würde die Kirche in die Luft sprengen.

In den meisten Klöstern gibt es einen Pater, der Bescheid weiß und Geomantik ausübt. Der Kirchenführer in Lorch ließ mich messen und erzählte mir, eine Frau habe einmal lange herumgesucht, und als er sie nach dem Ergebnis fragte, habe sie nur geantwortet: "Ihr glaubt ohnehin nicht daran, was soll ich Ihnen erzählen."

Lorch, auf den Mauern eines vorrömischen Heiligtums erbaut, hat starke Strahlungen. Im Zentrum liegen die Reste des alten Umgangsheiligtums, das wie die Krypten nach dem Vorbild von St. Peter gebaut sind und entsprechend strahlen. Die schöne große Totenleuchte auf dem Friedhof und die zweite Kapelle sind Verlängerungen von querlaufenden Strahlen.

Rutengänger

Kirchen in Niederösterreich

Von tausend Kirchen und Kapellen, die in diesem Zusammenhang wichtig sind und in unserem Umkreis liegen, kann ich nur eine kleine und sehr subjektive Auswahl bringen. Jeder muß seine Plätze und Kirchen selber finden. Ich bringe nur Hinweise und einige persönliche Erfahrungen.
Unsere Kirchen haben den Vorteil, daß sie nicht überlaufen sind. Wenn du auf den heiligen Berg Saint Michel, nach Chartres, Pisa, Florenz oder sonst einer der großen Weltkirchen gehst, mußt du dich durch die Masse der Besucher durchzwängen. Bei uns geht es ruhiger zu, du kommst leicht zu den Plätzen und in die Kirchen.

Die Mitte von Niederösterreich ist politisch und geographisch St. Pölten. Der Dom steht auf einer Römersiedlung. St. Florian war hier. Vor 1000 Jahren stand schon ein Kloster, das älteste des Landes, eines der ältesten von Süddeutschland. Ich halte es im Dom nicht aus, obwohl ich lange und oft drin war. Die romanische Kirche muß wunderbar gewesen sein, die Barockisierung und die Bilder von Daniel Gran vertrage ich nicht; die Rosenkranzkapelle neben dem Hochaltar ist ein traumhaft schöner Raum. Dorthin muß man vor dem Gold und Stuckmarmor flüchten, dort findet man Ruhe und mehr. Zum Glück ist sie immer geöffnet.
Auf einem Prospekt sah ich eine Zeichnung vom gotischen Dom, wie er einmal aussah und wie Menschen zu ihm hinzogen. Welch eine Stimmung, so viel Charme und Freude. Heute ist der Platz um die Kirche zubetoniert, einmal Markt, dann Parkplatz für Autos.
Strahlung, Atmosphäre und Schönheit hat der danebenliegende Herrenplatz mit dem Brunnen und der Säule.
Eine Kirche wie im Märchenbuch steht auf der Wiese in Lanzendorf. Ich habe sie schon genannt. Sie fällt durch den schiefen Turm auf. Man hat den Verdacht ausgesprochen, daß der Turm schon so gebaut wurde, weil die stärkste Strahlung durch ihn verläuft. Der Bach daneben wurde leider reguliert. Die Strahlung hängt mit ihm zusammen. Den Schlüssel müßte man sich holen, aber es genügt, auf dem Platz der Kirche zu verweilen. An der Außenwand über dem Tor ist ein Lichterstein mit kleinen Schalen.

In der Nähe, im Raume von Böheimkirchen, sind eine Anzahl schöner alter Marterln, die stark strahlen. Die Kirche von Böheimkirchen steht auf einem archäologisch bedeutsamen Boden und weist Strahlung auf.
Ein Traum von einer schönen Kirche mit entsprechendem Platz, Bäumen und starker Strahlung ist die kleine Kirche zum heiligen Andreas von Rabenstein. Schlüssel bekommt man im Haus daneben.
In der Nähe von Lanzendorf liegt am Waldrand außerhalb von Neulengbach bei Markersdorf die romanische Rundkirche des heiligen Lorenz. Ich habe von ihr und ihrer Strahlung bereits erzählt. Es steht eine schöne Bank dort, auf der man verweilen kann, im Rücken hat man den ansteigenden Wald des Buchbergs und vor sich die Ebene.
Hinter dem Buchberg mit keltischen Wallanlagen liegt auf der andern Seite des Berges Dorf und Kirche Johannesberg. In ihrer jetzigen Form ist sie enttäuschend. Im 12. Jahrhundert stand dort eine Pankrazikapelle. Starke Strahlung! Auffallend ist, daß für so wenig Häuser eine eigene Kirche gebaut wurde. So erscheint es heute. In Wirklichkeit ist es natürlich umgekehrt: zuerst war der Platz da, dann vielleicht ein befestigter Platz mit der Kapelle.
Maria Anzbach neben Neulengbach ist ein alter Kultplatz, der seine Dynamik durch die bestehenden Wallfahrten zeigt.
Auf den Karner, eine gotische Kapelle im Kirchenbezirk, möchte ich noch hinweisen.
Wenn man von St. Pölten nach Norden fährt, kommt man auf die Barockstraße und nach Herzogenburg. Die Stiftskirche ist immer offen und ein guter Platz, um zu rasten.
St. Andrä-Wördern hat eine ähnliche Kirche neben dem Kloster, das jetzt Altersheim ist. Die Barockkirche, die fälschlich Prandtauer zugeschrieben wird, mit Bildern von Paul Troger, hat die übliche Strahlung und wirkt wohltuend, weil sie nicht überladen ist. Strahlung ist auch bei der Marienstatue vor der Kirche.
Die nahe Kirche von Heiligenkreuz-Gutenbrunn liegt an einem stillen Platz im Wald. Es ist ein Rokokobau mit berühmten Bildern von Maulpertsch. Früher war die Kirche immer offen, jetzt kann man nur bis zum Gitter. Die stärkste Strahlung ist vorne in der Apsis. Hohe Bäume stehen auf dem schö-

nen Platz um die Kirche, der nur ein Gasthaus, eine alte Schule und das kleine Schloß umfaßt. Heilige Ruhe liegt über dem Ganzen.
Die Kirche von Traismauer erhebt sich auf einem alten Kultplatz. Die römischen Reste wurden ausgegraben. Der nahe Venusberg, ein künstlicher Hügel, soll eine vorchristliche Kultstelle gewesen sein.
In Tulln steht ein berühmter Karner hinter der Kirche. Der vorbeifließende Verkehr stört. Mehr Ruhe hat man, wenn man sich an ein stilles Plätzchen an der Donau setzt und auf den Strom schaut.
Wir kommen in den Kremser Raum, vorher aber noch zum Wetterkreuz; wie der Name sagt, eine Wetterscheide. Immer wieder schlägt es in die einsame Kirche ein. Sie steht auf einer Wasserader. 1631 wurde dort ein Brunnen gegraben, aus dem man das heilsame Wasser schöpfte. Die Kirche steht weit entfernt von Hollenburg am Rande des Waldes, am Ende der Weinberge. Man kann in der Kirche nur bis zum Gitter, aber die Strahlung ist auch außen feststellbar. Wer will, kann dort stundenlang allein sein. Ein guter Platz ist auch unterhalb der Kirche beim Marterl unter den Bäumen mit dem schönen Blick auf das Donautal.
Krems war einmal eine Stadt, die neben Aachen und Köln genannt wurde. Am gegenüberliegenden Donauufer liegt Mautern, wahrscheinlich das römische Favianis, wo sich der heilige Severin aufgehalten hat. Ein uralter Donauübergang führt hier von Norden nach Süden. Odoaker ist auf dem Marsch nach Rom auf ihm gezogen. Göttweig und Krems korrespondieren miteinander.
In Krems gab es beim Kloster Und ein heiliges Bründl mit einer Marienstatue, wohin viele Pilger kamen und Heilung fanden. Heute ist dort die große Weinquelle. Die Pfarrkirche ist dem heiligen Veit geweiht und ist bald 1000 Jahre alt. 1616 bis 1630 wurde sie als eine der frühesten Barockkirchen von Niederösterreich in die heutige Form gebracht. Ich fühle mich nicht wohl darin, ich bin befangen. Die Piaristenkirche, die ältere Pfarrkirche, hat mehr Atmosphäre.
Krems und Stein gehören in jeder Hinsicht zusammen. Die Minoritenkirche in Stein, jetzt säkularisiert, wird häufig für Ausstellungen verwendet. Ein überwältigender Raum. Wenn eine stillere Zeit ist oder ein weniger berühmter Maler ausstellt, kann man lange allein sein. Es ist insofern ein neutraler

Ort, weil die Kirche nicht mehr dem Gottesdienst gewidmet ist. Ein strahlender Raum, aus dem du strahlend herausgehen solltest.
Die Frauenbergkirche mit der eigenartigen Turmhaube steht am richtigen Platz, rundherum laufen Strahlen auf die Kirche und den Turm zu.
Großartig ist auch die ehemalige Klosterkirche der Dominikaner in Krems. Sie dient schon lange unheiligen Zwecken. Ich glaube, sie wurde sogar einmal als Kino verwendet, jetzt ist es ein Museum. Daß sie nicht mit barockem Überschwang angeräumt ist, sondern die kahle Form hat, beeindruckt noch mehr. Dort müßte man wie in der Minoritenkirche lange allein sein. Das sind Räume, die aufbauen.
Oft komm ich nach Dürnstein in die Stiftskirche. Durch das goldene Altarfenster hat sie eine eigene Stimmung. Sie ist reich geschmückt, schön renoviert und hat die übliche Strahlung. Die alte Klarissinnenkirche daneben ist entweiht und dient höchst weltlichen Zwecken. Ich vermute, es war ein ähnlich großartiger Raum wie die Minoritenkirche in Stein.
Maria Langegg hat eine geräumige Barockkirche, die mitten im Dunkelsteinerwald liegt. Wir wissen nichts von dem Stein, der dem Waldland zwischen St. Pölten, Melk und der Wachau den Namen gegeben hat. Vielleicht findet ihn jemand. Ich weiß nur, daß ich mich immer verirrte, wenn ich mich dort herumgetrieben habe. In der Kirche von Langegg ist alles hell, weit und groß. Man fühlt sich wohl und erhoben. Daß es ein strahlender Platz ist, kann man auch an der Lage und der Wallfahrt erkennen. Wer einmal dort war, wird wieder kommen. Die große Glocke der Kirche ist zwar zersprungen, aber die andere, innere, läutet weiter und zieht einzelne Menschen und Scharen an.
In der Nähe steht die Kirche von Mauer bei Melk, berühmt durch den Schnitzaltar. Sie ist immer offen. Sitzen, schauen, dann die Augen schließen und warten, was kommt. Daß es bei Mauer um den Platz geht, sieht man daran, daß die Kirche außerhalb des Dorfes liegt. In der Nähe verlief die alte Limesstraße der Römer von Mautern nach Melk. Fast alle Orte, die so oder ähnlich heißen, deuten auf römische Reste hin. Einen weiteren Hinweis auf die Bedeutung des Platzes findet man in der alten Wallfahrt zur Kirche Maria-Namen, schon bald nach 1000 Maria am grünen Anger genannt. Die Legende erzählt, daß man als Ersatz für die alte baufällige Kir-

che unten im Dorf eine neue bauen wollte und die Werksteine immer bei der alten Kirche fand, so daß man sie wieder instand setzte.
In dieser Gegend ist ein anderer heiliger Platz mit eigenem Reiz: die Kapelle Maria-Elend am Fohraberg bei Kuffern, wo die berühmte keltische Situla ausgegraben wurde. Am Anfang scheint ein Bildbaum dort gestanden zu sein. Das runde Kirchlein steht unter Bäumen am Waldrand, von wo man eine schöne Aussicht auf das sanfte Hügelland hat. Das Gasthaus steht in einiger Entfernung, ab und zu werden oben Feste gefeiert, wie die offene Holzveranda zeigt. Ein guter Platz, natürlich strahlend.
Die Kartause Aggsbach liegt in einem stillen Seitental der Donau; früher war es entlegener, heute führt eine Straße jenseits des Baches vorbei. Ich will nur von der Kirche reden. Sie ist schmal und sehr hoch, ungewohnte Proportionen, eigene Stimmung, Strahlung noch und noch. Sie ist fast immer offen und wenig besucht. Ein guter Meditationsplatz. Vom nahen Wolfgangstein haben wir schon gehört, ebenso von St. Johann im Mauerthale mit seinem Brunnen. Es liegt direkt an der Donau.
Nun übersetzen wir die Donau und schauen uns auf der anderen Seite um. Da ist das schönste Stück der Wachau, Dürnstein mit Stift und Kirche.
St. Michael liegt auf einem alten Kultplatz. Auf dem Kirchendach sitzen die berühmten Hasen und ein Hirsch, der von Hunden verfolgt wird, ein Symbol für die wilde Jagd. Auch als Blitzschutz setzte man Hirschgeweihe aufs Dach. Dreihundert Jahre lang war so der Stephansturm in Wien durch Hirschgeweihe gegen Donner geschützt. Die Originale von Hirsch und Hasen von St. Michael sind im Museum in Krems. Die Kirche strahlt ebenso stark wie der Karner. Trotz des vorbeiziehenden Verkehrs kann man ein ruhiges Plätzchen finden und auf den Strom - er fließt dort noch -, blicken und warten, was kommt.
Wie Langegg abseits der Donau, liegt Maria Laach auf der andern Seite im Waldland des ansteigenden Jauerlingberges. Hier hat auch der Platz die Kirche und das Dorf zu sich gezogen. Berühmt ist die Kirche wegen des Flügelaltars. Das Kultbild auf dem Nebenaltar zeigt Maria mit sechs Fingern. Nach der Legende hat der Maler aus Versehen Maria sechs Finger gemalt. Als er es bemerkte, sagte er: "Maria, lach jetzt zu deinen sechs Fingern." Der Hinweis, daß in der Familie der Patrone der Kirche, den Grafen

von Kufstein, sechs Finger vorgekommen sind, überzeugt nicht. Die sechs Finger dieses Marienbildes sollen eine stärkere Wirkung anzeigen. Sechs ist mehr als die normalen fünf. Es gibt auch Bilder mit sechs Zehen, wie in Gurk und Maria Wörth. Auf dem Hochaltar ist das Jesuskind mit einem Saugnäpfchen, einem primitiven Schnuller, dargestellt. Deshalb kamen früher gerne Wöchnerinnen zum Heiligtum.

Über dem Dorf Leiben steht an einer exponierten Stelle die Kirche. Die Messung zeigt den Grund an: starke Strahlung. Dort oben muß man länger sitzen oder liegen. Daneben ist nur ein Haus und der Friedhof. Vor dir liegt das Donauland, es geht Maria Taferl zu.

Neukirchen am Ostrong wurde mit seiner Wallfahrtskirche schon vor 800 Jahren genannt. Später wurde es von Maria Taferl in den Schatten gestellt. Es gehörte zum Stift Sankt Nikolai in Passau. Maria selber soll mit Holzspänen den Platz für die Kirche angezeigt haben. Das bedeutet, daß der Platz heilig war. Das Hauptfest ist Mariä Himmelfahrt. Es kommen noch immer Pilger, wenngleich es die Konkurrenz mit Maria Taferl nicht halten kann. Die Kirche ist gotisch belassen worden und hat eine intensive Stimmung.

Pöggstall ist mit seinen zwei Kirchen ein Traum. Die alte Pfarrkirche zur heiligen Anna steht weit vom Ort entfernt auf einem Rücken in den Feldern, mit dunklen Wäldern im Hintergrund. St. Anna wurde schon 1140 erwähnt. Der Kultgegenstand, die Statue der heiligen Anna, steht jetzt in der neuen Pfarrkiche in der Stadt. Die Legende erzählt von einer Heilquelle, zu der ein Gotteshaus gebaut werden sollte. Vögel bezeichneten mit Bauspänen den Platz. Als ein Protestant frevlerisch ein blindes Pferd zur Quelle führte, wurde dieses geheilt, aber die Quelle versiegte. Das sind sehr bezeichnende Hinweise, die auch von anderen heiligen Plätzen berichtet werden. Später baute man im Ort eine Pfarrkiche und ließ St. Anna verfallen. 1810 brannte sie ab und wurde erst in den letzten Jahrzehnten wieder hergestellt. In den prächtigen gotischen Raum hat man zu viele Bänke gestellt, leer war er schöner. Trotzdem wirkt er überwältigend. Unwillkürlich fällt einem St. Wolfgang am Wechsel ein. Viele solcher Kirchen bräuchten wir. Dank denen, die sich um ihre Wiederherstellung bemüht haben.

Oberranna gehört in diesem Zusammenhang auch erwähnt, leider ist es nicht zugänglich.
Die Kirche von Niederranna hat zwar Strahlung, man fühlt sich aber durch den Bau mit der flachen Decke gestört. Wichtig sind die beiden riesigen Bäume mit dem Marterl neben der Kirche.
Ganz groß steht die Kirche von Krenstetten vor mir und in mir. Maria am Anger hieß sie früher. In der Gründungslegende wird hingewiesen, warum Maria gerade dort verehrt werden soll. Die Bürger von Aschbach wollten die Statue dreimal stehlen und immer wieder kehrte sie nach Krenstetten zurück. Die Wallfahrt muß schon 800 Jahre alt sein. Die jetzige gotische Kirche wurde um 1400 gebaut und später vergrößert, weil ein starker Zustrom von Pilgern einsetzte. Ihre Hauptanliegen waren Fruchtbarkeit und Abwehr von Unwettern. Gerühmt wird die Kanzel, die ein Engel trägt. Besonders starke Strahlungen sind unter dem Turm. Der Raum hat Würde und Weite, du bist sofort daheim. Die Kirche ist geschlossen, man muß den Schlüssel in einem Nachbarhaus holen.
Haidenlach gilt als eine der ältesten Kultstätten unseres Landes. Leider ist nichts mehr da als der leere Platz. Zwischen Bach und Weg bei der Haidenlachmühle lag ein Schalenstein. Ein Nachbar hatte ihn noch gekannt; in jüngster Zeit hat man ihn zuerst zerstückelt, dann den Platz zugedeckt, um den Weg zu verbreitern. Schade! Die Legende geht so: Unsere Liebe Frau kam hieher und ließ sich gegenüber der Mühle bei einem Bründl nieder. Sie setzte einen Fuß auf einen Stein, die Spur davon blieb auf ihm. Als ein Bauer sich den Stein holte und als Stufe vor das Haus legte, war er am andern Tag verschwunden und lag an seinem alten Platz am Ufersaum des Mühlbaches.
Strahlt der Platz weiter, wenn ein Stein fortgetragen wird? Grundsätzlich ist zu sagen: man sollte ihn an seinem Platz belassen! Der Platz strahlt, aber der Stein nimmt etwas von der Strahlung mit. Die meisten heiligen Steine sind zum Glück so groß und schwer, daß ein Teufel oder die Muttergottes sie wegtragen müßten. Kirchen, Kapellen und Marterln hat man meist geschont. Kaiser Josef gelang es in seinem Übereifer, viele heilige Stätten zu vernichten, und nicht alle sind wiedererstanden.
Die Kirchen von Haag und St. Valentin stehen schon im Schatten von St.

Pantaleon, Lorch, Enns und St. Florian; Plätze und Kirchen, die mächtig anziehen und andere nahe Plätze in den Schatten stellen.

Hollenstein weist mit seinem Namen entweder auf die germanische Göttin Holla oder auf einen hohlen Stein, etwa eine Schale hin. Daß es sich nicht um einen beliebigen Stein handelt, ist wohl anzunehmen, denn im Gebirge gibt es viele Steine. Die Felsbilder in der Nähe zeigen, wie lange hier schon Menschen siedelten.

Die Kirche von Waidhofen an der Ybbs bringe ich gefühlsmäßig mit der von Pöggstall in Zusammenhang.

Gaming liegt mir sehr am Herzen, und ich freue mich, daß sich ein Retter gefunden hat. Die Mönche haben gewußt oder gespürt, wohin sie sich setzen sollen, und Gaming war zweifellos ein guter Platz. Formal stört mich die eingezogene Barockdecke in der Klosterkirche, die gotische besteht noch, für den Besucher ist sie nicht sichtbar, sie liegt darüber. Schön wäre es, die ganze Anlage mit Kloster und Zellen wieder ihrem ursprünglichen Zweck zuzuführen. Es müßten nicht Mönche sein, vielleicht Weltleute, die dort Ruhe suchen. Die Gaminger Mönche hatten im Gebirge Einsiedlerhöhlen, Meditationsstätten, wohin sie sich aus dem Kloster zurückziehen konnten. Du brauchst nur auf die Landkarte zu schauen, um die Kegelberge nahe des Klosters zu finden, die den Alten den heiligen Platz anzeigten.

Durch das Tal führte ein alter Pilgerweg nach Mariazell.

Auf einem Zellerweg liegt die Hölzerne Kirche bei Schwarzenbach an der Pielach. Im alten Mesnerhaus, das neben der Kirche steht, wurden früher die Pilger gelabt. Heute kommt kaum jemand vorbei. Der Platz ist wegen seines Umfeldes wichtig und als stark zu bezeichnen. Zuerst muß der kleine Spurstein hinter der Kapelle genannt werden. Eine glatte Rinne im Stein führt in einem Bogen zu einer kleinen Schale. Maria soll hier auf der Flucht gerastet haben, und ihr Esel ist am Stein ausgerutscht; also ein Spurstein, der die Nähe des Numinosen anzeigt. Die Kapelle heißt auch Maria-Tann im Eitelgrün. "Bei Unserer Lieben Frauen-Tritth an der Eytel-Krünn in dem Thannwald." Wenn man von Schwarzenbach kommt, steht man zuerst vor dem Feuchten Loch und dann vor dem Trockenen Loch. Diese beiden Höhlen stehen in Zusammenhang mit dem Spurstein. Das trockene Loch ist breit und trocken, das feuchte ist mandelförmig wie aus dem Fels ge-

schnitten, unten in der Rinne läuft das Wasser einer Quelle aus dem Innern des Berges. Am Eingang ist im Stein ein Zeichen, das einem Hammer gleicht, der in einem Behälter steckt. Ich habe das gleiche Zeichen an der Mauer eines alten Hauses gesehen, das einige hundert Jahre alt ist. Bei den Höhlen hat man ohne Zweifel einmal geheimnisvolle Kultbräuche geübt, die mit Fruchtbarkeit zu tun hatten. Maria Tann im Eitelgrün ist ein wunderbarer Platz, den man nicht vergißt, wenn man einmal dort war.
Alle frühen Kirchen waren aus Holz, erst um 1000 begann man, steinere zu bauen. Der Name Steinakirchen erinnert daran. (Bei Mondsee steht noch eine Holzkirche).
Nicht weit davon liegen Burg und Kirche von Plankenstein, zu denen ich nicht nur wegen des Platzes, sondern auch wegen des Besitzers und Retters der Burg eine besondere Beziehung habe. Wo ist der blanke Stein? Ich habe ihn nicht gefunden. Ich vermute, er ist in die Burg eingemauert, sie steht auf ihm. Nachdem Schule und Pfarrer aus der verfallenen Burg ausgezogen waren, schien das Gebäude verloren. Dem damaligen Pfarrer habe ich zugeredet, die Burg nicht zu verlassen. Er mochte die Wohnung nicht, die traumhaft schön über dem Abgrund hing mit Blick auf die Ebene bis zur Donau. Es regnete in die Küche, eine steile gotische Wendeltreppe verband die Räume. Die Schloßkapelle, die durch Erweiterung eher eine Kirche genannt werden konnte, war mit der Wohnung direkt verbunden. Die Kirche war so unregelmäßig, wie ich keine andere kenne, auch mit Höhenunterschieden, aber von einer unerhört dichten Stimmung. Erhaben und gemütlich zugleich. Hier hätte man bleiben können. Der Pfarrer blieb nicht; er ließ sich neben dem Schloß (dort spricht man vom Schloß) eine halbmoderne Kirche mit einem neuen Pfarrhaus bauen. Die Kirche gilt als Wallfahrtskirche mit dem Titel Maria-Schnee. Die Ruine wurde von einem Architekten gekauft und musterhaft renoviert. Sie steht für alle offen. Es finden dort Tagungen, Symposien und Ausstellungen statt.
Ich will nicht zu viele Kirchen nennen, das würde den Rahmen sprengen. Es geht uns hier um Kirchen als Orte der Kraft.
Kann die Strahlung einer Kirche durch den Bau beeinträchtigt werden? Ja, denn man hat mit Quellen und Wasserläufen manipuliert. Wenn sieben Quellen von links und sieben von rechts in Chartres unter dem Altar zu-

sammenkommen, hat man zweifellos nachgeholfen, was aber nicht sagen soll, daß man so den Platz erst gemacht hat.
Heute versuchen Geomantiker, starke Plätze zu machen. Sie suchen geeignete Orte auf und ändern ihre Strahlung durch Steine und Bäume bzw. durch ihre Konstellation. Mit Hilfe von Freunden habe ich es auch gemacht. Wir haben eine Gedächtnisstätte für ein KZ an dem Platz geschaffen, wo es war, wo Menschen gelitten haben und ermordet wurden.
Wir haben einen Menhir aus der Umgebung aufgestellt und zwei riesige Opfersteine mit Schale hergebracht, die vom Besitzer von ihrem angestammten Platz in einen Graben gestoßen wurden, also heimatlos waren. Es ist eine eigene dichte Atmosphäre durch das Zusammentreffen der Umstände und Steine entstanden, die empfindliche Menschen auch ohne Rute spüren.
Wir haben im Umfeld des Heiligtums von Weißenbach eine kleine Höhle gerichtet, durch die eine Strahlung läuft, und die durch eine hohe dreigeteilte Föhre markiert ist. Ein Kultweg führt durch den Laubwald hinauf. Jeder, der ihn bedächtig geht, ist berührt, manche kommen immer wieder, es zieht sie förmlich hin. Vor vielen Jahren, als ich von all diesen Dingen nichts wußte oder nichts davon hielt, habe ich mir auf der kleinen Wiese über der Höhle eine Holzhütte aufstellen lassen und bin gerne am Abend mit dem Hund hinaufgegangen und habe dort ruhige Stunden und Nächte verbracht. Auf die Wand schrieb ich den Vers aus den Psalmen: sicut passer in nido, das heißt: wie ein Sperling im Nest. Hat mich der Platz damals schon angezogen oder war es nur Zufall?
Es besteht zwischen unseren heiligen Plätzen und Kirchen, wo wir das Numinose stark und vielfältig erfahren, ein geheimer Zusammenhang, wie ein Netz, das alles zusammenhält, und uns vor drohendem Untergang bewahren, retten kann. Das treibt wohl auch die Leute, welche auf ihrer Suche nach den geheimen Zusammenhängen der Orte und Plätze ihre Ortungen machen, von Dr. Stolla bis zu Martin Hellmayer, Gerhard Anderle, dem Kanonikus von Krakau, bis zu den neuen englischen Magiern.
Wer die Landschaft, unsere Heimat, die Erde, den Mutterboden so erlebt, erreicht eine andere Dimension. Wem das fremd ist, der wird es nicht verstehen. Goethe hat einmal gesagt: "Nur was man weiß, sieht man." Wer

von den uralten heiligen Plätzen weiß, von ihnen gehört hat und davon berührt ist, wird sie erkennen und in sein Bewußtsein und Gefühl, in sein Leben aufnehmen. Es gibt viele Bereiche, in denen man sich aufhalten und leben kann.

Manche Jugendliche erfahren Welt und Erhebung in den Diskotheken, beim Fußballspiel und in Drogen. Für den gläubigen Menschen gibt es das Netzwerk der Kirchen, Marterln und anderer Heiligtümer.

Bei Stift Ardagger

Die heilige Zeit

Es gilt der Grundsatz: Zur rechten Zeit am rechten Ort. Ein starker numinoser Platz hat seine Kraft und Wirkung zu jeder Zeit. Das hindert aber nicht, daß er zu bestimmten Zeiten besonders wirksam ist.

Bei den Wallfahrten zu den Heiligtümern finden wir das immer wieder. Templum (Tempel) und tempus (die Zeit) haben die gleiche Wurzel. Dahinter steht das griechische Wort temnein, das heißt, schneiden. Raum und Zeit sind herausgeschnitten aus dem Alltäglichen, Hiesigen. Dostojewsky hat das die Berührung mit anderen Welten genannt.

Der Raum steht still, die Zeit fließt. Sie kommt über uns. Die heilige Zeit wird nur von Menschen wahrgenommen, die darauf eingestellt sind, wenn sie die kirchlichen Feste feiern, etwa Weihnacht als Sonnenwende, Christus als die wahre Sonne, Ostern als seine Auferstehung und zugleich die jährliche Erneuerung der Natur. Der Gläubige tritt damit aus der Zeit heraus, er tritt ins Zeitlose, man könnte auch sagen, in die Ewigkeit ein, die ein immerwährendes Jetzt ist. Es handelt sich nicht um eine reale, sondern um eine mythische Zeit. Daß die heilige Zeit eine andere ist, zeigt sich darin, daß sie wiederholbar ist. Weihnacht und Ostern kommen jedes Jahr wieder, wie Frühling und Winter. An den heiligen Zeiten tritt man in eine Zeit ein, die die Inder als Nichtzeit bezeichnen. Die profane Zeit unseres Kalenders wird am Fest verlassen und man tritt in die ewige Urzeit des Mythos ein. Die Zeit erneuert sich gleichsam aus der Ewigkeit. Der Kalender ist eine sakrale Einrichtung. Früher bestimmte man glückliche und unglückliche Zeiten und beachtete sie. Im Fernen Osten bestimmt der Berufene nicht nur die Lage des Neubaues, sondern auch die Zeit, wann er begonnen wird. Es besteht ein kosmischer Bezug. Daraus erklärt sich auch der Widerstand gegen eine Kalenderreform. Wir würden viel verlieren, wenn wir Ostern auf einen bestimmten Kalendertag und nicht wie bisher auf den ersten Sonntag nach dem Frühlingsvollmond festlegten. Sonne und Mond spielen nicht nur in unserem Kalender, sondern auch in unserem Leben eine große Rolle. Wir sind Sonnen- und Mondmenschen zugleich. Vielleicht ist die Sonne mehr männlich, die Frau mehr dem Mond verwandt. Das Leben der Menschen soll immer wieder aus der Ewigkeit her erneuert werden.

Die verschiedenen Zeitrechnungen der Juden, Christen, des Islam und der Buddhisten haben mythische Gründe. Es geht immer um die "arché", den Anfang und Ursprung.
Die neuen Feste der politischen Bewegungen haben eine quasimythische Bedeutung. Man kehrt zum Ursprung zurück, um ihn nicht zu vergessen. Die Memoria, das Gedächtnis, wird in Messe und Abendmahl gefeiert, nicht als bloßes Gedenken, sondern als Vergegenwärtigung und das Schöpfen neuer Kraft vom Ursprung und Stifter. Man denke an die Faszination des Weihnachtsfestes nicht nur im kultischen, sondern auch familiären Bereich. Die Stiftung der Familie wird erneuert und bekräftigt. Man weiß es nicht, das ist nicht notwendig, man tut es. Nach der Statistik ist einer der höchsten Werte eines jeden Österreichers, das Weihnachtsfest in der Familie zu feiern. Wenn die Familie sich um den Christ- (Lebens)baum versammelt, dann ist dieser Baum die Weltachse, der mythische Weltenbaum, das Zentrum: ein Sakramentum wird gefeiert. Man ist aus dem Profanen hinausgestiegen und hat eine andere Dimension erreicht.

Vom Nordwesten wenden wir uns nach Nordosten.
Der Dehio vermerkt beim Wiener Neustädter Dom gleich zu Beginn seiner Beschreibung, daß die Achse des Domes wegen der Grundwasserströmung nach Nordosten gerichtet ist. Wenn der Dom auch durch die spätere Erneuerung der Türme gelitten hat, sein Inneres hat eine starke mystische Kraft. Die schöne Georgskirche in der Militärakademie wurde im letzten Krieg zerstört und ist jetzt ein Neubau, der als gelungen bezeichnet werden kann. Warum hat man den Kaiser Maximilian hier und nicht in Wels, wo er starb, oder in seiner dafür gestifteten Kirche in Innsbruck begraben? In diesem Rahmen wäre noch Scheiblingkirchen mit seiner romanischen Rundkirche zu erwähnen, auch Lichtenegg hat eine starke Strahlung. Alle überragt aber die mehrmals genannte Wolfgangkirche in Kirchberg am Wechsel. Wenn man das alte Kloster wiederbeleben möchte, so steht St. Wolfgang dahinter, das so etwas anzieht. War es nur Zufall, daß es den jungen Wittgenstein hierher führte?
Wenn wir nach Osten ziehen, kommen wir zur Rosaliakapelle, die schon an der Grenze liegt. Man sieht sie von weitem. Landschaftlich ist der Platz

um die Kapelle, die auf der Höhe des Rosaliengebirges steht, sehr ansprechend, zumal er von der Straße und den Häusern in einiger Entfernung liegt. Die Kapelle steht in einem starken Strahlenfeld, aber noch mehr strahlt der Platz davor mit dem Marterl und den beiden großen Bäumen. Am Wochenende kommen mehr Leute, sonst ist es still. Du hast den Platz für dich mit Bank und Wiese. Der Übergang von Norikum nach Pannonien ist nirgends deutlicher zu spüren als hier. Das Gebirge, das Europa durchzieht, hört hier auf, die großen Ebenen beginnen. Erika Mitterer hat das Ende eines ihrer Romane an diesen Platz verlegt, wo die Leute nach dem Dreißigjährigen Krieg auf ihren Hof zurückkommen und das Bedürfnis nach dem Abendmahl haben. Da kein Priester vorhanden ist, nimmt der alte Bauer das Brot und spricht darüber die Segensworte der Eucharistie. Eine hochaktuelle Situation: Was geschieht, wenn in einer Notsituation Gläubige Sehnsucht nach dem Abendmahl, der Messe und Kommunion haben? Nach den strengen Regeln der Kirche kann man ohne Priester nichts machen. Als man den berühmten katholischen Theologen Karl Rahner einmal fragte, was geschehen würde, wenn Ungeweihte es trotzdem tun, antwortete er vorsichtig: "Es geschieht nicht nichts." Also etwas, das weiter nicht hinterfragt werden soll. Warum die Dichterin das auf die Rosalia verlegt hat, weiß ich nicht. Ob diese Rosalia mit dem Frühlings-Totenfest Rosalia der Slawen zusammenhängt? Wasser- und Totengeister hatten von ihr den Namen. Wer in Palermo war, wird sich an das Heiligtum der Rosalia erinnern. Die Kapelle auf dem Rosaliengebirge wurde früher von Einsiedlern betreut. Die Wallfahrer kamen wegen Pest und Seuchen.

Felszeichnungen aus Ybbsitz

Steinkreuze

Ich habe vor langer Zeit welche gesehen und war von ihnen wegen ihrer Urtümlichkeit beeindruckt. Ich habe von ihrem Ursprung als Sühnekreuze für begangene Bluttaten und den entsprechenden Sagen gehört.
Was sind Steinkreuze? Das sind aus Stein gehauene, ziemlich rohe Kreuze, meist weniger als einen Meter hoch, die irgendwo im Wald oder am Wegrand stehen. Davon werden die Kreuzsteine unterschieden. Diese sind Steinplatten, die entweder stehen oder liegen und auf denen die Kreuzesform herausgehauen wurde. Beim Kreuzstein sieht man nur das Kreuz, beim Steinkreuz ist über das Kreuz hinaus auch der andere Teil des Steines erhalten. Bei beiden ist kein Korpus. Auch andere Zeichen, wie Zeitangaben, Schriften oder anderes, fehlen meistens.
Welchen Ursprung und Sinn haben diese Kreuze? Man könnte sie unter die Flurdenkmale einreihen, die den Marterln, Kreuzen u. ä. verwandt sind. Ich habe darauf hingewiesen, daß all diese Zeichen heilige Plätze, strahlende Stellen angeben, die man schon vor Jahrhunderten erfühlt hat und die durch ihren Bestand und ihre ständige Erneuerung zum Volksglauben und Brauchtum gehören. Ada Paul hat im Jahre 1975 ein verdienstvolles Buch herausgegeben, in dem sie für Österreich eine Bestandsaufnahme macht und Deutungen anbietet. Wichtig sind ihre Bilder. Sie weist darauf hin, daß in anderen Ländern mehr Interesse für das Thema besteht und daß es in Deutschland eine eigene Zeitschrift über Steinkreuze gibt. Sie ist jahrelang durch das Land gezogen und hat mühsam die Heimatbücher danach durchsucht. Sie fand die meisten in Niederösterreich, Oberösterreich und Salzburg; einige sind im Burgenland und in Tirol; südlich des Alpenhauptkammes gibt es keine. Warum, ist nicht feststellbar. Man ist auf Vermutungen angewiesen. Nur in Südtirol finden sich noch welche. Sie sagt, nach der herkömmlichen Deutung seien es einfach Grenzsteine gewesen. Die zweite Deutung: es seien Sühnekreuze, wie sie in der Literatur bezeichnet werden. Schriftliche Unterlagen dazu finden sich keine. Man kann auch annehmen, daß es keltische oder altgermanische Kultmale sind. Daß das Volk sie auch als Franzosen- und Schwedenkreuze bezeichnet, sagt wenig aus. Als germanische Kultmale hat man in der liberalen Zeit des Deutschna-

tionalismus in Österreich und in der Zeit des Nationalsozialismus alles vereinnahmt, was alt und urtümlich erschien.

Sie sind uralt und geheimnisvoll. Die Kirche hat es nur religiös, möglichst verchristlicht gesehen. Wir haben das schon bei der Besprechung der Wallfahrtskirchen auf vorchristlichen Plätzen erfahren. Daß Steine im Laufe der Zeit verschiedene Deutung und Bedeutung hatten, haben wir auch schon gesagt. Der Stein von Pielachdorf bei Melk ist historisch als Grenzstein bezeugt. das schließt aber nicht aus, daß er früher bekannt war und verehrt wurde, weil er am rechten Platz stand. Heute sind Grenzen genau festgelegt, früher war man großzügiger, etwa bei der Landnahme durch die Bayern mit den großräumigen Schenkungen an Klöster und Lehensmänner. Der Watstein bei Dürnstein an der Donau bot sich ebenso als Grenzmarke an, er kann früher ein Wodanstein und noch früher etwas anderes gewesen sein.

Bei den Menhiren in Irland und in der Bretagne fällt einem ein, daß es viele gibt, die zu Kreuzen umgeformt wurden. Dem Volk waren sie seit langem heilig, so widmete man sie um. Platz und Stein waren so gesichert. Heute erklärt man sie zu Naturdenkmalen und bringt eine Tafel an. Ebenso könnte es mit unseren Kreuzsteinen und Steinkreuzen gewesen sein. Etliche Steine wurden so abgeschlagen, daß daraus ein Kreuz entstand. Beim Steinkreuz von Reinprechtspölla und Schrems ist das leicht zu erkennen. Wenn er zu groß war, wurde die alte Gestalt, der Steinblock oder die Steinplatte, belassen und die anderen Teile so abgehauen, daß das Kreuz erhaben daraus hervorstand. Beim Kreuzstein im Gilgenberger Wald kann man das ebenso sehen wie beim Böhmstein in Grießbach. Der ältere, vorchristliche Ursprung ist am besten erkenntlich, wenn auf dem Steinkreuz oder Kreuzstein Schälchen angebracht sind wie in Marz. Das Schwedenkreuz in Reinprechtspölla ist einen Meter hoch aus Sandstein und hat am Scheitel und auf den Querbalken Näpfchen. Schwierig wird es, wenn man erfährt, daß die Steine nicht mehr auf ihrem alten Platz stehen. Die riesigen Menhire von Irland waren kaum beweglich, aber unsere Steine sehr wohl. Und wir wissen auch von solchen Versetzungen. Der wichtige Stein von Marz im Burgenland stand früher neben der Straße, jetzt hat man ihn neben die Kirche gestellt. Stein und Platz aber gehören zusammen. Wir wissen von einer

Links: Kreuzstein Poysbrunn,
Unten: Steinkreuz, Loosdorf

Anzahl von versetzten Kreuzen. Das Kreuz von Kreuzen dürfte einmal woanders gestanden sein, hat aber vielleicht dem Ort den Namen gegeben. Beim Bau der danebenstehenden Häuser wurde es sicher versetzt. Es ist erhalten, das ist ein Glück, aber es hat damit seine eigentliche Bedeutung, auf einen heiligen Platz hinzuweisen, verloren.

Nun einige Worte über die Bedeutung des Kreuzes als Symbol. Daß es aus vorchristlicher Zeit stammt, ist sicher. Wann es Symbol wurde, können wir nicht sagen. Wegen seiner einfachen Form könnte es zuerst als Kennzeichen verwendet worden sein, zum Beispiel als Handwerkszeichen. Man kann in ihm auch die vier Felgen eines Rades sehen; die Beziehung zu Kreis und Quadrat ist naheliegend. So weist es auf die Strahlen der Sonne hin und wird Lebenszeichen. Das Kreuz ist auch die einfachste Form, einen Menschen darzustellen; es ist ein Manderl mit ausgestreckten Armen. Beim Steinkreuz in Kottes ist das sehr deutlich: der Kopf ist vergrößert, das Unterteil sieht einem Rock ähnlich. Es könnte eine Frau sein. Ähnlich ist das Steinkreuz in Rauris-Ort.

Auf den Zusammenhang von Steinkreuz und Kreuzstein mit Strahlung bin ich zum erstenmal gestoßen, als ich den Wünschelruten-Lehrweg in Großschönau im Waldviertel abging. Dort haben bewährte Fachleute die strahlenden Plätze bezeichnet.

Zu den schon genannten Kreuzen möchte ich noch einige nennen, die in unserem Gebiet liegen: Stockern, Thaya, Kühnring, Loimans, Schweiggers, Großradischen, Neufeld, Trausdorf, Straß im Straßertale, Althellmonsödt. Am eindrucksvollsten sind die abgelegenen, wo kaum ein Mensch hinkommt. Dort spürt man stärker die Kraft des Platzes und verweilt gerne.

Verziertes keltisches Bronzeprunkbeil aus einem Männergrab, Traisental

Die alten Wallanlagen

Die ältesten Wallanlagen sind bei uns vor etwa 6000 Jahren entstanden, zu einer Zeit, als die Landwirtschaft begann. Die Wallanlagen haben entweder den Kreis, das Quadrat oder das Viereck zum Muster. Beiden liegt das gleichschenkelige Kreuz zugrunde, das das Sonnenrad symbolisiert. Die Zeichen gelten als männlich; weiblich sind das Dreieck und der Mäander. Der Kreis symbolisiert die Sonne und damit auch Leben und Fruchtbarkeit. Das Quadrat oder Viereck ist Zeichen für das bestellte Feld und für Glück.

Oswald Menghin hat schon vor langem das Dogma aufgestellt, daß es in dieser frühen Zeit keine Verteidigungsbauten gab. Das Land war so dünn besiedelt, es gab keine Kriege in dem Ausmaß, wie es dann später der Fall war.

Die älteste bekannt gewordene Wallburg in Höhenlage ist der sogenannte Schanzboden bei Falkenstein. Er liegt im ausgedehnten Waldgebiet im nordöstlichen Niederösterreich auf der Kuppe des 24 Meter hohen Heidberges, und ist heute noch von einem deutlich sichtbaren Wall und Graben mit einem Ring umgeben. Der Name Schanzboden dürfte aus der Türkenzeit stammen. Man hat längst nicht mehr um die Bedeutung gewußt und ihm diesen Namen gegeben. Vor 70 Jahren hat Klaus Hennich mit dem Spaten zu graben begonnen und Keramik gefunden, die er nach Wien in das Naturhistorische Museum brachte. Es wurde festgestellt, daß sie aus der Jungsteinzeit stammt. Da diese Erkenntnis dem oben genannten Grundsatz von Oswald Menghin widersprach, beschäftigte man sich nicht weiter damit, und erst 1973 wurde der Wall wieder aufgesucht und 1975 weitergegraben. Ein mittelalterlicher Bau wurde entdeckt, der die Form eines Ovals hat, der aus einem Außenwall und einem Innengraben besteht, und ein weiterer, größerer Wall, der einen Durchmesser von 400 Meter hat und älter ist. Das ganze Gebiet umfaßt eine Fläche von 12 ha.

Der kleinere Wall wurde etwa 100 Jahre nach dem größeren gebaut. Die Breite des Walles war 10 Meter, die Höhe 1 1/2 Meter. An der Innenseite fand man Spuren von Palisaden. Die alte Anlage dürfte um die Mitte des 5. Jahrtausends vor Christus erbaut worden sein, die andere in der zweiten

Hälfte des 5. Jahrtausends. Prof. Pittioni war ein Fachmann ersten Ranges und wehrte sich im allgemeinen gegen jede Zuweisung von kultischer Bedeutung. Trotzdem schrieb er, daß die Wallanlage zum Schanzboden eine Entsprechung mit dem Steinkreis in Avesbury finde. Prof. Pittioni nimmt an, daß es sich um eine Kultanlage handelt, weil es nicht vorstellbar ist, wie man sich aus einem tiefen Graben heraus verteidigen soll und warum im Rücken der Verteidiger die Palisaden aufgerichtet wurden. Er hat ein jüngeres Alter für den Schanzboden angenommen, was heute nicht aufrechterhalten werden kann. Daß es sich beim Schanzboden nicht um eine Wallburg zum Zweck der Verteidigung handelt, sieht man daraus, daß gerade an der steilsten Stelle der stärkste Wall ist, während im Hinterland die Verteidigungsanlage fehlt. Der Platz ist ganz deutlich nach Osten gerichtet, und man kann von dort bis zu den Karpaten sehen.
Damals haben sich bereits die ersten Menschen in dieser Gegend niedergelassen. Zeitlich gehört er der sogenannten Lengyell-Kultur an, die in unserem Gebiet vom 5. bis zum 4. Jahrtausend vor Christus bestand. Das Einflußgebiet reichte von Mähren bis Ungarn und Slowakei bis nach Niederösterreich. Die Symbole der Keramikfunde aus dieser Zeit mit Idolfiguren weisen auf eine stark religiöse Einstellung der Menschen hin. Die schönste dieser gefundenen Figuren ist eine kleine weibliche Statuette, mit Muster und Bemalung. Die weiblichen Figuren werden als Darstellung der Magna Mater, der großen Mutter gedeutet; als Symbol für Leben und Geborgenheit und mütterliche Liebe. Sie ist der Schutzgeist des Hauses und Symbol der Fruchtbarkeit, die alte Muttergottheit. Daß die Figuren kultischen Sinn hatten, wird heute allgemein anerkannt. Es wurden auch Tonmodelle von Häusern aus dieser Zeit gefunden, ähnlich den Modellen vom Galgenberg auf der Galgenleithen in St. Pölten. Prof. Neugebauer war an den Ausgrabungen an diesen und ähnlichen Plätzen beteiligt. Er schreibt: Auf keinen Fall dürfen diese Kreisgrabenanlagen als Befestigungen und Ansiedlungen gedeutet werden. Mit aus der Befestigungsbaukunst bekannten Elementen wie Gräben, Palisaden und möglicherweise auch Wällen, wird vom umgebenden Profanbereich ein kreisrunder Bezirk mit unzweifelhaftem Sakralcharakter – als ein geheiligter Bereich – abgegrenzt. Der genaue Verwendungszweck bleibt weitgehend im dunkeln.

Wallanlage Michlstetten

In Südmähren hat man solche Kreisgrabenanlagen gefunden und ist zur Erkenntnis gekommen, daß sie der Beobachtung der Sonnenwende, der Mondzyklen, als Versammlungsort und für den Kult der Naturkräfte, besonders der Fruchtbarkeit, gedient haben. Gegen eine kultische Erklärung dieser urtümlichen Bauwerke wendet sich kaum mehr ein Wissenschaftler.

Friebritz liegt in der Nähe von Loosdorf bei Staatz im nördlichen Niederösterreich. Am südlichen Rand des Dorfes ist ein Höhenrücken, an dem man von der Luft aus zwei konzentrische Ringe mit einem Durchmesser von 140 m festgestellt hat. Ein Bauer erklärte, daß er immer wieder beim Pflügen Knochen gefunden habe. Bei der Grundzusammenlegung im Jahre 1959 wurde man aufmerksam und Fachleute untersuchten den Platz. J. W. Neugebauer war dabei maßgebend beteiligt und hat darüber einen aus-

führlichen Bericht geschrieben. Die Fläche, die von der Anlage bedeckt ist, beträgt 17 ha. Etwa die Hälfte davon hat man systematisch untersucht. Die Wallanlage ist nach Osten gerichtet und weist Erdbrücken oder Eingänge in den vier Himmelsrichtungen auf.
Die Erdbewegungen, die zur Errichtung der Wallanlage notwendig waren, müssen jahrelang gedauert haben. Westlich dieses Ringes wurden die Spuren von Ansiedlungen aus der Lengyell-Kultur gefunden. In der Mitte des Walles wurde ein Grab mit den Resten eines Mannes und einer Frau gefunden, die mit Pfeilen getötet wurden und anscheinend in Eile bestattet worden sind. Aus den Beigaben kann man erkennen, daß es sich um herausragende Persönlichkeiten gehandelt haben muß.
In der Wallanlage, besonders bei der zentralen Grabstelle, sind starke Ausschläge der Rute zu bemerken.

In Kamegg bei Gars am Kamp wurde eine doppelte Wallanlage gefunden. Sie liegt westlich des Kamps am Rande des Dorfes auf dem sogenannten Taborberg. Auf den Luftbildern ist die Anlage besonders schön zu sehen. Der äußere Graben hat einen Durchmesser von 144 Meter, der innere einen von 76 Meter. Es wurden Erdbrücken, also Öffnungen im Graben gefunden, der Innenraum war mit Palisaden umgeben. Die chemischen Untersuchungen ergaben für die Entstehung etwa das Jahr 4800 vor Christus. Die Wallanlage sollte die Leute davor zurückhalten, den strahlenden Platz zu betreten. Er wurde wie bei den Viereckschanzen von den Priestern gehütet und nur zu besonderen Festzeiten geöffnet. Es wurden zu nächtlicher Zeit Feiern abgehalten und Opfer dargebracht.
Daß die Leute der damaligen Zeit Religion und Kult kannten, sieht man an der Form der Bestattung. Sie wurden in Hockerstellung, also mit eingezogenen Händen und Füßen auf der Seite liegend gefunden. Die Schädel waren mit roter Farbe überschüttet und Gaben dazugestellt, was eindeutig auf einen Jenseitsglauben hinweist. Die rote Farbe ist die Farbe des Lebens.
Im Hainburger Teichtal hat man geöffnete Schädel gefunden, die als Zeugnis für eigenartigen Schädelkult mit Kannibalismus gedeutet wurden.
Aus den Luftaufnahmen über dem niederösterreichischen Raum konnten Wallanlagen mit einem Kreisgraben (z. B. Friebritz, Schletz, Rosenburg) mit

zwei Gräben, Friebritz zwei, Kamegg, Straß im Straßertal und Strögen, und fünf mit drei: Gauderndorf, Glaubendorf, Hornsburg, Immendorf und Simmensfeld festgestellt werden. Aber auch im südlichen Niederösterreich, in Oberösterreich, in Deutschland, in Bayern und in Böhmen wurden solche Erdbauten gefunden.
Neuerdings wird eine urgeschichtliche Wallanlage in Schwarzenbach in der Buckeligen Welt erforscht.

Oben: Keltische Armspirale aus Mödling. Unten: "Mondidol", Großmugl

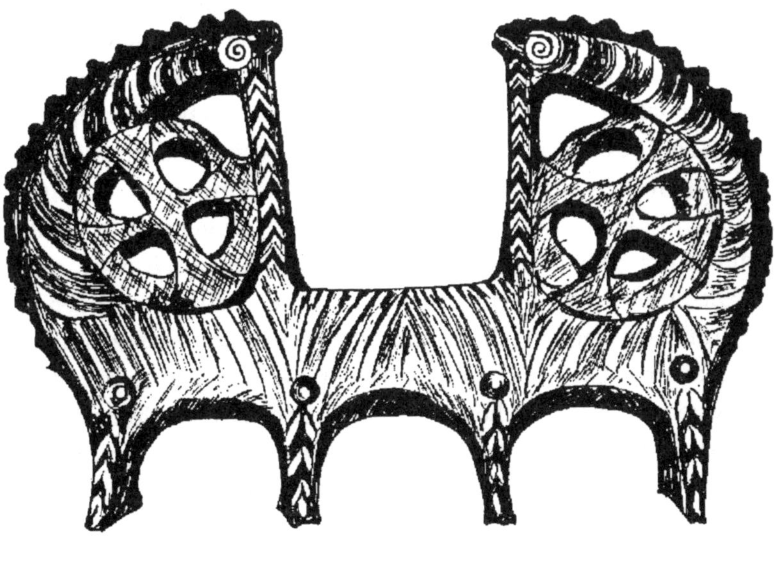

Der Tumulus

Der Tumulus ist ein Grabhügel, oder besser ein Hügelgrab. Je höher der Rang des Verstorbenen war, um so größer wurde der Grabhügel. Hügelgräber findet man auf der ganzen Welt, auch bei uns. Der Tote wurde in eine steinerne oder hölzerne Begrenzung gelegt, man gab ihm alles mit, was er im Jenseits zum Leben brauchte. Bei uns findet man Hügelgräber aus der Jungstein- und Bronzezeit. Die Germanen bestatteten einige Jahrhunderte lang ihre Toten ohne Grabhügel. Die Tumuli, wie sie in der Fachsprache heißen, wurden frühzeitig von Grabräubern, später von Archäologen geplündert.
Was uns in diesem Zusammenhang interessiert, ist, ob man bei der Errichtung der Hügelgräber wahllos vorgegangen ist oder ob man auf den Platz geachtet hat. Messungen haben ergeben, daß die Plätze sorgfältig ausgesucht wurden. Einige besonders große und schöne in unserem Umkreis, die volkstümlich Leeberge genannt werden, wollen wir anführen.
Der schönste ist in Großmugl in der Nähe von Korneuburg. Südwestlich der Ortskirche erhebt er sich inmitten der Getreidefelder. Seinen Namen verdankt er seiner Größe. Er ist 16 m hoch und hat einen Durchmesser von 55 m, ist oben abgeplattet und fällt steil ab. Auf dem Gipfel steht ein Holzkreuz und ein Vermessungsgerät. In der Nähe liegt ein kleinerer Hügel von 3 m Höhe und 33 m Durchmesser. Bei seiner Öffnung fand man ein Grabgemach aus Holz. Andere, kleinere Gräber hatten eine Brandschicht, ein Zeichen dafür, daß die Leiche verbrannt wurde. Darunter lagen Reste von Gefäßen. Die Hügel waren ursprünglich mit einem Zaun aus Holzbalken umgeben. Die Scherben, die man fand, stammen aus der frühen Bronzezeit, sind etwa 3500 Jahre alt. Das große Hügelgrab in Großmugl stammt aus der Hallstattzeit und ist etwa 2500 Jahre alt. Es wurde nie geöffnet. Die Straße führt in einiger Entfernung vorbei, man sieht den Hügel in der baumlosen Gegend schon von weitem. Der Aufstieg ist ziemlich steil, der Hügel ist mit Gras und Buschwerk verwachsen. Die Bauern drängen beim Pflügen immer näher heran. Für sie ist er durch das Kreuz geschützt. Oben ist die Strahlung deutlich zu merken. Es sind selten Menschen hier, du kannst sicher sein, zu jeder Jahreszeit den Hügel für dich allein zu ha-

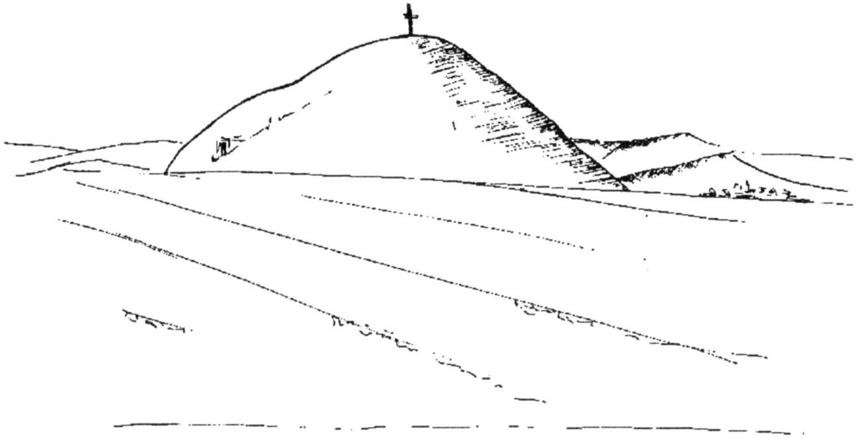

Grabhügel in Großmugl, 16 m hoch

Grabhügel in Großweikersdorf

ben. Wer sonst keinen Tumulus kennt, dem wird er in unvergeßlicher Erinnerung bleiben. Wie mühsam war es und wie viele Hände mußten sich regen, um diesen künstlichen Berg aufzuschichten. Welch ein mächtiger Mann mag hier begraben liegen.

Einen ähnlich schönen, wenn auch nicht so hohen, dafür aber breiten Leeberg, gab es bis vor kurzem in der Gemeinde Langenlebarn im Tullnerfeld. Für die Bauern war er bei der Feldarbeit ein Hindernis, sie vereinbarten mit dem Bundesdenkmalamt, daß er geöffnet würde und sie ihn dann einebnen dürften. Was auch geschah. Die Vorräte in den Depots der Museen vermehren sich und alte Kulturdenkmäler verschwinden aus dem Bild der Landschaft.

In der Nähe von Großmugl sind zwei weitere urzeitliche Grabhügel. Der eine – stark eingeebnete – liegt auf einer Bodenwelle zwischen Niederfellerbrunn und Bruderndorf. 1871 war er 15 Fuß hoch und sein Umfang betrug 130 Schritte. Er dürfte aus der Hallstattzeit sein.

Von gleichem Alter ist der Riesentumulus von Niederhollerbrunn. Er steht auf einer Bodenwelle, die das Tal beherrscht. Im Osten und Süden sind niedere Hügel. Als er 1871 entdeckt wurde, maß er 28 Fuß an Höhe und 180 Schritte im Umfang. Heute ist der Hügel unten quadratisch und steigt in vier Ebenen zu einer runden Spitze auf. Es ist möglich, daß die quadratische Form durch die Beackerung zustande gekommen ist. Diese beiden Hügel machen einen mächtigen Eindruck.

Bei dem Tumulus von Großweikersdorf war man vorerst nicht sicher, ob es sich um einen Hausberg oder um einen Grabhügel handelt. Er liegt südlich des Dorfes am rechten Ufer der Schmieda gleich neben der Bahn. Vom Hinterland ist er durch einen tiefen Graben getrennt. Das Plateau auf dem Gipfel hat einen Durchmesser von 16 Meter. Als die Bahn am Abhang des Hügels gebaut wurde, fand man ein Grab aus der Hallstattzeit mit Bronzegefäßen. Keramik aus dem 10. Jahrhundert deutet darauf hin, daß er eine Zeitlang als Hausberg benützt worden ist. Er hat keine Umwallung, daher dürfte sein ursprünglicher Charakter als Tumulus gesichert sein.

Von Tulln nach Norden zum Wagram ist von weitem der Tumulus von Geisruck in der Gemeinde Pettendorf zu sehen. Es ist ein Kegel mit 10 m Höhe, der eine Plattform mit 24 m im Durchmesser hat. Es handelt sich um einen hallstattzeitlichen Hügel. Die Erde stammt aus Wohngruben der Jungsteinzeit, die bei der Errichtung des Grabhügels zerstört worden sind. Es fanden sich Eichenpfosten, Scherben, Schmuckstücke und eine Lanzenspitze. Früher hat man den Tumulus als Hausberg bezeichnet, hier haben wir aber einen echten, der mehrere Gräber in Holzkammern enthält und nicht auf einmal errichtet wurde. Er ist von mehreren Seiten abgegraben und hat nicht mehr die ursprünglich regelmäßige Form. Eine häßliche Stromleitung führt heute darüber hinweg. Es ist schön, auf dem Plateau zu stehen, es ist aber auch schön, ihn von der Ferne zu betrachten. Neue Wohnhäuser und Schuppen fressen sich in die Landschaft hinein. Er hätte mehr Schonung verdient.

In der Nähe in Unterzögersdorf ist ein weiterer kleinerer Tumulus aus derselben Zeit.

Ein schöner Tumulus stand bis vor etlichen Jahren bei Markersdorf an der Pielach. Obwohl er ältere Funde enthielt, wurde er als Befestigungsanlage des frühen Mittelalters bezeichnet. Im letzten Krieg diente er den Soldaten als befestigter Platz, dann wurde er vom Besitzer eingeebnet und verschwand. Heute kann man ihn nur noch in den Umrissen aus der Luft betrachten, wie so vieles andere auch.

In Mistelbach ist neben der Kirche ein quadratförmiger Tumulus mit einem Wall.

Der Kalvarienberg in Staatz ist ebenfalls ein Grabhügel ohne Wall mit Buschwerk. Ein Kreuzweg führt in Serpentinen auf den Gipfel. Er liegt südlich der Burgruine neben der Straße nach Mistelbach. Eine sehr schöne Anlage.

Vom Staatzerberg erzählt die Sage, daß jeder Krieger ein Häuflein Erde auf das Grab ihres gefallenen Feldherrn geworfen hätte. Für die Entstehung eines Hügelgrabes mag die Sage ein guter Hinweis sein.

In der Nähe von Staatz liegt Wultendorf, auch Wachtenberg genannt.

Die Kirche von Schrick steht mit dem Friedhof in einem zweifachen Ringwall, wahrscheinlich ein Tumulus. Wieweit das mit der Sonnenwende zu tun hat, ist fraglich.

Beim Venusberg von Traismauer dürfte es sich auch um einen Tumulus handeln.

Neben der Kirche von Deutsch-Altenburg erhebt sich das sogenannte Attilagrab oder der Türkenhügel, wahrscheinlich auch ein Tumulus. Er hat keinen Wall, aber Strahlung. Er könnte mit dem Pfaffenberg und seiner Kultstätte in Zusammenhang stehen.
Der Schuberthügel im Schloßgarten von Atzenbrugg bei Tulln ist kein Tumulus, sondern ein Hausberg. Er ist unversehrt und gepflegt. An seinem Fuße steht eine Marienkapelle. In Serpentinen geht man auf den bewaldeten Gipfel und steht vor dem Schuberthäuschen, in das man durch die Fenster hineinsehen kann. Auf dem Tisch liegt ein Buch, als hätte Schubert eben dort gesessen und komponiert. Durch Kapelle und Schuberthaus ist der Platz gesichert. Strahlung ist vorhanden. Die Gemeinde hat Schloß und Garten gekauft und baut es zu einer würdigen Schubert-Gedenkstätte aus, in der regelmäßig Konzerte stattfinden. Die Besuche des großen Komponisten sind historisch und in den Werken belegt.
Schuberts Freunde kennen und lieben seine Atzenbrugger Tänze.

Links: Mehrfarbig bemalte Frauenstatuette der Lengyelkultur von Schwarzboden zu Falkenstein. Oben rechts: Männliches Idolköpfchen vom Schanzboden zu Falkenstein. Rechts: Keltisches Kreuz (Nach Prof. Neugebauer)

Hausberge

Die Hausberge haben eine gewisse Ähnlichkeit mit den Tumuli. Es sind freistehende künstliche Hügel, die man in der Landschaft, häufig in der Nähe von Ortschaften trifft. Die Tumuli sind Grabstätten von verschiedener Größe, die Hausberge sind Befestigungen und unterscheiden sich äußerlich von den Tumuli dadurch, daß ein oder mehrere Wälle herumlaufen. Sie dienten der Verteidigung und wurden im frühen Mittelalter errichtet. Auf dem künstlichen Hügel oder auf der abgeflachten Fläche, die gar nicht groß war, wurde ein Turm aus Holz, später aus Mauerwerk errichtet und diente als Festung. Dann wurde aus dem Turm das sogenannte Feste Haus, der Vorläufer der Burg. Der Hausberg selbst und die Wälle rundherum waren mit Palisaden versehen, sodaß sie leichter zu verteidigen und schwer einzunehmen waren. Im vergangenen Jahrhundert wollten Romantiker in ihnen auch Kultstätten sehen.

Bei Großweikersdorf war man sich nicht im klaren, ob es sich um eine Befestigung oder um einen Grabhügel handelt, bis man Reste von Toten fand. Merkwürdig ist der Zusammenhang der Namen Geisruck und Geiselbach und Geiselberg. Das Wort Geis ist keltischen Ursprungs, kann heilig oder Speerträger bedeuten.

Der Geiselberg ist der schönste aller Hausberge. Er liegt in der Nähe der Ölstadt Zistersdorf, aber nicht in der Ebene, sondern etwas abseits in einer Gegend, wo es schon Weinberge, Wälder und kleine Hügel gibt. Nach den Forschungen soll er um 1100 entstanden sein und war nur mit einem einzigen Wall umgeben. Die zwei größeren Wälle sind später gebaut worden. Er ist in einem guten und gepflegten Zustand, bezeichnet, und leicht in der Nähe der Weinkeller zu finden. Auf den Wällen zu wandern und in die Landschaft hinauszuschauen ist erhebend. Die Rute schlägt auf der Innen- und Außenseite der Wälle stark aus. Dazwischen gehen radiale Strahlen vom Mittelpunkt nach Osten. Ich habe einen anderen Rutengänger gebeten, es unabhängig von mir zu versuchen, er kam zum gleichen Ergebnis. Der Geiselberg strahlt. Wie das zu erklären ist, ist eine schwierige Frage. Warum sollten die Menschen nicht instinktiv auf einen alten Kultplatz oder Kulthügel zurückgegriffen haben? Vielleicht kam der Gedanke hinzu, daß die Macht des numinosen Platzes die Abwehr bestärken und die Feinde abhalten würde. Der Geiselberg gehört zu den starken Plätzen unseres Landes. Ein guter, ein überaus schöner und liebenswerter Platz! Als ich ihn zum letztenmal besuchte, saß oben ein alter Bauer auf der Bank und sann vor sich hin; er meditierte. Dann kam eine junge Mutter mit einer Schar Kinder und setzte sich auf die Bank - eine große Ruhe lag über ihnen -, es war Sonntag. Die Kinder verhielten sich still, eines saß auf dem Schoß der Mutter. Sie erzählte mir, daß jedes Jahr im Juni Schüler mit ihren Lehrern hieherkämen, um im Freien eine Messe zu feiern. Auf dem Platz, von wo aus man die Wallanlage erreicht, ist eine schöne, schattige Wiese mit einem roten Kreuz. Der Platz, auf dem das Kreuz steht, strahlt. Ich ging hernach in einen der naheliegenden Keller, wo mir ein Weinhauer seinen Wein vorsetzte und den Erdstall zeigte. Der Berg besteht aus Löß, in dem leicht zu graben ist. Er ist wie durchwühlt von Kellern und Erdställen. Es ist ein Glück, wenn jemand diesen Platz findet und dort verweilt. Man wird die Kraft des Platzes spüren.

Der nächste Hausberg nach Rang und Schönheit ist der von Stronegg zwischen Mistelbach und Hollabrunn. Diese Anlage liegt am Südwestende des Dorfes und besteht aus zwei Hauptwerken und einem Vorwerk.

Südöstlich vom Hausberg liegt der Veiglberg, wahrscheinlich eine urzeitliche Höhlensiedlung, die im Mittelalter umgestaltet wurde. Die Anlage ist leider im Augenblick kaum zu erreichen. Durch neue Wohnanlagen, die sich an den Hausberg herandrängen, hat er viel von seiner Schönheit verloren.

Was ist mit dem Simperlberg in den Oberleiser Bergen? Wahrscheinlich ist es ein Hausberg. Er schaut aus wie ein Hut, hat eine kleine Wallanlage und darüber ragt ein kleiner Hügel empor. Für einen Beobachtungsplatz geeignet, aber der ganze Leiserberg ist heiliger Boden. Der Simperlberg liegt nur am Rande. Auf der anderen Seite des Berges steht die jetzige Wallfahrtskirche; in der Nähe der Aussichtswarte zeigt die kleine Kapelle, das Marterl, den Platz an, wo einmal die alte Wallfahrtskirche stand. Daneben ist das große Ausgrabungsfeld der römischen und vorrömischen Siedlung.

Wir verlassen Niederösterreich und besuchen das benachbarte Burgenland.

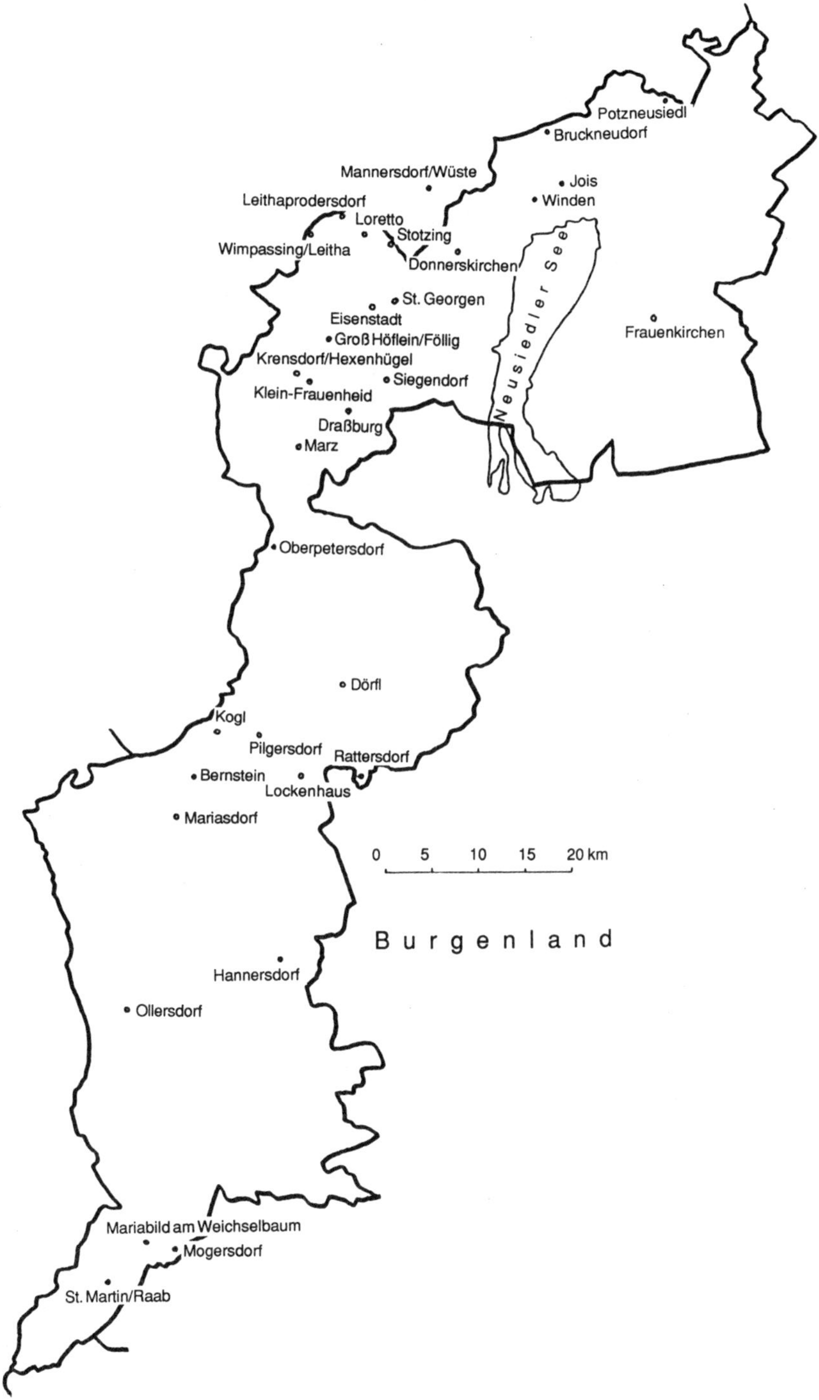

Potzneusiedl
Bruckneudorf
Mannersdorf/Wüste
Jois
Winden
Leithaprodersdorf
Loretto
Stotzing
Wimpassing/Leitha
Donnerskirchen
Neusiedler See
St. Georgen
Eisenstadt
Frauenkirchen
Groß Höflein/Föllig
Krensdorf/Hexenhügel
Siegendorf
Klein-Frauenheid
Draßburg
Marz
Oberpetersdorf
Dörfl
Kogl
Pilgersdorf
Rattersdorf
Bernstein
Lockenhaus
Mariasdorf
0 5 10 15 20 km
Burgenland
Hannersdorf
Ollersdorf
Mariabild am Weichselbaum
Mogersdorf
St. Martin/Raab

Burgenland

Seit wann Menschen in dem Gebiet leben, das wir heute als Burgenland bezeichnen, wissen wir nicht.
Die sogenannte Altsteinzeit reicht von 600.000 bis 4000 vor Christus. In unserem Land fanden sich bisher keine Spuren menschlichen Lebens in so weit zurückliegende Zeiten wie in den Nachbarländern Niederösterreich und Steiermark. Es wäre naheliegend, wenn man im Ludlloch bei Winden etwas gefunden hätte. Wir wissen, daß dort Bären gehaust haben, doch von Menschen ist keine Spur. In der Gudenushöhle in Niederösterreich und in der Bärenhöhle von Mixnitz in Steiermark fand man Reste menschlichen Lebens aus der tiefsten Altsteinzeit. Es ist anzunehmen, daß damals auch im Burgenland Menschen lebten.
Die darauffolgende Jungsteinzeit, das Neolithikum, dauerte bis 1800 vor Christus. Aus dieser Zeit finden sich viele Reste. Es sind Steingeräte, Tonwaren und Spuren von Mahlzeiten. In der Mitte der Jungsteinzeit war das Burgenland schon verhältnismäßig dicht besiedelt. Die Menschen kamen aus Ungarn und brachten den Ackerbau mit. Bedeutende Funde machte man in Antau und auf dem Taborac in Draßburg, sowie in der Umgebung von Oberpullendorf.
Auf diese Kulturstufe folgte die sogenannte Oggau-Lorettokultur, die schon am Übergang zur frühen Bronzezeit, also vor etwa 4000 Jahren steht. Aus der Hügelgräberzeit (1500 - 1200 v. Chr.) und der darauf folgenden Urnenfelderkultur gibt es zahlreiche Funde, vor allem in der Gegend von Leithaprodersdorf und Loretto. Die Wallanlagen von Purbach, Eisenstadt und Burg sind auch so alt, wenn nicht älter. Geheimnisvoll ist die Trommel aus Bronze, die aus dieser Zeit stammen könnte und in Haschendorf gefunden wurde. Es ist eine Scheibe mit einem Durchmesser von einem halben Meter, die auf zehn vierspeichigen Rädern steht. Einen praktischen Zweck kann man sich schwer vorstellen. Es könnte sich um den Deckel eines Gefäßes, eine Trommel, einen Beschlag, eine Hängekrone oder einen Altarschmuck handeln. Kultischer Bezug ist anzunehmen. Die ältere Eisen- oder Hallstattzeit prägt noch heute die Landschaft durch ihre Hügelgräber oder Tumuli. Wir nennen hier Donnerskirchen, Schattendorf, Siegendorf,

Krensdorf, Eisenberg und Badersdorf bei Pinkafeld. In der jüngeren Eisenzeit (400 bis Christi Geburt) kamen die Kelten aus dem Westen. Sie brachten die Töpferscheibe und die ersten Münzen mit. Siedlungen hat man noch keine gefunden, wohl aber Grabfelder in Loretto, Mörbisch, Oggau, Klein- und Großhöflein und Mattersburg. Nach den Kelten kamen die Draker aus dem Osten und die Römer aus dem Süden. Das Burgenland wurde mit einem Teil von Niederösterreich vereinigt und militärisches Zentrum war Carnuntum, wo die alte Bernsteinstraße von Rom zur Ostsee die Donau kreuzte.
Im ersten Jahrhundert brach das römische Reich zusammen und die Völkerwanderung brachte Unruhe und Bewegung ins Land. Die spätere Geschichte interessiert uns in diesem Zusammenhang nicht mehr.

Donnerskirchen

Donnerskirchen liegt am Rand der Ebene, dort wo das Leithagebirge in die ungarische Tiefebene abfällt, wo man schon die endlosen Weiten des Ostens spürt. Ein Tal führt in den Berg hinein, nördlich davon steht die Kirche auf halber Höhe, südlich ist der Mahdberg, an dem entlang die Straße nach Wien den steilen Hang in Kurven nimmt. Leider wächst die Siedlung immer höher hinauf. Hinter dem letzten Haus beginnt eine Bergwiese, die von einem Zaun umgeben ist. Dort liegen die berühmten Drei Berge. Von den ursprünglich fünf Grabhügeln sind noch vier erhalten. Zwei Hügel waren schon früher ausgeraubt worden, der dritte wurde 1910 ausgegraben und der Inhalt geborgen, aber leider nicht gut beschrieben. Man fand Brandurnen aus der Hallstattzeit mit Beigaben aus Keramik und Metall. Es muß sich um hervorragende Persönlichkeiten oder ihre Familien gehandelt haben, die hier bestattet wurden. Der Platz wirkt heute noch sehr eindrucksvoll. Es ist auch eine komplizierte Strahlung festzustellen.
Im Jahre 1971 stieß ein Baggerführer beim Aushub für einen Neubau auf dem Unteren Kreutberg 9 in geringer Tiefe auf Tongefäße, fünfzehn an der Zahl. Sie standen dicht nebeneinander, die großen mit der Mündung nach unten, die kleinen mit der Mündung nach oben. Die Gefäße waren nicht

zerschlagen oder zerbrochen, wie man es sonst in Opfergruben findet, sondern ganz, nur durch den Bagger zerstört. Man stellte fest, daß es sich um ein sogenanntes jungsteinzeitliches Gefäßdepot handelt. Depots wurden häufig aus verschiedenen Zeiten gefunden und man glaubte, daß Händler sie vergraben und dann vergessen hätten. Bemerkt soll hier noch werden, daß man Gefäßdepots im Burgenland in Trausdorf und Siegendorf auch aus der späteren Bronzezeit gefunden hat. Wegen des hohen Alters des Depotfundes von Donnerskirchen waren die Forscher zuerst in Verlegenheit. Sie suchten Parallelen und kamen auf Töpferdepots in Ungarn, die man schon früher als kultische Opferstellen gedeutet hat.
Von den Opfergruben muß man die Abfallgruben unterscheiden. Ein Vorschlag war auch, sie als Gefäßbestattungen, als symbolische Gräber für Verschollene oder Totenopfer zu deuten. Man glaubte, daß hier rituelle Handlungen mit einem Trankopfer stattgefunden haben. Die Anzahl der Schalen, meist um 20, könnte auf die Anzahl der Familienmitglieder hinweisen. Weil die Gefäße nicht neu, sondern gebraucht waren, vermutet man, daß es sich nicht um ein Töpferdepot gehandelt haben kann. Im Fundbericht heißt es abschließend: "Das Gefäßdepot Donnerskirchen - Kreutberg ist der Niederschlag einer speziellen jungneolithischen Gefäßdeponie, die mit Deutungsmodellen wie Opfer und Tabu zu verbinden sein dürfte."
Zwei Arten von Keramikfunden aus Donnerskirchen sollen noch extra erwähnt werden: Die Stierkopfgefäße und die Mondidole. Letztere sind halbmondförmige Tongegenstände, die entweder bankförmig sind oder Standfüße haben. Man hat sie zuerst als Feuerböcke gedeutet, auf denen man Fleisch gegrillt hat. Da manche aber sehr klein und viele mit Tierköpfen geziert sind, hat man sie als Kultgegenstände, die mit dem Mond zusammenhängen, gedeutet. Ursprünglich mögen sie Geräte bei der Feuerstelle gewesen sein, später bekamen sie einen kultischen Bezug. Das große Mondidol von Donnerskirchen steht als Prachtstück im Burgenländischen Landesmuseum in Eisenstadt. Im Bereich des Feuers und des Herdes kann es eine Art Hausaltar gewesen sein.
Ebenso berühmt wie das Mondidol von Donnerskirchen ist das große Stierkopfgefäß aus der Hallstattzeit, das in Donnerskirchen gefunden worden ist und sorgfältig restauriert, im gleichen Museum bewundert werden

kann. Es ist ein bauchiges Gefäß, in das man oben durch eine breite runde Öffnung die Flüssigkeit eingoß, und aus dem man durch den offenen Mund des Tieres trinken konnte. Manche Trinkgefäße dieser Art standen auf einer kleinen flachen Basis, andere hatten vier Füße wie ein Tier. Über Herkunft und Brauchtum wissen wir nichts, wahrscheinlich hatten sie nicht praktischen, sondern kultischen Sinn.

Wenn man von der Ebene nach Donnerskirchen schaut, fällt einem sofort die Kirche ins Auge, die auf einem erhöhten Platz, weithin sichtbar, auf einer Terrasse liegt. Warum hat man die Kirche auf diesen mühsam zu ersteigenden Platz gestellt und nicht mitten ins Dorf, wo die Kapelle steht? Der Platz wurde nicht nur aus optischen Gründen gewählt oder weil unten kein Platz war - man hat die Kirche auf einen Platz gestellt, der schon vorher kultisch benützt worden war. Die starke Strahlung um die Kirche herum bestätigt das.

Loretto und Leithaprodersdorf

Beide Orte liegen in einer Entfernung von etwa vier Kilometer, dazwischen sind die riesigen Gräberfelder. Die ältesten Funde stammen aus der frühen Bronzezeit, sind also etwa viertausend Jahre alt. Nach langem Streit hat man sich auf den Ausdruck "Gruppe Leithaprodersdorf" geeinigt.

Am Ortsende von Leithaprodersdorf, Richtung Loretto, liegt gegenüber dem Lagerhaus der Ausgrabungsplatz, der heute "G'schlößl" genannt wird. Am Rande stehen mächtige römische Sarkophage aus Müllendorf, die hier abgestellt wurden, weil am Fundort kein passender Platz war. Die Anlage besteht aus zwei bis drei kreisförmigen Wällen und zwei Gräben. Das runde Plateau in der Mitte hat etwa 70 Meter Durchmesser und ist kaum höher als die Wälle. Weil dort die Mauerreste eines römischen Turmes gefunden wurden, sprach man zuerst von einer frühmittelalterlichen Befestigung, einem Hausberg, dann von einem römischen Burgus. Die ganze Fläche war durch Jahrhunderte Ackerland oder Wiese und ist durch Bearbeitung im Laufe der Zeit eingeebnet worden. In den Gräben soll noch bis vor kurzem Wasser gestanden sein. Der quadratförmige Turm hat eine Seitenlänge von

Wallfahrtskirche Loretto

zehn Meter. Um 1200 wurde ein anderes Bauwerk angebaut, das Castrum Pordan geheißen hat und von Ottokar II. 1273 zerstört worden ist.
Der Platz wurde 1971 archäologisch untersucht und ist jederzeit frei zugänglich. Auf einer großen Tafel findet man Lageplan und Beschreibung. Damit könnte man sich zufrieden geben, doch es ist verlockend, Vergleiche mit ähnlichen Wallanlagen anzustellen und daraus zu schließen, daß es sich ursprünglich nicht um eine Befestigung, sondern um eine Kultanlage gehandelt hat. Die Rute schlägt wie an anderen ähnlichen Plätzen am Rand der Wälle aus.
Die Ausgrabungen wurden westlich des Dorfes auf den Feldern und am Hang zum Wald hin gemacht. Das Gräberfeld erstreckt sich bis nach Loretto. Die Wohnsiedlung dürfte im Osten, bei und vor der Kuhheide gelegen sein. Die ältesten Fundstücke stammen aus der Jungsteinzeit, die jüngsten aus der Römerzeit. Manche Plätze zeigen Spuren aller Kulturschichten. Man fand Mondidole, aber auch Zeichen von Leichenzerstückelung. Neben Schmuck und Gefäßen sind Tierfiguren aus Ton ausgegraben worden: Ente, Hund, Hirsch, Rind. Einem Kind hat man blaue Glasperlen mitgegeben. In einem römischen Grab fand man einen zerstörten Altar. Die jüngsten Reste stammen aus dem 2. Jahrhundert n. Chr.

Loretto

Es ist wohl kein Zufall, daß heute eine der bedeutendsten Wallfahrtskirchen des Landes in Loretto steht. Ihr vorausgegangen ist eine Johanneskapelle. Erst 1651 wurde die große Kirche mit dem Servitenkloster gebaut. Kaum war sie fertig, wurde sie von den Türken zerstört und wieder aufgebaut. Da die Verehrung des heiligen Hauses von Loreto üblich war und der Grundherr aus Italien eine Schwarze Madonna mitbrachte, wurde nach dem Vorbild von Loreto in Italien das Haus der heiligen Familie nachgebaut. (Loretto im Burgenland schreibt sich offiziell mit zwei T, anderswo schreibt es sich mit einem T). Es ist eine dunkle, fensterlose Kapelle, in der hinter einem prunkvollen Eisengitter die schwarze Muttergottes mit dem Kind steht. Das Volk spricht von der "schwarzen Kuchl".

Jetzt ist die Tür des Gitters verschlossen und man kann nicht hinein. Von der Verehrung des Volkes zeugen die vielen Lichter, die immer brennen. Früher sprach man von Maria-Haid. Die Kirche in Klein Mariahaid erinnert daran. Nach Loretto kamen früher Pilger aus Ungarn und Kroatien, jetzt nur mehr aus der Umgebung, vor allem aus dem Burgenland. Die sogenannte Kroatenwallfahrt ist immer am dritten Sonntag im Oktober. Man schlief bis in die jüngste Zeit in der Kapelle und in der Kirche.
Die Serviten sind ausgezogen, Kirche und Wallfahrt wird von Weltpriestern betreut. Im Kloster ist ein Bildungs- und Exerzitienhaus eingerichtet, das gerne besucht wird. Die ganze Anlage hat eine eigene Faszination. Die Strahlung ist in und um die Kapelle am stärksten. Die sieben großen Linden im Hof, die an die sieben Gründer des Servitenordens erinnerten, sind umgeschnitten worden. Stark strahlend ist auch der Platz bei der Muttergottesstatue vor der Kirche.

Der Hexenhügel von Krensdorf

Der flache, aus der Ebene herausragende Hügel hat verschiedene Namen. Er heißt Hexenriegel, Leberberg, Leeberberg, Großer Leberberg, Leberberi, Feuerhügel und Türkenhügel. Hexe weist darauf hin, daß der Platz den Leuten unheimlich war. Alle Zusammensetzungen mit Lee weisen auf Grabhügel, Tumulus hin. Er liegt frei im Gelände und ist gut gepflegt, man hat einen Steinkreis aufgestellt, sogar mit einem Lochstein. Das danebenstehende alte Marterl gibt einen wichtigen Hinweis auf die Kontinuität der Kultstätte. Der Hügel hat nur mehr eine Höhe von drei Meter, ursprünglich war er höher. Durch Wind und Wetter und durch landwirtschaftliche Nutzung wurde er eingeebnet. Sein Grundriß ist oval mit einer Länge von 56 Metern und einer Breite von 37 Metern. Er liegt zwischen Krensdorf und Hirm, nördlich des Hirmbaches und ist von zwei Seiten zugänglich. Auf ihm treffen die Gemeindegrenzen von Sigleß und Pöttelsdorf zusammen. Bei der Grabung fand man eine Grabkammer mit dem Ausmaß von sechs zu vier, die Höhe war etwa ein Meter. Die Grabkammer war aus Fichtenholz, die Decke nicht gewölbt sondern flach. Man fand Reste von drei oder vier

Hexenhügel, Krensdorf (urgeschichtlischer Grabhügel)

Brandbestattungen aus der Hallstattzeit. Beigaben waren u.a. eine Bronzesitula, der Fuß eines Mondidols und eine Steinpfeilspitze. Wie letztere hiehergekommen ist, weiß man nicht. Sie stammt auf jeden Fall aus einer älteren Zeit und läßt die Möglichkeit offen. daß der Platz schon vor den Kelten bekannt und besucht war.
Es ist ein eindrucksvoller, starker und schöner Platz, den man gerne öfter aufsucht.

Siegendorf

Der Ort liegt zwischen Eisenstadt und Wiener Neustadt. In Siegendorf beim Lagerhaus muß man den nächsten bezeichneten Weg nach rechts einschlagen. Man kommt in einen Wald, an dessen Ende, noch unter den Bäumen, Hügelgräber aus der Bronzezeit stehen, die also mindestens dreitausend Jahre alt sind. Unter dem Hügel wurden Reste einer jungsteinzeitlichen Siedlung gefunden. Der Wald heißt Schuschenwald, der Höhenzug

Königsschüssel. Die Gräber wurden erst im Jahre 1970 entdeckt und hernach ausgegraben. Der erste Hügel wurde wieder so hergestellt, daß ein Viertelsegment frei ist und man in das Innere mit dem Grab sehen kann. Auf der vor der Anlage stehenden Tafel sind nähere Angaben zu lesen. 1983 wurden die anderen fünf Gräber geöffnet. Es handelt sich um Brandgräber aus der Urnenfeldzeit. Die Anlage ist sehr schön gestaltet und wird von Einheimischen und Fremden häufig besucht. Sogar eine Rastanlage mit Tisch und Bank ist vorhanden.
Wenn man den Weg ins Freie weitergeht zu einem Hügel, ist die Ebene gut zu überblicken. Ich nehme an, daß der Hügel kultische Bedeutung für die dazugehörende Siedlung gehabt hat. Die Königsberge waren immer Kultplätze und im Namen Königsschüssel mag etwas davon enthalten sein.

St. Georgen

Wenn man in St. Georgen von der Pfarrkirche auf der gelben Markierung am Friedhof vorbei weitergeht, kommt man zuerst zu einem Marterl und dann nach etwa zwei Kilometer auf einem Feldweg, der gut befahrbar ist, zum sogenannten Schauerkreuz. Das ist ein besonders merkwürdiger und eindrucksvoller Platz. Hier beginnt der Truppenübungsplatz, der durch eine Tafel gekennzeichnet ist. Links davon steht eine wunderschöne gesunde Eiche, rechts ein schönes Marterl, das die Muttergottes mit Kind auf einer Säule mit einem Kreuz darüber zeigt. Auf meine Frage an einen Bauern, warum es Schauerkreuz heiße, sagte er, "weil hier immer Schauer, d.h. Hagel, fällt." Die Strahlung ist vor dem Marterl am stärksten, vielleicht ist es einmal versetzt worden. Sie führt weiter zur Eiche, eine andere Strahlung kommt vom Gebirge zum Marterl herab und kreuzt sich dort. Unter der Eiche steht eine Bank, wo man sich gerne hinsetzt. Direkte Bodenberührung ist aber vorzuziehen. Manchmal kommt ein Bauer vorbei, der im Wald oder in den Weinbergen arbeitet. Sonst ist Ruhe, denn die Landstraße ist weit weg. Die Wurzeln der Bäume, die zum Teil aus dem Gras heraustreten, sind so stark wie Bäume. Ein wunderbarer Platz zum Verweilen.

Winden

Das Gebiet um Winden ist uralter Siedlungsboden. Man fand Gegenstände aus der Jungsteinzeit und später. Die römische Limesstraße hat beim Bäckerkreuz das Leithagebirge überschritten. Bei der Gritschmühle wurde 1958 eine römische Quellfassung mit zwei Weihealtären gefunden. Königsberge sind meist Opferplätze von vorgeschichtlichen Siedlungen. Der hiesige Königsberg liegt im Westen des Dorfes. So öd das flache Land um das Dorf ist, so schön wird es, wenn man auf dem Feldweg nach Westen ins Leithagebirge geht. Ein breiter Graben führt weit ins Gebirge hinein. Der Weg ist bezeichnet, er führt zur Ludl- oder Bärenhöhle. Sie liegt auf halber Höhe zur rechten Hand und hat zwei Eingänge, die in einer Halle zusammenkommen. Der Eingang war früher so niedrig, daß man nur kriechend hineinkommen konnte, jetzt kann man gebückt eintreten. Der zweite Eingang ist höher. Bei der Grabung hat man Reste von ausgestorbenen Tierarten gefunden. Die Stimmung in der Höhle ist beruhigend, man fühlt sich wohl. Man hat angenommen, daß der Mensch der Urzeit in Höhlen gewohnt hat. Heute sagt man, daß er es nur ausnahmsweise und für kurze Zeit getan hat. Höhlen hat man gerne als Kultstätten verwendet, wie wir es von den berühmten französischen Höhlen wissen, die kunstvoll mit Felszeichungen geschmückt waren. Der Schamane suchte durch Beschwörung und Magie Gewalt über die Tiere zu bekommen, die er jagen wollte. Bisher hat man in der Bärenhöhle keine Zeichen von menschlicher Anwesenheit gefunden. Der kleinere Eingang rechts strahlt stärker. Auf der gegenüberliegenden Seite des Tales steht eine Kapelle, die dem heiligen Hubertus geweiht ist. Darüber erheben sich die Weinberge des Königsberges.

Es muß hier einst ein großes Kultgebiet gewesen sein, das heute noch beeindruckt.

Ein Stück weiter talauswärts liegt die Zigeunerhöhle, ein wunderbarer Platz mit Wiesen, hohen Bäumen, Gesträuch und bizarren Felsen. Die Höhlen sind nicht tief, aber als Unterstand geeignet; bis nach dem Ersten Weltkrieg haben Zigeuner hier gehaust.

Wenn man von den Höhlen zum Weg zurückgeht, liegt rechts ein grauer Stein, der zahlreiche Löcher aufweist, die ihn als Kultstein kennzeichnen. Auf einer Tafel steht, daß man hier nicht kampieren soll, doch ist der Platz mit Tisch und Bänken eingerichtet. Ein zauberhafter Platz, der zum Verweilen, ja Feiern einlädt.
Bevor man in die Ebene hinauskommt, steht auf der rechten Seite, etwas abseits des Weges auf einer Bodenschwelle eine schöne Steinsäule ohne Kreuz und Bild, mit einer langen Inschrift, die auf den Ursprung hinweist. Hier beginnt der heilige Bezirk.
In Winden wurde eine Tonschale gefunden, die auch als "niedrige Bombe" bezeichnet wird. Sie ist auf der Außenseite mit spiralförmigen Mustern verziert und das älteste Zeugnis menschlicher Kultur im Burgenland. Sie wird auf 8000 Jahre geschätzt. Das war die Zeit, als in diese Gegend der Ackerbau kam, der um 2000 Jahre früher in Mesopotamien aufgekommen war. Es war das Ende der Eiszeit, als die Menschen seßhaft wurden, den Ackerbau erfanden und begonnen haben, Haustiere zu züchten. Damals wurde auch das Burgenland von einer Naturlandschaft zu einer Kulturlandschaft umgestaltet. Die altsteinzeitliche Bombe von Winden ist, so wie die Venus von Draßburg, ein Prunkstück des Museums von Eisenstadt.
Gegenüber der beiden Höhlen ist der Königsberg. Der Name weist auf eine alte beherrschende Siedlung hin, Wir denken an die Königsberge in Steiermark, die immer mit Wallanlagen verbunden sind. In seinem Umkreis liegen etliche merkwürdige Steine, die auf kultischen Ursprung hinweisen könnten.

Jois

Jois liegt gleich neben Winden am Ostabfall des Leithagebirges. Auf dem baumlosen Abfall der Joiser Trift hat man Funde aus der Jungsteinzeit gemacht. Mehrere Grabhügel wurden geöffnet, man fand Reste von Opferplätzen.

Potzneusiedl

Das Dorf liegt im Norden an der Grenze des Landes an der Leitha. Bei der Mühle Wangheim am Fluß fand man einen römischen Herkulesaltar. Die Gegend ist schon seit 4000 Jahren besiedelt, wie es Grabstätten bezeugen.

Bruckneudorf

Wer von Wien kommt, fährt auf der Hauptstraße durch Bruck, an das sich Bruckneudorf unmittelbar anschließt. Das letzte Haus auf der linken Seite ist eine Tankstelle. Dort zweigt man links ab und fährt auf einem asphaltierten Feldweg nach Nordosten über die Autobahn, nimmt dann die erste Abzweigung nach rechts und nach einem kurzen Stück wieder nach rechts. Unter der Starkstromleitung ist die Ausgrabung. Der Weg ist nicht bezeichnet.

Die Umgebung macht einen trostlosen Eindruck, weil durch die Flurbereinigung alles gleichgemacht worden ist. Kein Baum, kein Strauch, kein Rain. Hier war einmal Heide und Weideland. Dieses Gebiet war seit der Jungsteinzeit besiedelt.

Es sind die Grundmauern einer römischen Prachtvilla zu sehen, die von einer Mauer umgeben war. In der Mitte stand das Herrenhaus, das in etwa ein Quadrat von 40 mal 45 Meter umfaßte und im Osten drei kleine Apsiden hatte. Ein Repräsentationsraum daneben war 14 mal 14 Meter groß und hatte eine Apsis von acht Metern. Die 30 Räume mit dem Festsaal von 185 Quadratmetern waren zum Großteil mit herrlichen römischen Mosaiken geschmückt, die geborgen wurden und jetzt im Museum in Eisenstadt zu bewundern sind. Die Wände waren mit Malereien geschmückt. Weiter draußen lagen die Wirtschaftsgebäude. Die Villa wurde um 100 n. Chr. gebaut und soll kaiserliche Residenz für Valentinian gewesen sein, der sich 375 n. Chr. einige Monate in der Nähe von Carnuntum aufgehalten hat. Da man Kreuze gefunden hat, ist anzunehmen, daß der Bau auch als christliche Kirche verwendet worden ist. Die Anlage ist nach geomantischen Gesichtspunkten angelegt und daher auch für uns von Bedeutung.

In der Nähe wurde die Kirchenruine Chunigesbrunnen ausgegraben. Der Name deutet auf eine Stiftung des Kaisers Heinrich IV. an den Bischof von Freising aus dem Jahre 1074 hin. Heute würde man Königsbrunn sagen, und der antik gefaßte Brunnen, den man gefunden hat, bestätigt es.

Lockenhaus

Der geheimnisvollste Raum im Burgenland ist wahrscheinlich der sogenannte Kultraum in der Burg Lockenhaus, die um 1200 erbaut und später erweitert worden ist. Der Kultraum liegt zwischen dem unteren und dem oberen Teil der Burg. Er hat einen rechteckigen Grundriß mit zwei einander gegenüberliegenden halbkreisförmigen Apsiden. Man wird an die Virgilkapelle am Stephansplatz erinnert, nur hat diese sechs Apsiden. Das Ganze ist aus schön behauenen Steinen erbaut. In einem Sims in der Wölbung der Apsiden ist an der Decke ein Kreuz eingemeißelt, wo eine stärkere Strahlung zu spüren ist. In der Mitte der Decke ist eine kreisrunde Öffnung, die zum oberen Burghof führt und durch ein Gitter verschlossen ist. Unterhalb der Öffnung befindet sich im Boden eingelassen eine Steinschale, in der Wasser steht. Durch dieses Loch in der Decke fällt das Licht in den Raum. Man ist sich darüber einig, daß dieser Raum ursprünglich keinen anderen Eingang als die Öffnung an der Decke hatte. Über seinen Zweck sind viele Vermutungen angestellt worden. Man vermutete einen Brunnen, in dem zeitweise Wasser stand, oder eine Schatzkammer, niemals aber ist man auf die Idee gekommen, daß es eine Gruft sein könnte. Es ist nicht auszuschließen, daß der schöne geheimnisvolle Raum im Laufe der Zeit verschiedenen Zwecken gedient hat. Jetzt kann man von der Seite in die Apsis eintreten, ähnlich wie in St. Virgil, das auch nur von oben begehbar war. Es gibt eine Sage, daß in der Burg Tempelritter gelebt hätten.

Die Art des Baues erinnert an ähnliche in Syrien, die die Tempelritter gekannt und als Vorbild für diese Krypta verwendet haben könnten. Es ist auch schon darüber gesprochen worden, daß die Öffnung oben und die Schale unten einen Zusammenhang mit dem Stand der Gestirne, besonders von Planeten, vielleicht der Venus hätten. Wenn wirklich Tempelritter hier

Kultraum in Lockenhaus

waren, kann man sich vorstellen, daß sie geheimnisvolle Riten – Initiationsfeiern – abgehalten haben; etwa die Einweihung von Mitgliedern in die Lehren und Riten ihres Ordens. Man muß im Raum länger verweilen, um sich beeindrucken zu lassen. Wahrscheinlich wäre die Nacht dafür geeigneter als der Tag. Vielleicht haben die Ritter hier gebetet oder meditiert und auf Offenbarungen gewartet. Mich hat es ein wenig an das Mithräum in San Clemente in Rom erinnert. Maße und Formen sind von einer Vollendung wie kaum sonstwo. Jetzt hat man in die vordere Apsis einen behauenen Stein, einen Tabernakelstein, gestellt. Auf der Vorderseite zeigt er die Gra-

vierung zweier ineinander verschlungener Schlangen, darunter zwei Kreise, die sich berühren und vielleicht Brote darstellen.
Die Burganlage, die vor einigen Jahrzehnten noch eine Ruine war, hat der Dichter Paul Anton Keller gekauft und wunderschön renoviert. Jetzt ist sie im Besitz einer Stiftung, von früh bis abends geöffnet, alle Räume sind zugänglich. Über der Krypta, etwas seitlich, steht die schöne Burgkapelle, die Strahlung aufweist und sehr stimmungsvoll ist. In den Fensternischen finden sich die ältesten Freskenreste des Burgenlandes. Mit etwas Phantasie könnte man sich vorstellen, daß der oder die Einzuweihenden als Vorbereitung für die Aufnahme in den Orden oder in höhere Ränge des Ordens, zur Meditation in den unteren Kultraum über eine Leiter hinabstiegen oder an einem Seil hinabgelassen wurden. Sie meditierten, wurden wieder heraufgezogen und die Zeremonie in der oberen Burgkapelle wurde fortgesetzt. Dieses Hinabsteigen oder Hinablassen in das tür- und fensterlose Gemach würde den mystischen Tod bedeuten. Darauf folgt die Erneuerung und Wiedergeburt. Auch bei den Pyramiden wird vermutet, daß sie weniger als Grab des Pharao gedacht waren, sondern daß in ihnen geheimnisvolle Riten vollzogen wurden, bei denen die in eine Mysteriengemeinschaft Aufzunehmenden in das Grab gelegt wurden, und dann gleichsam als neuer Mensch aufstiegen, wie es ähnlich bei den eleusinischen Mysterien der Fall war.

Dörfl

In der Nähe von Lockenhaus liegt Dörfl, von wo aus man etwa 20 Minuten zum Bründl geht. Kreuzwegstationen begleiten den Weg. Der Gang durch den Wald trennt vom Alltag und versetzt uns in eine weihevolle Stimmung. Früher gab es beim Bründl eine Einsiedelei.
Die Wallfahrt ist nicht erloschen, der Platz sieht gepflegt aus und es herrscht absolute Stille. An großen Marienfeiertagen kommen Scharen von Menschen.
Die erste Marienstatue wurde 1667 bei der Quelle aufgestellt und mit einem Dach geschützt. Fürst Esterhazy ließ 1720 eine Kapelle darüber errich-

ten. Der Kultgegenstand ist eine Statue der heiligen Maria mit Kind aus Stein. Die Heilquelle wurde besonders von Frauen und bei Augenleiden aufgesucht. Ein Koch soll durch das Heilwasser sehend geworden sein. Uns interessiert vor allem die Stille des Platzes, das Wasser, die Bäume, die große Ruhe. Man kann lange bleiben, ohne daß man gestört wird.

Eisenstadt

In Eisenstadt interessiert uns vor allem der Burgstall. Er entspricht dem berühmten, räumlich gegenüberliegenden von Ödenburg. Er ist schwer zu finden und zu erreichen. Es scheint, daß außer dem Jäger niemand hinaufgeht. Man muß sich am Sendeturm orientieren, der über der Kaserne auf dem Hang des Burgstallberges steht. Beim Haus Föhrenweg Nummer 6 endet die Asphaltstraße. Man steigt den Waldweg etwa hundert Meter weiter hinauf, dann kommt eine Gabelung. Man geht links dem Jägersteig nach und komt in einen alten Hohlweg, der bis zum Gipfel führt. Gleich rechts parallel zu diesem Weg läuft ein Wall, der aus Steinen und Erde aufgeschüttet ist. Auf einem Vorgipfel des Burgstallberges stößt dieser Wall zusammen mit einem, der von unten kommt und mit dem andern ein Dreieck bildet. Man würde annehmen, daß ein entsprechender dritter Wall unten das Dreieck schließt. Ich habe diese Verbindung nicht gefunden. Neben dem genanten zweiten Wall verläuft der Abgrund des Steinbruches, dessen Nähe nur stellenweise durch einen Draht angedeutet wird. Der Abbruch setzt sich weiter oben zum Plateau, dem Gipfel des Burgstalles fort. Wie früher das Gelände des Steinbruches ausgesehen hat, wissen wir nicht. Vielleicht war schon immer ein Absturz, der sich als Opferstätte anbot. Vom Scheitel des Dreieckwalles kommt man zuerst an eine schwache Senkung, dann steigt der obere Wall empor. Besonders beeindruckend ist der steile Abfall des waldigen Geländes nach Süden, der in seiner ursprünglichen Gestalt erhalten ist. Gelbe Tafeln mahnen zur Vorsicht, wenn unten militärische Übungen gehalten werden. Vielleicht ist das auch ein Grund, daß man die Leute vom Besuch des schönen Platzes abhält. Die Strahlungen laufen den Wällen entlang genau wie an entsprechenden anderen Anlagen. Man hat

schon mehrfach oben gegraben, sowohl auf dem Plateau als am Südhang. Man fand eine ausgedehnte Höhensiedlung mit Wohngruben, Wohnstellen aus Lehm mit Estrich und Feuerstellen, Keramik, Mondidole, aber auch Stein- und Knochengeräte, die auf eine ältere Zeit hinweisen. Die Archäologen nehmen an, daß der Berg in der Jungstein- und Bronzezeit, besonders stark aber in der Hallstattzeit besiedelt war. Funde aus all diesen Epochen gibt es aus der Stadt und ihrem Umkreis. Daher ist es berechtigt, die Vermutung auszusprechen, daß der Burgstall Kultberg war.
Jetzt ist er total verwachsen. Wenn oben geschlägert wäre, hätte man eine großartige Aussicht. Es hat etwas für sich, daß man den Platz verborgen hält und nicht zum Besuch einlädt wie etwa in Krensdorf oder Siegendorf. Wer solche Plätze liebt, kann sie selber suchen und besuchen. Hoffentlich frißt nicht einmal der Steinbruch diese ehrwürdige Stätte, wie in Deutsch-Altenburg der Pfaffenberg zerstört worden ist.

Das neue Heiligtum von Eisenstadt ist der Oberberg oder Marienberg-Eisenstadt, auch Marieneinsiedel genannt. Die große Anlage des Kalvarienberges ließ Fürst Esterhazy um 1700 errichten, die Kapelle wurde bald darauf erbaut. In der dahinterliegenden Kirche fand Joseph Haydn seine Ruhestätte. Das Kultbild ist eine Marienstatue mit gekröntem Haupt und Kind. Das Heiligtum wurde besonders von Lahmen und Krüppeln aufgesucht. Ein Blinder soll durch Berührung seines Rosenkranzes an der Statue sehend geworden sein. Auch heute noch kommen Menschen in Scharen hin. Der Oberberg ist jetzt ganz in das Stadtbild eingegliedert.
Eisenstadt ist politisches und kirchliches Zentrum des Landes und besitzt einen Dom. Bevor Stadt und Land einen eigenen Bischof bekam, war es eine einfach Stadtpfarrkirche. Ihr Ursprung ist eine kleine Martinskirche aus der Zeit um 1200. Daraus wurde um 1300 eine Kirche, die ausgebaut, um 1500 den schönen Turm bekam. Bald darauf brannte sie ab, wurde nach der Reformation wieder aufgebaut und barock ausgestattet. 1903 wurde diese Einrichtung hinausgeworfen und durch eine wertlose neugotische ersetzt. Als Bischofskirche und Dom wurde sie modernisiert. Ich fühle mich nicht wohl darin, sie ist kalt und unpersönlich, kein guter Kultraum. Das Volk, das beten will, flüchtet zum Marienbild, das als Gnadenbild verehrt wird.

Der Raum hat etwas von der alten Strahlung erhalten, die durch das Mittelschiff und die Seitenschiffe läuft. Die Kanzel steht am richtigen Platz, wird aber wie alle andern wahrscheinlich kaum mehr benutzt. Stark ist die Strahlung unter dem Turm.

Frauenkirchen

In Frauenkirchen, auch Frauenheid genannt, wird die Wallfahrtskirche von Franziskanern betreut, die daneben ihr Kloster haben. Im Mittelalter hieß das Gotteshaus "auf der Heide". Es wurde mehrmals von den Türken zerstört und wieder aufgebaut. Kultgegenstand ist eine gekrönte Marienstatue mit Kind aus der Zeit um 1360. Wallfahrtsmotiv waren Zahn- und Augenleiden. In der Schatzkammer sieht man silbergefaßte Zähne und Augensteine; Kristalle, die in Silber gefaßt sind.

Klein-Frauenheid

In Klein-Frauenheid wird Maria als die Mutter von der guten Hoffnung verehrt. Das Bild kam 1700 aus Forchtenstein und ist die Nachbildung einer byzantinischen Ikone. Der Legende nach soll die Kirche daran erinnern, daß hier zwei Brüder spanischer Herkunft am Pfingstmontag einen Zweikampf um die Teilung ihres Besitzes ausfechten wollten, der vom Volk verhindert wurde. Zur Erinnerung daran ist der sogenannte Schwerttanz zu Pfingsten hier aufgeführt worden. Der Tanz hat eine Ähnlichkeit mit dem Echternachter Springtanz. Er wurde "Langer Tanz" oder Schwerttanz genannt, weil zwei Männer mit blankem Säbel den übrigen Untertanen und Ackersleuten folgten, die sich am Ende des Tanzes brüderlich umarmten. Der Tanz wurde auf dem Weg zum Haus des Bürgermeisters aufgeführt, wobei ein Mann den mit bunten Bändern geschmückten Stab in seinem Stiefel stecken hatte und in der rechten Hand die Holzstatue eines pflügenden Bauern schwang, hüpfend und springend, immer zwei Schritte vor und zurück.

Die Wüste von Mannersdorf

Ein Platz, der stark beeindruckt, ist die Wüste von Mannersdorf. Sie liegt westlich des Leithagebirges vor dem Abfall in die Wiener Ebene. Die Karmeliten wußten wohl, warum sie sich hier niedergelassen haben und Einsiedeleien bauten. Reste davon und Heiligenstatuen findet man noch verstreut im Wald. Das ganze Gebiet war von einer Mauer umgeben, deren Eingangstor nicht zerstört worden ist. Am besten erhalten ist der Wirtschaftshof. Die Mönche waren durch zweihundert Jahre hier, bis sie Josef II. vertrieb. Besitzer des Grundes sind die Bundesforste. Die Wüste wird gerne von Fremden und Einheimischen aufgesucht. Das Gasthaus steht zum Glück an der Landstraße, weit vom Eingang. Wieviel Spiritualität hier erlebt wird, weiß ich nur von einzelnen Besuchern. Eine andere Welt spürt wohl jeder, wenn auch nur vorübergehend.
Hinter dem Museum in Mannersdorf steht ein schöner Menhir, den man hierher versetzt hat.

Marz

In Marz bei Mattersburg steht ein Kreuzstein. Ich kannte den Stein schon, als er noch am alten Platz am Straßenrand auf dem Weg nach Mattersburg stand. Das Rote Kreuz in der Nähe wurde ebenso bei der Straßenbegradigung versetzt. Der Stein steht jetzt auf dem Kirchenplatz von Marz neben dem Aufgang zur Kirche an der Hausmauer.
Aus dem alten vorchristlichen Kultstein wurde das Kreuz herausgearbeitet, ohne die alte Form des Steines zu ruinieren. Die Rückseite, auf der das Kreuz nicht kenntlich ist, ist rauh und hat in der Mitte eine Schale. Auf dem Scheitel des Steines ist eine kleine Vertiefung. Beim Versetzen wurde der Stein mit Kalk gestrichen. Das ist gut gemeint, doch der Regen wird die Farbe hoffentlich fortschwemmen und den urtümlichen Stein wieder zum Vorschein bringen. Der untere Teil des Kreuzes, der Schaft, verbreitert sich, so daß man im Kreuz das Bild eines Menschen mit betend ausgestreckten Armen sehen kann.

Kreuzstein in Marz

Der Stein hat etwas von der Strahlung seines Platzes mitgenommen. Man steht gebannt davor. Er hat eine Ausdruckskraft und Würde, wie es künstlerische Kreuze nicht haben. Das Heidnische und das Christliche kommt deutlich zum Ausdruck.

In der Nähe steht eine alte Bründlkapelle, die zwischen die Häuser eingezwängt und verwahrlost ist. Die alte Quelle, zu der man hinter der Kapelle auf Stufen hinabstieg, wurde bei der Kanalisierung des Dorfes zerstört.

Am Südende der Dorfstraße steht ein Weißes Kreuz, das nicht mehr aus Holz ist wie die alten Weißen und Roten Kreuze, sondern etwa um die Jahrhundertwende durch ein aufwendiges Steinkreuz ersetzt worden ist.

Hannersdorf

Hannersdorf liegt im Bezirk Oberwart vor dem Eisenberg. Der große Hausberg ist im kleinen Dorf Burg südlich von Hannersdorf in einer Schlinge der Pinka nahe der ungarischen Grenze. Es ist eine der größten derartigen Anlagen in ganz Österreich. Man erreicht sie am besten, wenn man zur Kirche fährt, bei der Einsegnungshalle stehen bleibt und auf dem Feldweg weitergeht. Nach einem Graben ist ein Plateau und dort findet man die Reste eines alten Turmes auf einem Felsen.

Der Platz um die Kirche, wo heute der Friedhof liegt, weist eine Erhöhung auf, die das Zentrum dieses Platzes bildet. Hinter dem Kriegerdenkmal fällt der Wall steil und tief ab. Weiter unten im Dorf ist noch eine dazugehörige Anlage mit Wällen.

Auf dem Gelände des Hausberges hat man Funde gemacht, die bis 3000 vor Christus zurückreichen. In der Urnenfelderzeit war hier eine Festungsanlage und später im Frühmittelalter etwas Entsprechendes.

Wie bei vielen Hausbergen dürfte der Ursprung nicht militärischen, sondern kultischen Sinn gehabt haben, wie auch die Strahlung an den Wällen zeigt.

Großhöflein, Föllik

Südlich von Großhöflein liegt jenseits der Eisenbahn in der Ebene der Föllik; ein schöner breiter Hügel, der nach Südosten abfällt. Heute ist dort eine riesige Müllablage. Sie ist abgegrenzt, nur ein Tor steht für die anrollenden Müllwagen offen. Zum Bau der Autobahn wurde hier Erdreich abgetragen und ist dabei fündig geworden.

Die ältesten Funde stammen aus Siedlungen mit Grubenwohnungen aus dem Vollneolithikum. Am bekanntesten ist das Grab eines Mannes mit Kind in Hockerstellung. Als Beigaben fand man zwei Pferde, ein Fohlen, ein Rind; weibliche Tiere. Hier stand in der Frühbronzezeit eine burgartige Anlage mit Gräben, Palisaden und Mauern. Dieser Platz dürfte auf eine alte Kultstätte zurückgehen. Nachdem die Autobahn gebaut war, begann man die leere Grube des Föllik mit Abfall aufzufüllen. Ich habe noch keine so große Abfallgrube gesehen. Ich glaube, der Mist von halb Burgenland kommt da hinein. Am Rande des hohen Zaunes werden die Ränder bereits verschönert. Gleichsam zur Versöhnung wurde die alte Marienkapelle erneuert. Man kann sich auf eine Bank - mit dem Rücken zur Riesendeponie - setzen und in das heile Land nach Osten schauen. Auch die Muttergottes in der Nische schaut auf die gute Seite und wendet den Rücken dem alten Kultplatz, der neuen Mistg'stättn zu.

Sagen und Legenden

Sind das einfach frei erfundene Geschichten oder steckt ein historischer Kern dahinter?
Irgend etwas steckt immer dahinter, sei es eine ferne Erinnerung an etwas, das irgend einmal geschehen ist, oder regt ein Platz durch sein Aussehen und seine Ausstrahlung die Phantasie der Menschen an, so daß sie sich Gedanken machen, wie es einmal hätte sein können, wie dieser Platz, der Stein, die Quelle oder die Kirche dorthin gebaut worden ist.
Wenn vom Drachen erzählt wird, der sich von Forchtenstein zum Neusiedlersee geschleppt hat, kann man darin eine Erinnerung an die Riesentiere der Vorzeit sehen.
Wenn man einen merkwürdig geformten Berg sah, der entweder anziehend oder bedrohlich erschien, dann begann die Phantasie des Volkes zu arbeiten und es entstanden entsprechende Sagen. Wenn beim Wetterkreuz in St. Georgen immer wieder der Blitz einschlug und Gewitter dort besonders stark waren, so suchte man dafür einen Grund. Wenn man ein Kreuz oder ein entsprechendes Zeichen aufstellte, so sollte das helfend und abwehrend sein. Es gab Plätze, die mehr anzogen, die man als positiv empfand und gerne aufsuchte, und solche, die den Leuten unheimlich erschienen und die sie mieden.
Wir haben davon gesprochen, daß es verschiedenes bedeuten konnte, wenn man einen Berg "Teufelsberg" oder ähnlich nannte. Es konnte für die Menschen der Vorzeit ein heiliger Platz gewesen sein, den man in christlicher

Zeit verteufelte, um die Leute abzuschrecken. Es kann auch ein Platz gewesen sein, der den Leuten immer unheimlich war und dem man deshalb einen böses Namen gab.
Für uns kommt es nicht darauf an, ob wir feststellen, daß es ein positiver oder negativer Platz ist, sondern wir wollen aussagen, daß es sich um einen numinosen, einen geheimnisvollen Platz handelt, der seine eigene Strahlung hat.
Wir können nicht alle Sagen aufzählen, nur einige, die uns besonders bemerkenswert erscheinen.

Der Kümmerlingstein ist ein Felsen, so groß wie ein Mann, und steht im Gemeindegebiet von Kleinhöflein. Vom Stein heißt es, daß er den ersten Menschen, der in der Früh an ihm vorbeigeht, mit einer tiefen Verneigung begrüßt. Das würde auf einen Wackelstein hindeuten. Einmal soll von einem Haus der Sohn hingeschickt worden sein, um den Stein zu beobachten. Er schlief ein. Um Mitternacht weckte ihn ein Lachen und ein alter Mann ging am Stein vorüber. Der Stein verneigte sich vor dem Alten. Es war der sogenannte "Leseähnl". Er berührte wie segnend die Trauben und am nächsten Tag waren sie alle reif und süß.

Bei Pama steht auf einem Hügel ein hölzernes Kreuz, vor dem früher ein Teich war. Ein Mädchen, das öfter am Abend vorüber kam, sah einen schwarzen Mann, der so groß wie ein Kirchturm war, in der Hand einen Stock hielt und mit einem Fuß das Wasser aufrührte. Aus Angst vor dem Riesen lief es zum Kreuz auf den Hügel und betete, bis er verschwand. Später trocknete der Teich aus und der Riese wurde nicht mehr gesehen.

In der Nähe von Bernstein liegt der Kienberg, wo die Kienberghexe einen Schatz bewachte. Manchmal bewarf sie Menschen, die in die Nähe kamen mit Felsbrocken und erschlug sie. Mit ihrem großen Zeigefinger stieß sie an eine Felswand, die sich daraufhin öffnete. In dieser Höhle lebte sie und dort räucherte und verspeiste sie die Menschen, die sie eingefangen hatte. Als einst das Jesuskind am Berg Beeren pflückte, warf die Hexe einen Felsen nach ihm, der aber zurückflog und sie erschlug. Wer den Platz findet, wo die Hexe den Finger hineinlegte, dem öffnet sich der Berg und er findet einen großen Schatz.

Der Burgstallberg über Eisenstadt war dem Volke nicht geheuer. Man sagte, dort sei ein Schatz vergraben, der von einem Bergmandl, auch Berimandl genannt, bewacht wurde. Er hauste hinter den Erdschanzen. Wenn er einem Menschen begegnete, dann zeigte er mit den Fingern auf die Lippen, damit er nichts gefragt würde.
Er konnte nämlich traurige Ereignisse voraussagen. Einmal begegnete ein Mann aus Eisenstadt dem Bergmandl. Als es ihn begleiten wollte, um ihm den Weg zu zeigen, lief er davon. Es folgte ihm aber, und knapp vor seinem Hause noch sagte es zu ihm: "Mußt nicht traurig sein." Als der Mann heimkam, lag seine Frau im Sterben.

Ein Bergmandl soll auch bei Güns auf einem Berge hausen. Es wurde "Grünröckel" genannt.

Ein wilder Jäger kam im Wuterwald bei Gois in ein Gewitter. Er trieb seinen Schimmel zur Eile an und kam an einen Bach, den das Pferd nicht überspringen konnte. Da wälzte der Jäger einen Felsen ins Wasser, das Pferd setzte wohl zum Sprung an, stürzte aber mit dem Jäger in den Wildbach. Schuld daran war ein Wassermann, der aus Freude über diesen Vorfall auf den Felsen einen Blumenstrauß legte, der zu Stein wurde. Drei Hufe vom Schimmel fand der Wassermann, den vierten sucht er bis zum Ende der Welt.

Zwischen Parndorf und Bruck an der Leitha steht der sogenannte Bauernstein. Von ihm wird erzählt, daß dort einmal ein Bauer am Sonntag auf dem Feld gearbeitet habe. Ein Wanderer mahnte ihn, es nicht zu tun. Da lästerte der Bauer und sagte: "Wenn Gott mir mehr gegeben hätte, dann bräuchte ich jetzt nicht zu arbeiten." Da donnerte es und der Mann stand als Steinsäule da.

Auf einem Hügel in der Nähe von Jahrndorf steht der Zeisel-Meierhof. Dort sah man in der Geisterstunde einen Wagen mit Schimmeln durch die Allee auf den Hügel zu fahren. Das war den Leuten unheimlich und sie bauten auf den Hügel eine Kapelle. Nun fuhr die Kutsche um die Kapelle herum. Anstelle der Kapelle erbaute man später eine Kirche, die zum Ziel von Pilgern wurde und den Namen "Zum verlorenen Schaf" erhielt. Jetzt noch soll man in den Rauhnächten einen Schimmelreiter oder einen Priester auf einem Pferde reiten sehen.

Bei der Tiergartenmauer von Edelstal sieht man ab und zu einen Geist auf der Mauer stehen, der ein Horn bläst.
Man schreckt die Kinder damit, daß sie nicht hingehen sollten, weil sie sonst vom Grünhütl geholt würden.

Auf dem Burgstall von Eisenstadt soll einmal ein Weingarten gewesen sein. Als eine Bäuerin eines Tages oben war, kam eine weiße Frau und bat, sie möge an dieser Stelle am nächsten Tag einer Schlange den Schlüsselbund aus dem Munde nehmen, dann würde sie erlöst werden. Tatsächlich kam die Schlange, doch die Bäuerin lief vor Angst davon. Am nächsten Tag erschien ihr wieder die weiße Frau und sagte klagend: "Ich bin eine verwunschene Prinzessin und du hättest mich erlösen können, wenn du mir gefolgt hättest. Nun muß ich hier warten, bis ein Nußkern aufgeht, aus dessen Holz einmal eine Wiege gemacht wird. Das Kind, das in der Wiege liegen wird, wird mein Erlöser sein."

Auf dem Klosterberg bei Piringsdorf soll es nicht geheuer sein, es spukt in der Nacht. Mönche haben hier einen Schatz verborgen, als ihr Kloster von Feinden bedroht war. Das Kloster wurde zerstört und sie wurden umgebracht. Einige Burschen aus Piringsdorf wollten versuchen, den Schatz zu heben. Um Mitternacht stellten sie sich im Kreis auf und sprachen Beschwörungsworte. Da erschien ein Geisterzug, es waren die ermordeten Mönche. Die Burschen erschraken zu Tode und liefen unverrichteterdinge nach Hause.

Auf dem alten Friedhof in Wimpassing an der Leitha stiegen in der

Geisterstunde Tote aus den Gräbern und gingen in die Kirche. Um ein Uhr verschwanden sie wieder.
Berühmt ist die Weiße Frau von Schloß Bernstein, deren Existenz in der parapsychologischen Literatur immer wieder erwähnt wird. Das letzte Mal wurde sie im Jahre 1921 gesehen. Sie zeigt sich als Lichterscheinung mit langen Haaren, traurigen Augen und geneigtem Haupte. Sie zieht in den Abendstunden durch das Schloß in die Kapelle, wo sie sich zum Gebete hinkniet; dann verschwindet sie wieder.

Ein unheimlicher Platz ist auch im Keller bei Weiden. Dort soll einmal eine Frau umgebracht worden sein, deren Geist immer wieder erscheint.

Unter der Ruine Landsee auf der Straße von Neudorf im Schloßgraben stehen die Reste einer Mühle. Als der Müller vor vielen Jahren mit dem Bau begann, fand er alles über Nacht zerstört, was tagsüber gebaut worden war. Da rief er: "Der Heidriegel ist der Berg des Teufels." Als er in der nächsten Nacht mit einem Kreuz in der Hand bei der Baustelle Wache hielt, kam der Teufel wieder mit großem Lärm. Der Müller erschrak so, daß er das Kreuz fallen ließ und davonlief. Die Mühle wurde niemals fertiggebaut. Der Platz gilt als unheimlich und wurde gemieden.

Die Rohrwiese am Rande der Leitha galt auch als ein unheimlicher Platz. Um Mitternacht fuhr ein feuriger Wagen durch die Gegend und man sagte, der Teufel käme, um Seelen zu fangen. Erst durch das Gebet eines Bauern, der mit dem Kreuzzeichen den Teufel bannte, hörte der Spuk auf.

In den Weinbergen von Rechnitz beim Neugebäude sollen sich früher über einem Graben die Hexen getroffen haben. Als Männer sie bei ihrem Treiben überraschten, versuchten die Hexen, sie in eine Grube zu sperren. Als ein Mann sagte: "Ich kenne euch alle", verschwanden sie plötzlich.

Ein unheimlicher Platz ist am Tabor in Rechnitz, wo im Weingarten eine kleine Kapelle steht. Daneben war ein Haufen von Steinen, wie sie bei der Arbeit zutage gekommen waren, aufgeschichtet. Als eine Frau Reben band, sah sie aus einem Steinhaufen Feuer herausschlagen. Sie warf das Taschenmesser ins Feuer, da erlosch es. Als sie das Messer wieder holen wollte, fand sie einen Haufen Geldstücke.

Draßburg

Draßburg liegt etwa 12 km südlich von Eisenstadt in der Nähe von Klingenbach in der Ebene. Wenn man von dort ins Dorf kommt, sieht man über den Häusern einen ziemlich steil aufragenden Hügel, auf dessen Gipfel ein großes schwarzes Kreuz steht. Die Dorfstraße geht auf diesen Hügel zu und biegt nach links. Vor dem Ortsschild Baumgarten führt ein nicht bezeichneter Feldweg in der Richtung zum Kreuz, das auf der Anhöhe des Taborac steht. Tabor bedeutet eine befestigte Anhöhe. Der Draßburger Kogel ist 331 m hoch und fällt gegen Nordosten steil ab. Hier wurden bedeutende Ausgrabungen vom Jahre 1926 angefangen bis in die neuere Zeit gemacht. Man grub südlich von Taborac am Ostabhang unter dem Schwarzen Kreuz, in den Äckern und im Dorf. Die ältesten Funde deuten auf eine Siedlung aus dem 6. Jahrtausend vor Chr. Es handelt sich um Zeugnisse der sogennannten Linearbandkeramischen Kultur. Es sind Tongefäße, die Linien, Bogen, Bänder und eingeritzte Punkte aufweisen. Die schönsten Funde sind im Museum in Eisenstadt ausgestellt. Das berühmteste Stück ist die sogenannte Venus von Draßburg, die im Jahre 1933 entdeckt worden ist, als man aus einer Grube Sand gewinnen wollte. Die Venus ist weniger durch ihre Schönheit als durch ihr Alter und ihre Ausdruckskraft berühmt geworden. Die kleine Frauenfigur ist auf einem Kultgefäß angebracht. Archäologen meinen, daß dieses Gefäß etwas aufnehmen sollte, was einem Gott geweiht, oder was unter seinen Schutz gestellt werden sollte. Es gibt ähnliche Funde in Ungarn und der Slowakei, doch bei der Venus von Draßburg sind die weiblichen Geschlechtsmerkmale am deutlichsten dargestellt. Die als Relief und durch Ritzung hergestellte, schematisierte Frauengestalt zeigt herabhängende Arme. Mund, Nase, Augen und Füße sind verhältnismäßig groß, die Brüste klein, das Geschlecht wird durch eine starke Einritzung angedeutet und weist im Oberteil einen merkwürdigen Schrägstrich auf. Daß die Beine verhältnismäßig kurz sind, kann darauf hinweisen, daß es sich um eine sitzende oder kauernde Frau handelt.

In einer andern Grube auf dem Taborac fand man ebenfalls Tonscherben aus derselben Zeit sowie bearbeitete Knochen und Feuersteinklingen. Ein merkwürdiger, ja schauriger Fund sind 18 menschliche Schädel, wo die Gehirnschale vom Gesichtsteil abgetrennt ist, sodaß man den oberen Teil des Schädels als Trinkschale oder Becher verwenden konnte. Diese Funde sind hier eine Seltenheit, finden sich aber fast auf der ganzen Welt und stammen aus einer Kultur, wo Kopfjagd, Schädelkult und Menschenfresserei betrieben worden ist, die auf magisch animistischen Glaubensvorstellungen beruhten.

Bis in die Keltenzeit, also knapp vor der Zeitenwende, hat der Schädelkult auch in unseren Gegenden eine Rolle gespielt. Wenn uns die dahinterstehenden Vorstellungen fremd, ja abstoßend erscheinen, soll es uns nicht zu einer voreiligen Verurteilung verführen.

Das sogenannte Schwarze Kreuz wurde von einem reichen Bewohner von Draßburg anläßlich des Todes der Kaiserin Elisabeth errichtet. Es ist in der damaligen Manier des ausgehenden 19. Jahrhunderts aus Eisen gegossen, etwa 5 m hoch, steht auf einem steinernen Sockel und weist in den drei Landessprachen kroatisch, ungarisch und deutsch auf die Kaiserin hin. Wahrscheinlich stand vorher ein bescheideneres Kreuz dort.

Die Wallanlage ist heute schwer festzustellen, wurde aber bei den Grabungen eindeutig erkannt. Auf dem flachen Gipfel stehen zwei Bänke. Der Platz scheint kaum besucht zu sein, weder von Einheimischen, noch von Fremden.

Man hat einen guten Blick nach allen Seiten hin. Was vor 8000 Jahren hier war, wissen wir nicht, umso mehr Raum hat unsere Phantasie, sich etwas vorzustellen. Die Kraft und das Alter des Platzes können ebenso beeindrukken, wie der Blick in die Nähe und Ferne.

Die Wallanlage des Taborac war ursprünglich keine Befestigung, sondern eine Kultanlage. Das kann angenommen werden, weil nach übereinstimmender Meinung aller um diese Zeit keine befestigten Wälle zur Verteidigung angelegt worden sind. Der Taborac ist nur nach einer Seite steil abfallend; nach hinten geht er in eine flache Hochebene über und wäre von dort aus leicht zu errobern gewesen. Auch die Schädelbecher sind ein eindeutiger Beweis für die kultische Bedeutung des Taborac.

In Draßburg steht an der Straße nach Wiener Neustadt das sogenannte Sühnekreuz. Es gleicht dem Steinkreuz von Marz. Es steht auch nicht am alten Platz, man hat es auf einen Sockel gestellt, so daß die Proportionen nicht stimmen. Man sieht genau, wie tief es ursprünglich im Boden stand. Der Kreuzbalken, der nach unten führt, ist so verbreitert wie der in Marz, so daß die menschlische Gestalt darin leicht erkannt werden kann. Wichtig ist die urtümlich rauhere Rückseite. Da ist in der Mitte eine tiefe kleine Schale, die von Menschen gemacht wurde und an den alten heiligen Stein erinnert, aus dem später das Kreuz geformt worden ist. Die Schale im Kreuz von Marz ist breiter und nicht so steil.
Die eingeritzten Zeichen von Kreis und Dolch stammen wahrscheinlich aus dem Mittelalter und wollen es als Sühnekreuz bezeichnen. Das heißt, daß das Kreuz als Sühne für einen Mord aufgestellt wurde; wir würden lieber sagen – umgedeutet worden ist.
Bevor man von Eisenstadt her nach Draßburg kommt, steht abseits der Straße mitten in den Feldern eine Kapelle mit einem Baum. Sie ist dem heiligen Donatus geweiht und war den Bauern so wichtig, daß sie sie bei der Flurbereinigung am alten Platz stehen ließen und die Wege danach richteten. Zwischen Baum und Kapelle läuft eine starke Strahlung. Donatus war Wetterpatron und wurde früher sehr verehrt.

Mariasdorf

Man freut sich, von ferne die gotische Kirche zu sehen, denn das ist eine Seltenheit im Burgenland. Beim Näherkommen ist die Enttäuschung groß. Die Kirche wurde vor mehr als 100 Jahren regotisiert und erscheint nun als ein steriler, ruinierter Bau. Besonders enttäuschend ist das Innere mit seiner kitschigen Bemalung. Die frühere barocke Ausstattung hat man durch eine wertlose neugotische ersetzt. Der Platz hat seine Strahlung, aber die Enttäuschung überwiegt.

Bernstein

Die Ursprünge der berühmten Burg gehen auf die Zeit um 1200 zurück. Später wurde sie immer wieder umgebaut, zerstört, erneuert und ist heute als Hotelpension eingerichtet.
Es dürfte sich um einen alten Kultplatz handeln.

Wimpassing an der Leitha

Die Kirche war früher ein bedeutendes Ziel von Wallfahrern.
Die Gründungslegende erzählt folgendes:
Vor etwa 500 Jahren fand man am Ufer der Leitha eine Marienstatue, von der niemand wußte, woher sie kam. Als die Türken die Gegend verwüsteten, schlug ein Soldat der Statue den Kopf ab. Dafür wurde er vom Vorgesetzten bestraft, der die Marienstatue nach Hause mitnahm. Als er auf dem Heimweg erkrankte, gab ihm ein gefangener Christ den Rat, er solle die Muttergottes wieder in der Kapelle an der Leitha aufstellen lassen, dann würde er gesund werden. Der Offizier tat es und wurde tatsächlich gesund. Die Nachricht von der wunderbaren Heilung verbreitete sich in der Gegend und Wallfahrer kamen, um die Statue zu verehren. Später ging sie verloren und wurde durch ein neues Marienbild ersetzt.
Der älteste Kultgegenstand dürfte das berühmte romanische, riesige Kreuz gewesen sein, das auf Pergament gemalt war. Diese ikonenartige Kreuzesdarstellung ist vermutlich im 13. Jahrhundert aus Italien gekommen. Sie war zuerst in der Minoritenkirche in Wien, kam dann nach Wimpassing, 1938 in den Stephansdom in Wien und verbrannte dort zu Ende des 2. Weltkrieges.
Die Pfarrkirche zu Wimpassing ist der Unbefleckten Empfängnis geweiht und war früher mit einem Minoritenkloster verbunden.
Am Fuß des Berges nächst dem Pfarrhof ist die Bründlkapelle mit einem Bild der heiligen Maria. Die Heilquelle wird bei Augenleiden aufgesucht.

Stotzing

Stotzing liegt gleich neben Loretto und besitzt wie diese eine Servitenkirche. Das Gnadenbild ist eine Muttergottes mit Kind aus Stein.
Auf der Straße zwischen Loretto und Stotzing steht das sogenannte Purbacher-Kreuz. Die Muttergottesstatue wurde vor den Türken vergraben und später beim Pflügen gefunden. Es wurde an einem Baum befestigt und verehrt. Die Statue wurde in der Pestkapelle aufgestellt und dann in die Kirche von Stotzing gebracht, die nach dem Türkeneinfall zerstört und wieder aufgebaut worden ist.

Lockenhaus

Die Pfarrkirche Lockenhaus ist dem heiligen Nikolaus geweiht und gehörte einmal zu einem Augustiner-Eremitenkloster. Der Kultgegenstand, Maria mit dem Kind, wurde von einem Grafen aus Ungarn hergebracht. Auf einer breiten hohen Treppe gelangt man zum Haupteingang und in das Kircheninnere, von deren Aufwand und Pracht man überrascht ist. Der Grundriß ist kompliziert, in etwa einem griechischen Kreuz nachgebildet. Sieht die Kirche von außen wie ein Rechteck aus, so hat man innen eher den Eindruck, daß es ein Zentralbau ist. Die Strahlung läuft durch die Mitte der Kirche und hat auffallend viele Querlinien.

Kogl

liegt in der Nähe von Bernstein und besitzt eine dem heiligen Oswald geweihte Kirche. Der Kultgegenstand ist das Bild des heiligen Oswald, der als Patron für Vieh und andere bäuerliche Belange angerufen wird. Bis vor 100 Jahren war es üblich, eiserne Figuren von Frauen, Männern, Kühen, Ochsen und anderem zu opfern. Diese kleinen primitiven Figuren waren Eigentum der Kirche, die Opfernden liehen sie sich aus und zahlten dafür zwei bis sechs Kronen. Mit den symbolischen Figuren gingen sie um den

Altar und legten sie auf den Altartisch. Später wurde das von der Kirche verboten und die Gaben durch Wachsmotive ersetzt. Die Wallfahrtstage waren das Fest des heiligen Oswald und der Florianitag. Gottesdienste wurden am Montag vor Pfingsten, am 5. August und 21. Oktober gehalten. Der 5. August ist Gemeindefeiertag in Pilgersdorf, wohin Kogl pfarrlich gehört. Die Kirche ist eher bescheiden, hat aber eine starke Strahlung und steht in einer wunderbaren Landschaft in der Buckligen Welt.

Pilgersdorf

liegt etwas abseits der Hauptstraße. Mitten im Dorf ist, ein wenig erhöht, eine Wiese mit einer Tafel, auf der die Geschichte dieses Platzes aufgezeichnet ist. Es sind Reste der Grundmauern einer romanischen Kirche, über die später die Schule gebaut worden ist. Sie wurde abgerissen und der Platz schön hergerichtet. Bei der Grabung fand man römische Gräber und Skelette aus späterer Zeit. Es handelt sich um einen heiligen Platz, der schon von altersher bekannt war.

Maria Bild am Weichselbaum

Der Ort liegt im Süden des Landes in der Nähe von Jennersdorf. Name und Lage sind auffällig.

Die Kirche steht auf einem entlegenen Berg und die Legende weiß warum. Ursprünglich stand dort keine Kirche. An einer Eiche auf dem Berg hing ein Marienbild, das vom Volk verehrt wurde. Man nahm es vom Baum weg und hing es an einen anderen, der näher beim Dorf stand. Am nächsten Tag war das Bild wieder am ursprünglichen Platz. Als das mehrmals geschah, legte man das Bild auf einen Wagen, spannte zwei Ochsen davor und ließ sie gehen. Sie liefen geradewegs auf den Berg und blieben vor der Tafeleiche stehen, wo die Kirche gebaut worden ist. Das Bild wurde mit Teilen des Baumes, an dem es hing, herausgeschnitten und in der neuerbauten Kirche über dem Hauptaltar im Jahre 1793 aufgestellt.

Das Gebiet wurde im 12. Jahrhundert von den Zisterziensern aus Heiligenkreuz bei Wien besiedelt. Der Kultbaum stand wahrscheinlich lange vorher und wurde verchristlicht.
Die Wallfahrt dorthin ist nicht erloschen; früher kamen besonders gerne Slowaken her.
Das kleine Dorf ist in einiger Entfernung von der Kirche. Im letzten Krieg wurde sie zerstört, dann wieder hergestellt, wobei man Teile der alten Einrichtung verwendete. Es ist eine einfache Saalkirche mit halbrunder Apsis und einem erneuerten Turm. Das Gnadenbild ist Maria Pötsch (wie in St. Stephan in Wien).
Die Strahlung des Platzes, besonders beim Gnadenbild auf dem Hochaltar, ist sehr stark. Die Straße führt in einer schönen Allee den Berg hinauf. Der Blick ist durch einen häßlichen Stromverteiler getrübt, der vor der Kirche steht und wieder einmal die Rücksichtslosigkeit der Techniker dokumentiert. Die Gemeindeverwaltung hat sich mit Amtshaus, Bücherei, Schule, Telefonhäuschen und WC vor die Kirche gesetzt, das Kriegerdenkmal daneben ist auch kein Kunstwerk.
Doch die Kirche ist offen, und man fühlt sich trotz der Zerstörungen und Änderungen wohl am Platz und die Menschen kommen her.

St. Martin an der Raab

liegt im äußersten Süden des Landes und hieß früher Unterdrosen. Es ist ein Platz, der schon in der Römerzeit besiedelt war. Die Pfarrkirche steht weithin sichtbar auf einem Hügel über dem Raabtal. Das Altarbild zeigt den Landespatron Martin und den Bettler, mit dem er den Mantel teilt.

Mogersdorf

ist historisch bedeutsam durch die von den Österreichern 1664 unter Montecucculi gewonnenen Schlacht gegen die Türken. Für uns ist die Kapelle der heiligen Anna am westlichen Ortsende wichtig, sie hat die auffällige Form eines Kreises mit einem spitzen Helmdach. Sie wird von Linden umsäumt und hat mehrfache Strahlung.

Gaas

Gass besitzt eine Wallfahrtskirche, die den schönen Namen Maria-Weinberg führt. Die Kirche liegt südlich vom Dorf auf einem Hang des Kulmer Waldes, sodaß man sie weitum sehen kann. Beim Eingang steht eine uralte Linde. Früher soll dort eine Burg gestanden sein. Die Gründungszeit liegt im 12. Jahrhundert. Nach der Legende ist die Kirche von Engeln erbaut worden. Das Gnadenbild ist eine Schnitzfigur der Maria auf der Mondsichel und 500 Jahre alt. Als Pilger kommen heute noch Deutsche, Ungarn und Kroaten. Das Hauptfest ist am 15. August.
Die Filialkirche zur heiligen Anna ist mitten im Dorf; auf dem Altar steht eine Pietá.
Die vielen Annakirchen und Kapellen im Lande weisen darauf hin, daß in vorchristlicher Zeit, der Kult einer oder mehrerer Muttergottheiten bestanden hat.
Eine Annakapelle, die als Wallfahrtsziel bezeichnet wird, steht in Gattendorf südwestlich vom Ort auf einer Anhöhe im Wald. Früher bestand hier eine Einsiedelei. Einsiedler ließen sich nur an besonderen Plätzen nieder, die auch vom Volk besucht wurden.
In Jormannsdorf bei Tatzmannsdorf steht eine Annakirche mit einem Bild von Maria Geburt, ebenso in Kaisersdorf und in Luising bei Heiligenbrunn. Es ist nicht möglich, alle aufzuzählen. Hieher gehören aber auch die zahlreichen Bilder und Statuen von Anna Selbdritt.

Güssing

ist berühmt wegen seiner mächtigen Burg, die sich über der Stadt auf einem steilen Kegel aus schwarzem vulkanischem Gestein erhebt. Man hat dort prähistorische Funde gemacht. Geradezu bestürzend ist die Felswand

im Nordwesten, die senkrecht zum Friedhof abfällt. Eine idealer Opferplatz, an dessen Kante die Kapelle steht. Unten am Friedhof steht die ehemalige romanische Dorfkirche. Der Berg Kiscen, wie er früher hieß, wurde um 1100 dem Grafen Heder geschenkt, der bezeichnenderweise neben die hölzerne Burg ein Benediktinerkloster baute. Im Laufe der Zeit hatte die Burg eine wechselvolle Geschichte, kam schließlich in den Besitz der ungarischen Fürsten Batthyany und ist jetzt Eigentum einer Stiftung, die die riesigen Bauten mit öffentlichen Mitteln wieder herstellt.
Die Kapelle hat eine starke Strahlung, ebenso der schmale Streifen zwischen ihr und dem Abgrund.

Limbach

liegt zwischen Güssing und dem Lafnitztal. Die Filialkirche Maria Heimsuchung steht auf einem hohen Hügel unter riesigen Linden. Es scheint sich um einen alten Kultplatz zu handeln.

Oberpetersdorf

Als heiliger Platz gilt das Bründl auf der Anhöhe, wo nach der Sage einmal ein verwunschenes Schloß gestanden haben soll, von dem aus in den Rauhnächten zur Geisterstunde die wilde Jagd in die Sigleßau hinabgestürmt sein soll. Die Quelle gilt als heilsam.

Ollersdorf

liegt südlich von Oberwart im Bezirk Güssing im Strengbachtal. Als marianischer Walllfahrtsort war es schon im Mittelalter bekannt. Die Kirche Maria Himmelfahrt liegt außerhalb des Dorfes auf freiem Feld. Die eigentliche Wallfahrtskapelle steht gegenüber der Kirche über einer Quelle. Nach der Legende soll diese unter gewaltigem Donner vor mehr als 300

Jahren auf einem Krautacker entsprungen sein. Im Wasser hat sich das Gnadenbild gezeigt. Die Heilquelle entspringt unter dem Altar und wird besonders zur Heilung der Augen verwendet.

Rattersdorf

liegt im Bezirk Oberpullendorf. Die Pfarr- und Wallfahrtskirche Maria Geburt und Maria Heimsuchung steht von einer Wehrmauer umgeben im ehemaligen Friedhof in der Mitte des Dorfes. Die Wallfahrt soll bereits 700 Jahre alt sein. Nach der Zerstörung durch die Türken kam Rattersdorf zu den Augustinereremiten in Lockenhaus und wurde wiederhergestellt. Das ursprüngliche Gnadenbild von Rattersdorf, eine Mater Lactans, befindet sich jetzt in der Sakristei der Pfarrkirche Lockenhaus. Das Gnadenbild in Rattersdorf ist nur eine Kopie vom Original in Lockenhaus. In alter Zeit hat man sich nicht gescheut, Maria mit dem Kind an der Brust darzustellen. Später ist man davon abgekommen. Wahrscheinlich hat man deshalb das Original in die Sakristei der Kirche von Lockenhaus gestellt. Wallfahrtstage sind der 15. August und der 8. September, an denen früher auch Pilger von Ungarn kamen.
Die Kirche wurde später nach Norden hin vergrößert, so daß eigentlich zwei Kirchen ineinander gewachsen sind.

Purbach

liegt zwischen See und Leithagebirge in der Ebene. Ein Graben führt vom Ort nach Westen in das Leithagebirge. Nach etwa 3 km kommt man zum sogenannten Burgstallberg. Er liegt zwischen zwei steil abfallenden Gräben und ist nach hinten zur Höhe des Leithagebirges abgeflacht. Auf dem obersten Teil dieses Berges, der vollständig bewaldet ist, ist eine gewaltige Wallanlage. Die größten Niveauunterschiede sind, wie meist bei diesen künstlichen Erdbauwerken, neben dem Eingang. Nach hinten ist der Wall nicht mehr so hoch und weitgehend eingeebnet, aber durchaus sichtbar.

Das Tor mit dem besonders hohen Teil des Walles liegt nach Westen hin auf die flache Seite. Man könnte sagen, daß von hier aus der Angriff eines Feindes zu erwarten war. Die durchschnittliche Höhe des Walles ist etwa 4 Meter. Die Fläche, die er einschließt, hat einen Durchmesser von etwa 300 Meter. Innerhalb des Walles ist eine eigene, natürliche Wasserstelle, und ein steiler Pfad führt den Berg hinunter zum Bach, der wahrscheinlich zum Wasserholen benutzt wurde. Dem großen Wall sind niedere Wälle vorgesetzt.

Die Anlage im Gutenbergwald ist schon lange bekannt und öfters erforscht worden. Die etwa 40 Grabhügel nördlich des Walles im Wald sind mehrfach geöffnet worden, zuletzt im Jahre 1943. Das älteste, das man bisher gefunden hat, ist ein bronzezeitliches Urnengrab. Aus der älteren und aus der jüngeren Steinzeit hat man ebenso Funde gemacht wie aus der Zeit der Völkerwanderung. Eine Wohngrube wurde zwar gefunden, ob das Plateau oben besiedelt war oder nicht, darüber ist man sich unklar. Im Ortsgebiet von Purbach hat man Reste aus der Jungsteinzeit gefunden. Es handelt sich also um ein uraltes Kultur- und Siedlungsgebiet.

Nach der Ähnlichkeit mit anderen Wallanlagen und nach der Strahlung, wie sie entlang des Hauptwalles verläuft, vermute ich, daß es ursprünglich eine Kultstätte war. Als Vergleich möchte ich den Schanzboden von Falkenstein und die Wallanlagen von Stillfried in Niederösterreich nennen. Heute ist man sich darüber einig, daß diese beiden Plätze schon im frühen Neolithikum angelegt wurden und kultische Bedeutung hatten. Ob sie auch später zur Verteidigung verwendet wurden, ist für uns nicht wichtig.

Der Weg hinauf ist nicht bezeichnet und schwer zu finden. Ohne Hilfe oder Führung durch Einheimische kommt einer kaum hin. Vom Gasthof zum Spitz führt ein schön ausgebauter Weg in den Graben hinein. Nach der Absperrung zweigt man ab, hält sich links und kommt durch einen Hohlweg hinauf. Wie im ganzen Leithagebirge gibt es keinen Nadelwald, nur Gestrüppwerk aus Erlen, Buchen und Ulmen. Eichen gibt es auf dem Burgstall keine. Es ist gemeinsamer Bauernwald, wird geschlägert und wächst von selber nach, sodaß immer aus einem Stock gleich sieben oder acht Stämme herauswachsen, von denen keiner einen größeren Umfang erreicht. Ulmen sind auf dem Plateau besonders zahlreich, sie sterben aber

ab und liegen wie im Urwald herum. An Wild gibt es dort Rehe, Hirsche und Wildschweine. Die kleine Wiese auf der Ostseite unter dem ersten Wall wird zum Anbau von Wildtierfutter verwendet. Wohnterasssen habe ich keine gesehen.
Die Einsamkeit, die steilen Hänge, das flache Plateau, die riesigen Abhänge des Walles, das alles macht einen unerhört starken Eindruck.
Ein Einheimischer erzählte, daß Männer, die heute führend in Politik und Wirtschaft sind, ehemals Schüler der Napola in Traiskirchen waren, bei den Ausgrabungen gearbeitet haben. Die Männer des Tausendjährigen Reiches haben Wurzeln in der Vergangenheit gesucht, aber von Germanen ist hier nichts zu finden.
In diesem Zusammenhang möge auch der sogenannte Spitz genannt werden. Es ist keine Nachahmung des bekannten Floridsdorfer Spitzes, sondern hat seinen Ursprung darin, daß zuerst ein breites, dann immer schmäler werdendes Tal bis vor kurzem noch als Wiese und Obstgarten benützt worden ist. Heute ist es verwahrlost und verwachsen. Die Bauern haben kein Interesse und keinen Vorteil davon.
Das Gasthaus am Spitz war einmal ein Paulinenkloster. Hinter dem Hof steht eine riesige Linde mit dem Abzeichen des Naturdenkmales. Unter dem Baum ist eine Höhle mit einem bedeutenden Fassungsraum. Ein unterirdischer Gang, der zum Teil verschüttet und jetzt zugemauert ist, führt, vielleicht als ehemaliger Fluchtweg, in die Ebene hinaus.
Ein Einheimischer machte mich auf die große Anzahl von prächtigen Autos aufmerksam, die vor dem Gasthaus standen. Hier tagt heute unsere Landesregierung, meinte er. Wenn sie sich im Amte nicht geeinigt haben, dann reden sie hier beim Essen und Trinken weiter und kommen so ans Ziel.
Daß neben dem Gasthaus ein Hotel steht, ist außer der Tüchtigkeit der Besitzer auch der Faszination des Ortes zu verdanken, über die nicht reflektiert wird, die aber die Gäste spüren und die sie anzieht. Man kann sich keinen größeren Unterschied vorstellen als den Betrieb im Sommer am See, in Kellern und Gasthäusern in den Dörfern und hier, wo Einsamkeit, Wald und Geheimnis beginnen. Der Einheimische sagte, Leute, die auf den Burgstall kommen, sind enttäuscht, weil nicht mehr zu sehen ist. Sie erwar-

ten eine großartige Burg oder Ruine. Aber gerade das ist der Vorteil des Platzes, daß er damit nicht aufwarten kann, sondern dem verständigen Besucher etwas anderes bietet.

Bevor man zum Spitz kommt, sieht man neben der Straße einen Torbogen mit dem heiligen Antonius. Es ist die Vorderwand einer ehemaligen Kapelle mit einer Nischenfigur. Das Gebiet um das alte Kloster wurde von einer Mauer umsäumt, zu der dieses Tor gehörte.

Baumgarten

Auf der einen Seite von Baumgarten liegt an der Grenze nach Draßburg der berühmte Taborac, von dem wir schon gesprochen haben. Auf der andern Seite liegt das sogenannte "Öde Kloster".
In der Mitte des Dorfes westwärts, führt der Weg neben Weidengebüsch durch Felder, die auf die Höhe des Krippelberges hinaufziehen. Berg ist hier nur relativ zu verstehen, es handelt sich um einen sanften bewaldeten Hügel. Dort steht, neben dem Weg, auf einer großen Wiese, das Öde Kloster und daneben eine vielfach verzweigte Linde. Das Kloster besteht aus drei Teilen: einer gotischen Kapelle, einer spätgotischen Kirche und dem Rest des Klosters. Die Wallfahrt hieher besteht nachweislich seit über 500 Jahren. Es ist bezeichnend, daß sich hier auf einem alten Kultplatz im 15. Jahrhundert die Pauliner Mönche angesiedelt haben. In manchen Büchern steht, daß es ein Paulaner Kloster war, aber man muß zwischen Paulaner und Pauliner unterscheiden. Paulaner ist der Orden der Barnabiten, der bei uns ausgestorben ist und in Baumgarten niemals war. Der richtige Name heißt Pauliner. Die Pauliner oder der Orden der Brüder des heiligen Paulus, des ersten Eremiten, sind die einzige ungarische Eremitenkongregation, die 1250 durch den seligen Eusebius von Gran gegründet worden ist, der verschiedene Eremiten zu einer Gemeinschaft des Heiligen Kreuzes unter seiner Leitung zusammenschloß.Die Ordensgemeinschaft übernahm die Regel des heiligen Augustinus und wurde kirchlich als selbständige Kongregation anerkannt. Sie verbreite sich über Ungarn, Österreich, Deutschland,

Baumgarten

Polen und Schweden und besaß seit 1417 einen Ordensgeneral, der durch ein in Ungarn abgehaltenes Großkapitel gewählt wurde. Während der Türkenzeit gingen die meisten Klöster zugrunde. In der Gegenreformation lebten sie wieder auf und wurden von Kaiser Josef 1786 endgültig aufgelöst.

Das bedeutendste Kloster der Pauliner ist heute noch in Tschenstochau, wo sie die berühmte Wallfahrtskirche betreuen. Das Kloster in Baumgarten wurde später durch Brand zerstört und 1743 durch Angehörige der Raaber Eremitenkongregation wieder belebt. Nach der Aufhebung 1782 verödete es. Der Kultgegenstand ist eine Kreuzigungsgruppe mit Maria Magdalena und Johannes aus dem Jahre 1762. Ursprünglich war es eine Kreuzreliquie, die verschollen ist. Die Wallfahrt besteht noch heute. Am Fest Kreuzerhöhung feiert der zuständige Pfarrer von Draßburg eine Messe. Auf dem

Barockaltar stehen die Figuren der heiligen Eremiten Paulus und Antonius. Auf einem Relief ist das Opfer Abrahams und die Aufrichtung der ehernen Schlagen dargestellt. Über dem Tabernakel steht ein barockes Abbild der Mariazeller Muttergottes. Die ursprüngliche Kirche stand parallel zur großen Kirche, später brach man die Mauer durch und drehte sie um, sodaß jetzt der Altar nicht nach Osten, sondern nach Norden gerichtet ist. Mit viel Liebe hat man eine Lourdesgrotte hineingebaut, die aber anscheinend nicht mehr so gepflegt wird wie vor einiger Zeit. Eine steile Holztreppe führt zur Orgel und zu den Mönchszellen im Obergeschoß. Die Gewölbe, die eingestürzt waren, hat man einigermaßen stilgerecht erneuert. Die Strahlung ist auf dem ganzen Platz sehr stark, besonders bei der Linde. Zwischen den Strebepfeilern laufen Querlinien. Man sieht neben der schönen Linde, die man zum Glück stehen ließ, die Strünke von zwei anderen Linden, die man vor nicht allzu langer Zeit leider umgeschnitten hat. Die vielen Nußbäume mögen vielleicht gut als Schattenspender und für die Nußernte sein. Wenn alle hochkommen, steht Kirche und Kloster in einem Wald von Nußbäumen.

Die Kirche ist geschlossen, den Schlüssel bekommt man in Baumgarten. Die saubere und stilgemäße Renovierung des Klosters, der Kapelle und des ganzen Komplexes verdanken wir dem Besuch des Papstes im Jahre 1988. Hier feierte er unter großem Zulauf eine Messe, woran noch heute ein Kreuz und eine Tafel auf der Wiese erinnert.

Der Platz mit der Umgebung ist bezaubernd und muß jeden berühren, der hinkommt. Es ist merkwürdig, daß zwei Kirchen nebeneinander stehen, die beide aus dem Mittelalter stammen. Warum hat man nicht, wie woanders, die ursprünglich ältere, etwas kleinere, vergrößert? Warum hat man eine zweite danebengestellt? Kann man von einer Kirchenfamilie sprechen? Wir können uns auf das Problem von Kirchenfamilien hier nicht einlassen, obwohl es reizvoll und geheimnisvoll ist.

Es gibt Plätze, wo Kirchen gleichsam aus dem Boden gewachsen sind wie Pilze. Wenn man vor ihnen steht, hat man den Eindruck, daß es notwendig und gut ist, wenn es auch rational nicht begründet ist. Ich nenne nur einige große Parallelen, Grado, Aquileja, Lavant, Hemmaberg und Erfurt.

Wenn man kritisch sein wollte, dann könnte man es bedauern, daß die Bade-

anlage zu nah zum Öden Kloster gebaut wurde. Ein größerer Respektabstand wäre angezeigt gewesen.
Es herrscht Einsamkeit und Stille, nur ab und zu fährt ein Bauer mit seinem Traktor auf die Felder.
Die Rosalienkapelle über Forchtenstein ist eindrucksvoller durch die hohe Lage und Aussicht. Die Stille und Würde des Öden Klosters fasziniert mich mehr.
Hier müßte man als Eremit einige Zeit leben. Schweigend und still liegt das Gebäude in erhabener Einsamkeit da. Im kleinen alten Kloster zwischen beiden Kirchen wohnt kein Mensch, eine faszinierende Einsiedelei, ein Platz, den man nicht vergißt und zu dem es einen hinzieht.

Oggau

Wenn man den Ort nach Norden hin verläßt, sieht man in der Ebene auf einem kleinen, aber auffälligen Hügel eine Kapelle, die der heiligen Rosalia geweiht ist. Auf der Westseite ist ein kleiner Felsabfall. Die Kirche hat einen Dachreiter und eine halbrunde Apsis. Über dem Portal kann man lesen, daß sie 1713 erbaut worden ist. Sie hat alle Merkmale eines älteren Kultplatzes und der Platz fasziniert den Besucher.

Zigeunerhöhle in Winden

Kultstätten in der östlichen Slowakei

In der Slowakei ist MariaThal, heute Marianka genannt, nahe unserer Grenze ein vielbesuchter Wallfahrtsort. Es liegt einige Kilometer nördlich vom Stadtrand von Preßburg, im Vorland der Karpaten. Ein flaches Tal mit Buchen führt zum Heiligtum mit dem Bründl. Die Legende erzählt, daß ein Fürst aus dieser Gegend um das Jahr tausend herum eine Wallfahrt ins Heilige Land gemacht und dort die Einsiedler kennengelernt habe. Das bewog ihn, hier als Einsiedler zu leben. Bald gesellten sich andere fromme Männer zu ihm, und sie erbauten eine kleine Kapelle. Einer von ihnen schnitzte aus Lindenholz eine Statue der heiligen Maria und stellte sie auf. Die Gegend hieß damals der Thaler Wald. Als wieder einmal feindliche Scharen aus dem Osten kamen, verbargen die Einsiedler die Statue in einem hohlen Baum. Dieser stand dort, wo heute der Hochaltar der Brunnenkapelle ist.

Die Legende erzählt weiter, daß das Bild vergessen wurde. Nach hundert Jahren brachte eine unglückliche Mutter zwei mißgestaltete Kinder zur Quelle, wusch sie im Wasser, und sie wurden gesund. Sie tat dies auf einen Traum hin, in dem ihr die Muttergottes gesagt hatte: "Geh in den Wald, dort wirst du einen hohlen Baum finden, an dem ein Bründl entspringt. Wasch darin die Kinder, und sie werden gesund sein." Von einer anderen Frau wird berichtet, daß sie blind und lahm war und daß eine Stimme ihr sagte, sie solle sich beim Bründl waschen. Sie tat es und wurde gesund.

Ein frommer Einsiedler bat Gott, daß er ihm das Geheimnis des Bründls offenbare. Es drängte ihn, eines Tages zum Bründl zu gehen. Da sah er ein Licht über der Quelle und im Wasser erblickte er die alte Statue der Muttergottes, die im hohlen Baum verborgen war.

Das sind genügend Hinweise, daß es sich um ein uraltes Quellheiligtum handelt, das seine Kraft bis in die Gegenwart bewahrt hat. Auch jetzt noch kommen Menschen verschiedener Art, holen sich Wasser und trinken und waschen sich. Später wurde eine Kirche gebaut. Nach der Öffnung der Grenze kommen nun mehr Leute zur Quelle, auch Österreicher.

Maria-Schoßberg liegt etwa siebzig Kilometer von Wien entfernt im slowakischen Teil der Marchebene. Aus dem Flachland ragt eine gewaltige, zweitürmige Kirche auf. Daneben steht eine dreieckige Kapelle mit dem Bild der Schmerzhaften Muttergottes. Die Gründungslegende erzählt, daß ein Graf mit seiner Frau und einer Zofe in einem Wagen vorbeifuhr. Er warf in einem Anfall von Zorn seine Frau aus dem Wagen und fuhr weiter. Die Gräfin war darüber so erschrocken, daß sie ein Gelübde machte, sie würde eine Kirche bauen, wenn er sich wieder besänftigen ließe. Er hatte inzwischen seinen Fehler bereut und kam zurück, um sie zu holen. Daraufhin ließen sie die Kirche erbauen und das Bild der Schmerzensmutter aufstellen. Wunder und Heilungen stellten sich ein. Aus dieser Legende kann man auf die Faszination des Platzes schließen. Das eigentliche Geheimnis der Kirche ist das Wasser, über dem die Kirche gebaut ist. Sie steht auf Holzpfählen, und der Pfarrer schaut immer nach, ob genug Wasser vorhanden ist, wozu es eine Öffnung im Fußboden gibt. Er betont, daß die Kirche keinen Riß aufweist. Es dürfte sich um einen heiligen Tümpel, Teich oder Sumpf handeln, in den geopfert wurde und über den man in der christlichen Zeit die Kirche gebaut hat, um die heidnischen Opfer einzustellen. Das dunkle Wasser hat eine geheimnisvoll anziehende Kraft, die die Menschen zu aller Zeit empfunden haben. Merkwürdig ist hier, daß der Besucher das Wasser nicht sieht und nur wenige davon wissen. Trotzdem spüren sie seine Macht und kommen. Der Pilger fühlt sich hier - auch er kommt aus dem Wasser -, den Elementen, dem Ursprung, der Erde, nahe. Hier sucht er Geborgenheit und Heilung. Er spürt die Dunkelheit und Abgründigkeit seiner Existenz. Wenn den Göttern, den Geistern der Unterwelt geopfert wird, dann schonen sie ihn. Daß wir uns alle noch vor den Dämonen der Tiefe fürchten und sie beschwichtigen wollen, kommt am deutlichsten darin zum Ausdruck, daß wir auf Holz klopfen, wenn wir von der Zukunft und einem guten Ausgang sprechen. Dieses Klopfen auf Holz bedeutet eine Beschwichtigung und Beschwörung der Mächte der Unterwelt, damit sie uns nicht stören. Daß die Zisterzienser ihre Klöster über Wasser und Sümpfe bauten, hat auch damit zu tun. Durch die heiligen Bauten und die immerwährenden Gebete der Mönche sollten die bösen Mächte besänftigt und der Platz geheiligt werden. Die mütterliche, segnende Kraft der Erde soll beschworen werden. Alle Zisterzienserklöster sind bezeichnenderweise der

Muttergottes geweiht, sie ist die eigentliche Hausfrau und Besitzerin aller Güter. Wenn die Mönche in Heiligenkreuz am Ende des Tages das Nachtgebet singen, dann schließen sie mit dem großen Lobpreis auf die Muttergottes, dem Salve Regina, ehe sie in das nächtliche Schweigen einkehren.

Ungarn

Dieses Land ist uns durch die Änderung der politischen Verhältnisse nähergekommen. Auch dort gibt es alte Kultplätze. Erstaunlich ist die Anzahl der romanischen Kirchen. Sie wurden bei der Eroberung und Christianisierung um 1000 von Passau aus gebaut. Wie überall hat man die Kultplätze verchristlicht und die Kirchen auf die alten Plätze gebaut.
Der Platensee wird wie durch einen Sporn bei Tihany in zwei Teile geteilt. In der Klosterkirche, die sich über dem See auf dem Basaltberg erhebt, ruht der ungarische König, der das Kloster gestiftet hat. Unterhalb des Klosters befinden sich die Höhlen von Einsiedlern. Wir wissen, daß sie auch anderswo solche Plätze aufsuchten, siehe den Berg Karmel oder Mariathal bei Preßburg. Später hat man Abteien und Kirchen daneben gebaut.
In Steinamanger, der größten ungarischen Stadt an der österreichischen Grenze, hat man Reste eines antiken Heiligtums der ägyptischen Göttin Isis gefunden und die Steinsäulen wieder aufgerichtet.
Wir haben schon von einigen Herzsteinen gehört. Auf dem Berghang nördlich des Platensees liegt der Rosenstein. An ihn knüpft sich der Brauch, daß junge Paare hinaufwandern und sich, mit dem Rücken zum See gewendet, draufsetzen; im festen Glauben, daß sie noch im selben Jahr heiraten werden.
In der Nähe von Steinamanger steht im Städtchen Jak auf einem Hügel, etwas abseits der Häuser, eine romanische Kirche mit Doppeltürmen, die an den Dom von Wiener Neustadt erinnern. Die Kirche gehörte zu einem Benediktinerkloster, das zerstört wurde. Die große weiße St. Jakobskapelle an der Westseite der Kirche hat den Grundriß eines vierblättrigen Kleeblattes. Wir verstehen den Hinweis auf die Strahlung des Platzes.

Wir sind am Ende unserer Wanderung zu den alten Kultplätzen der Vorzeit im Lande um Wien. Ein weites Feld hat sich uns eröffnet. Wenn jemand nur theoretisch interessiert ist, ist es gut; wenn es ihn hinauszieht, um die Plätze zu sehen und zu erleben, ist es besser.
Wem das Ganze fremd geblieben ist, möge seine Finger davon lassen und seinen Geist etwas anderem zuwenden. Wer davon berührt wurde, weil er innerlich darauf vorbereitet war, der möge sich aufmachen und seinen Platz, seine Plätze suchen.
Die Alten sind durch die heilige Spalte des Steines in Mariazell oder am Matterhörndl geschritten, still, ohne zurückzublicken, offen für eine Wiedergeburt. Durch die Berührung mit dem heiligen Stein, dem Symbol der Mutter Erde, sind sie verwandelt und geheilt worden. Transformation sagen wir heute. Wir sehnen uns auch danach. Rilke hat einmal gesagt: Ich muß mein Leben ändern. Darum geht es.
Dem Mönch Magnus hat sich zur Sonnenwende ein Licht gezeigt, und eine Felswand hat sich vor ihm aufgetan. Er ist mit seinem Bild der Großen Mutter durchgezogen und hat seinen Platz gefunden, wo er eine Zelle baute, die uns heute noch anzieht.
Pilger sind wir alle, die Heil und Heilung an den heiligen alten Plätzen suchen.

Stichwortregister

Südliches Niederösterreich